「改めて申し込もう。グレース・ウィルコックス子爵。私と結婚してほしい」
「伯爵様の真意をお聞かせいただけないでしょうか」
転生令嬢は悪名高い子爵家当主
～領地運営のための契約結婚、承りました～

「私の妹が、そこらに埋没しそうな子爵家、
男爵家に嫁入りなんて、ありえなくてよ」
パトリシア
「手持ちの札で
興味がありそうな件を口にしただけだ」
ヴィンセント

アビゲイル
「グレースのおかげで魔導伯爵の肩書を手に入れられたのよ」
――領地経営の腕を見込まれての申し込みなら悪くないんじゃない？
はい、わたしの再就職先、是非、御社で！
グレース
ジェシカ
「お姉様ったら、何をポンコツなことを言ってるの？」

「攻撃は最大の防御なの。
よく覚えておきなさい」

転生令嬢は悪名高い子爵家当主

～領地運営のための契約結婚、承りました～

THE REINCARNATED NOBLE GIRL

WHO BECAME THE NOTORIOUS VISCOUNTESS

翠川稜

Ryo Midorikawa

ill. 紫藤むらさき

Murasaki Shido

口絵・本文イラスト
紫藤むらさき

デザイン
coil

CONTENTS

プロローグ

ホワイトバーチホールのエントランス前に馬車がついた。

このラズライト王国王都でも華やかな商業地区の一角で、王城のクレセント離宮についで、この国では二番手に挙げられる夜会会場。

一人で馬車から降り立つわたしに、貴婦人達の視線が集中する。

そんな視線を一顧だにせず、ホールの階段を上がる。


――あの、エスコートなしで堂々と会場入りする方は……一体どなた？

――君は初めて見るか、懇意にしておいた方がいいぞ。最近君に贈ったレティキュールを作っている方だ。

――まあ……そうでしたの？　酷薄そうな金の瞳《ひとみ》とか目力が強い方だわ……。ちょっと怖い……。

――気が強いのは確かだ。なんでも学生の頃に父親から領地経営の裁量権を奪ったとか。それで、婚約破棄されたのではなかったか？

――あれは婚約破棄した男の方も問題だろうが、生半可な男では彼女の相手は務まらないだろう。

――確かに、彼女の相手は誰だったか名前も憶えてないが、彼女の名前はこの社交界、こうした領地経営の貴族家の集まりでは知らない者がいない。

——紡績関連でいえばメイフィールド家と対をなすウィルコックス子爵家のご令嬢。

——ご令嬢？　そんな可愛《かわい》らしいものかな？

——ああ、彼女か——……ウィルコックス家の——……。


さっさと会場に入ってしまえば大丈夫とは思ったけど、やっぱり会場に入るまでのこの空間はプレッシャーだわ。

貴族達のひそひそとした囁《ささや》きがかすかに聞こえるが、わたし——グレース・ウィルコックスの耳に、その内容までは届かない。

婚約破棄されたのも頷《うなず》けるし、こんな女に、エスコートを申し出る勇者はいないとか言われてる？　言われてるんだろうな〜。

しかし、見た目は冷徹で傲岸《ごうがん》不遜《ふそん》、抜け目ない子爵家当主のガワは崩れていないと思うのよ。自分でも気に入ってる猫のようなアーモンドアイ。この金色の瞳が会場のシャンデリアの灯《あか》りで、目力五割増し。

内心はわりとビビりで、元は口下手《くちべた》で引っ込み思案の人見知りなんだけどなあ。感情が顔に出ない。死滅した表情筋をほんの少し動かして、頑張って習得したアルカイック・スマイルを浮かべる。

よし、背筋伸ばして頑張ろっ。

この顔で威風堂々とした態度とっていれば、世間一般の評価どおりの存在感、出てるはずよね。

このラズライト王国における貴族達がわたしに下す評価——……父親である先代のウィルコックス子爵家当主を追い落とし、三女にもかかわらず子爵家当主になり、強欲で冷淡な気質で婚約破棄された女――……。

そう囁かれているのは知っている。

所詮《しょせん》は他人事《ひとごと》――そういう陰口、みんな大好き。

でも絶対わたしに面と向かって言う人はいないでしょ。

実の父親を退けて下位とはいえ貴族家当主になった女に、面と向かって攻撃したらどんな報復が
――想像するだけも恐ろしい――とか思うって。

こんな悪評まみれのわたしが、社交シーズン第一弾の夜会に出席するのには理由がある。

今夜は、国内の各領地にいる領主が集い、領地特産品をお披露目する夜会なのよ。毎年この夜会の出席は欠かせない。

今年のうちの領地の特産品は、わたしを恐れる可愛らしいお嬢様や、奥方様を夢中にさせる商品になる。

昨年は魔羊毛を使ったふわふわあったか寝具を開発販売して、一気に需要に火がついて注目されてるんだから、今年の新主力商品をばーんとお披露目しないでどーするの？

なるだけ、お洒落《しゃれ》で人気で顔が広そうな奥様連れの貴族家ご当主と会話していくわよ。

わたしの見た目をどうこうと評価する噂話《うわさばなし》なんかに構ってられるか。

うちの領地の商品、注目してくれる人に声かけしないとね。

ひそひそ話をせずに、わたしに積極的に話しかけようと近づいてくる子爵がいて、視線を合わせた。

「ウィルコックス子爵、ご壮健そうで何より」

「ごきげんよう」

ここでパトリシアお姉様みたいに艶《あで》やかな笑みを浮かべることができたらよかったんだけど、緊張してるし、笑うとさらにこの顔が悪役令嬢っぽい感じになるような気がするのよねえ。

そんなわたしが自分の見た目を最大限に有効活用する為に研究した、アルカイック・スマイルを浮かべる。

「妻があのご令嬢はどなたと、気にしている様子でね」

わたしは声をかけてきた紳士の腕に手を添えているご夫人を見つめる。

「だって、素敵なドレスで、レースが美しいのですもの」

よっしゃあ！　食いついたぁあ！　このレースいいでしょ？　昨年からずっと考えていたのよ、ホーンラビットファー、魔羊毛に続き、今年の新作、プチアラクネの糸のレース！　シルクに負けない光沢と軽さがウリですよ！

ウィルコックス家が領地で取り扱うのは秋冬商品ばかりじゃないって知らしめたかった。春夏向けの商品としてプチアラクネの飼育と糸の生成に苦労したこの一品。

王都でも一、二を争う大商会、ラッセルズ商会服飾部門の方に無理言って超特急で作ってもらったのよ！

絶対女性は注目すると思ってました！

業務提携してるメイフィールド子爵にもまだお披露目してない、まさに新商品ですよ！

「わたくしの領地での今年一押しの商品になりますわ」

「さっそく商品の宣伝ですか」

「あら、ネルソン子爵ほどではございません。今夜の夜会のワインはネルソン子爵の領地産で、すでに話題はそちらが独占されてるでしょ？　今年も香り高くて味わい深いと姉が絶賛しておりましたわ。今夜はそれを楽しみにしておりましたの」

貴方《あなた》のおうちの商品、わたしも覚えてますよーって態《てい》をとる。

父親が生きてる時分から領地裁量権を手にして、婚約破棄までされた小娘ですが、領地経営じゃ、対等だし、そこらのぱっとしない子爵家男爵家にだって負けませんよ。

今夜は目立ってなんぼってやつよ、さあ声をかけてちょうだい。

——わたしがウィルコックス子爵家当主、グレース・ウィルコックスよ！

一章　婚約破棄の顛末《てんまつ》と子爵家当主就任

三年前、わたしは婚約者からこう告げられた。

「オレは真実の愛を見つけた。キャサリンは、キミと違って素直で愛らしい。ろくに手紙もくれないキミとは違う。この婚約は破棄させてもらう。このキャサリンこそオレの運命の女性なんだ」

場所は王都にある自宅――ウィルコックス家のタウンハウス。

「だいたいオレはそのお前の冷たい顔立ちが気に入らなかった！」

そう告げられて即座に思ったのは……。

は⁉

わたしはこの顔めっちゃ気に入ってますけど？

前世の容姿に比べたら全然イケてますからね⁉

◇◇◇

わたし、グレース・ウィルコックスが前世を思い出したのは四歳の時だ。

この時、ウィルコックス子爵家に四人目の娘が生まれた。

ウィルコックス子爵家の三姉妹。その末っ子だったわたしも、これでお姉ちゃんよ！

幼いわたしは当時無邪気に喜び、はしゃぎまくって、階段から転がり落ちた。

両親も姉二人もわたしを案じてくれたし、生まれたばかりの妹は赤ん坊だからなのか、これまたわたしを案じてなのか、ギャン泣きし――そして、まるまる二日寝込んだ後に、わたしは自分が異世界に転生した元日本人だったことに、気が付いたのである。

目覚めたら目覚めたで「転生したあああ！　ひゃっはあああああ！」とテンション上がって、再び階段から転げ落ちそうになったのはご愛嬌《あいきょう》。

デブスでモテないぱっとしなかった自分が、異世界の貴族令嬢に転生だ！（子爵家だけど！）

しかも！　まあなんということでしょう。

美幼女だよ！

いやーもー転生した自分の顔だけでご飯三杯食べられるわ。

今世の主食はパンだけど！

白い肌、ほんのりとしたバラ色の頬。通った鼻筋。しかし黒髪か……いやいや、一周回って黒髪いいじゃない。この異世界では黒髪の方が映える！　艶々キューティクルストレートロングヘアが似合うこと！

そしてなによりも金色の瞳。

ちょっとツンとした黒い子猫ちゃんみたいで悪くない。

そこはかとなく冷たい印象は拭えないけど――……え？　悪役令嬢なのかな？　ううん、ないない。悪役令嬢の定番は高位貴族と相場は決まってる。

うち子爵家だから、悪役令嬢じゃないのは確定だ！　破滅はない！　はずだ……。

しかし四人姉妹ですと？　この生まれたばかりの天使のような妹が、将来わたしを苛《いじ》め抜くのか？　それとも姉二人がわたしを苛め抜くのか⁉

悪役令嬢ではなく家庭内格差ドアマットヒロインになってしまった⁉

そんな不安は杞憂《きゆう》に終わり、家族仲良く円満、この異世界で貴族令嬢としてすくすくと育ち――。

一応王都の学園には十三歳で入学。

なんとなく前世の記憶によると衣裳《いしょう》や貴族社会なんかは近代ヨーロッパっぽい感じではあるけど、魔法もある世界だし、生活様式においては魔導具で最先端（現代的）な感じがしないでもない。

これはやっぱり、何かの物語の転生か⁉　と身構えたわ。

『王都の学園』っていうだけで、何かありそうだもの。

前世デブスのわたしに比べ、今世のこのクールビューティー系の顔だ。

もしかして、悪役令嬢の取り巻きその一とか？

乙女《おとめ》ゲー、漫画アプリやアニメやライトノベル、ＷＥＢ小説、幅広く浅く嗜《たしな》んだ元デブスのヲタク喪女のわたしなので、自分がどの世界に転生したのか必死に記憶をさらうが、どうやら何かの物語の世界に転生したわけではないらしい。

それに、王太子とか第二王子――その婚約者候補の高位貴族のご令嬢は妹と同年だった。

なのでわたしの学園在学中に接点などない。

わたしは安心して学園に通った。

だいたいの貴族はラズライト王都学園に十三歳で入学して三年学園に在学し、十六歳の成人で卒業する。

現代日本の感覚だと中学生終わってすぐ成人とかなんぞやと思うけど、日本でも昭和の初期ぐらいじゃ中学出て集団就職で花の都の東京へ～なんて話を年配の人から聞いたこともあるし、転生したこの世界ではそういう感じなんだろうなと納得はした。

王都ではこの学園に入る前に幼年学校なるものもある。高位貴族なんかは幼年学校に通わせないで、家庭教師をつけてる家もあるけどね。お姉様達は幼年学校に通ったけれど、わたしは在学中だったお姉様と、領主館にいる家令のゲイルにいろいろ教えてもらったりで、幼年学校で習うことは習得できたからあえて通わなかった。

この頃に婚約者も決まった。

ただ、自分に転生チートはなかった。

この状況なら俺ＴＵＥＥってやってみたかったんだけどな。

チートはないけど、前世よりもなんとなく地頭はよくなった気がする。

あとコミュ力。

自分に自信がなくて、なにもかもどんくさくて、口下手で引っ込み思案の人見知りだった前世の学生時代と比較してみて、対人関係――特に友人関係は転生ギフトかなと思うぐらい充実していた。

今世の顔立ちは美人系だったけど冷たい印象なので、最初は遠巻きに見ていた生徒もいたけど最後には、

「グレースって、顔で損してるよね、話してみると、話しやすいのに」

「けっこう柔軟というか先進的というか。あと、メンタルがタフネス」

とか言われる始末。

いや、顔で損はしてないよ。むしろご褒美、神様ギフトこれじゃね？　な気持ちですけど？

そりゃー人生二周目、現代日本にいた人だからそれなりに？　でもメンタルタフネスってなによ。

図太いって言ってる？　太くないから！　今はもう太くないから！　特に腹！

「褒めてるのかしら？　弄《いじ》ってるのかしら？　どっちなの？」

と一度言ってやったら、「すみません」「褒めてます」とか謝られた。

物理的なイジメもなかったし、見た目は冷たそうだけど、話しやすくて頼れるよねってことが友人達の総意。

前世の方がいじめられていた学生生活だったのは確かだ。

充実しているけれど、前世の学生生活よりも、めちゃくちゃ忙しい学生生活だった。

入学して一年は「はっは〜なるほどねえ」的な授業内容、一般の基礎学力と教養をメインに特殊な魔法理論とかもあって、十六歳で成人するから、最低限知っておくべき知識を詰め込む感じ。それが基礎教養課程って称されている。

で、二学年になると専攻コースを選択する。

家が法衣貴族だったら行政官コースとか領地経営してる貴族だったら領地経営コースとか、魔力があれば魔導師専攻コースとか。あと、貴族のご令嬢には普通に淑女教育コースとかもあった。軍学校へ進学する人の為にも軍士官コースなんかもあったけどね。

自分の家や立場に見合った専攻コースを選択することで、将来的に爵位を継いだりする際に当人が困らないようにっていう感じ。もちろん、爵位を継げない次男三男とかも将来的に希望する道を踏まえて選択していく。

そして、女子はだいたい淑女教育コースを選択する。この国の風潮的に、貴族の令嬢ならば嫁に行くことが大前提の修学過程なわけ。

でも、わたしは領地経営コースを選んだ。


理由はある。


一年終わりの夏の長期休暇の時。母の見舞いに領地に戻ると、なんか領主館の執事が頭を抱えてたのよね。

この時、ウィルコックス領は農作物のみで税を納めてたんだけど、どうもこの秋に収穫される農作物が不作でと不安を吐露した。

王都学園に入学後しばらくして母が倒れたっていうのがあって、父は母と一緒に領地に引っ込んでしまった。それはいい。夫婦仲がいいのはいいことだが……。

それからずっと領地にいた父……仕事は？　母にずっとかかりっきりで、仕事は？　領地にいた父は仕事をせずに、母を世話してる姿しか見せず、それに頭を抱える領主館の家令であるゲイル……。

二年に進学直前の夏季休暇の時。ここでなんとなくウィルコックス家、やばくね？　と思いましたよ。

その夏、わたしは領地内をいろいろ回って問題を洗い出して対策に当たったった。不作の理由は隣接する領地がとった魔獣対策でウィルコックス領に逃げてきたホーンラビットが繁殖して農作物を荒らしていたことだった。

ホーンラビット、そんなに大きくないし見た目もカワイイんだけど、雑食なんだよ。でもカワイイからって見逃さないよ！　魔獣は魔獣なんだよ！

「ゲイル！　ホーンラビットを捕獲、ただ漫然と始末しないで、毛皮！　毛皮を採取！　領民にそう通達して！　冬は毛皮の需要があるからね！　これを捕獲できたら農作物の税収が無理でも、売り方次第で例年と同じようになんとかなるから！　お父様があとでグダグダ言ってきても、全部わたしのせいにすればいいから！」

ゲイルにそう言い放ち、わたしは夏季休暇中は領内を馬で駆けずり回って、ホーンラビット捕獲対策をし、その結果――。なんとか例年通りの税収（気持ち上向き）に落ち着いて、領民も家令も領主館のみんなもほっとしたのだ。

お父様？　お父様は、お母様の状態しか眼中にありませんでしたよ。

事後報告したら「ありがとう」だけだったよ？　どう思う？

――これは、悠長に淑女教育コースの授業なんか受けてる場合じゃない！

領地経営コースを選択する貴族の令嬢とか、少数派。

前世の日本で言えば工業高校に女子がいるよりもさらに人数が少ないと思ってほしい。

姉二人からは「グレース……家のことを考えてくれるのは嬉《うれ》しいけれど無理はしないで」という言葉もあったけど、ウィルコックス家のことを考えると、この選択が一番いいと思ったのよね。

女がでしゃばるなとか世間様から言われそうなことだけど、うちはそういうことを言う親ではなかった。放任というか放置というか。

むしろ、あの夏季休暇での一件で領地の信頼と期待は、三女のわたしに集まり、わたしが領地経営のサポートをすると言うと、領主館の家令をはじめとする使用人、領民のほとんどが賛成してくれた。

そんなこんなで父の名を借り、実質的にはわたしが領地経営の陣頭指揮を執ることに。

領地経営は学校で習いつつほぼ実践な状態ですよ。

学生しながら経営者的なやつだった。

姉二人からは「淑女教育コースに進ませてやれなくて、ごめん」と謝られてしまったが、この世界を生きるにあたり、やっぱり世間知は少なからずあった方がいい。

それに姉も妹も、大変だったもの。悠長に学生生活とか送ってられないでしょ。

そしてわたしが卒業しデビュタントを果たし、これで成人！　ってなった時、とどめとばかりの不運が襲う。

身体《からだ》の弱い母の体調が悪化して、わたしの社交デビューの二日後に、母は容態を急変させて、儚《はかな》くなってしまった。

ウィルコックス家当主である父は、領地経営も、娘達も、何もかも手に付かないほど嘆き悲しんだ。

母が倒れて領地で療養を始めた時も……「そんなにもお母様のことを愛していたのか」とわたしもお姉様二人も妹も感動したよ？

でもね、ホーンラビットの大繁殖での農作物被害とか、お母様と同様に身体の弱かった妹とか、魔導アカデミーに引っ張られていったアビゲイルお姉様のフォローとか――キチンと向き合っていたとは思えない。

時間が経《た》つにつれ、いつまでも嘆き悲しむ父を見て思った。いくらなんでも限度があるだろう。

領地経営も、娘達も放置とかどういうことよ⁉

学生時代は馬車で領地と王都の往復とかしていたけれど、デビュタント後は馬で護衛付きで往復し始めたよ！

そしてまたも問題がここに浮上。

わたしが父の代わりに領地の執務室や王都の執務室で様々な書類に向き合ってたところで発見されたのが、パトリシアお姉様宛《あて》の結婚の打診のお手紙だった……。

父いぃぃいいぃぃ‼　母ラブにもほどがある‼

パトリシアお姉様の縁談をスルーしていたとは、どーゆーことよ⁉

普通、社交デビューを済ませたら、貴族の令嬢には縁談の一つや二つ、舞い込んできてもおかしくない。

この国での貴族の結婚は、家の当主同士でまず話を進めるのですよ。

そこ、何も手付かずとか一体どーゆーこと⁉

わたしももっと早く気が付けばよかった。

お姉様、この時二十歳《はたち》を超えてて、貴族令嬢としての結婚適齢期はもうギリギリ……。

オマケにパトリシアお姉様との結婚を――って申し込みは、男爵家子爵家はもちろん、伯爵家や侯爵家からもお話が来ていたのよ‼

一つ上の爵位を持つ伯爵家からの結婚の打診が子爵家に舞い込むとか滅多《めった》にないのに、またその上の侯爵家からの打診だよ。そんな話がこの貧乏子爵家に来るとかよっぽどのことなんですよ⁉

それをスルー⁉

わたしが父だったら、うちの娘、めっちゃ玉《たま》の輿《こし》キタコレ！　で舞い上がっちゃうわ。

これを知ったパトリシアお姉様もさすがに頭を抱えた。

自身がこの話を受けていたら条件次第じゃウィルコックス家の窮地はもっと早く解決できたんじゃないのかと。

政略結婚当たり前の貴族位だから、お姉様がそう思うのもわかる。

お母様が倒れてから、ウィルコックス家の――奥向き一切を取り仕切っていたお姉様だったけど、デビュタントした時にも、そういうお話があってもおかしくない。これはわたしのミス。（正しくは父のミス）

もちろん、大慌てで打診先には家の事情を説明しつつ、ご縁がなかったことと返信の遅れは誠に申し訳ないと謝罪文をしたためたのはわたしだ。

打診をもらっていたすべての家にやったわよ。

ついでに学生時代から事業として継続させていた例のホーンラビットファーを使った小物。貴婦人が持つ小さなバッグ――レティキュールって言うんだけど、それとか、秋冬用に着用する魔羊毛で作ったケープとか我が領地の特産品を、打診のあった貴族家の奥方様宛にセンス良く他にも取り揃《そろ》えてワンセットにして贈ってね！

これをやっておけば、この特産品に食いついてくれるかなという下心もあった。

結論から言うとこの作戦は大成功。

姉との縁はなかったが、ウィルコックス子爵家とは今後ともお付き合いしていくこともやぶさかではないと、侯爵家をはじめとする高位貴族からもお手紙もらったわ！

わたしもパトリシアお姉様もほっとしたけど、ここからお姉様の行動力がすごかった。

自力で婚活を始め、お茶会や夜会に可能な限り出席し、縁組を趣味とするご夫人の伝手《つて》を頼り、財源確保の為に半年もせずに――貴族位はないが金持ちの家に嫁いだ。

で、ここで姉が落ち着いた婚家について説明するけど――……。

姉が自力で婚活に励んで掴《つか》み取ったのは――爵位はないけど、王都の貴族で知らない者はいない豪商、王都一の大商会といわれるラッセルズ商会の若旦那《わかだんな》です。

もうね、相手も婚家もめっちゃお姉様を大事にしてくれてます。

それこそ「我が家にお姫様がお嫁に来てくれたよ！」「うちの息子、でかした、三国一の嫁もろうた！」な感じで下にも置かない扱いよ。

なによりパトリシアお姉様がデビューした時から「わあ、すごく綺麗《きれい》な子だな～」って若旦那は思っていて、でもお金持ちの大商会とはいえ爵位はないから結婚とか半ば無理かもと思っていたらしい。

パトリシアお姉様とラッセルズ商会の若旦那の婚約が整った頃ぐらいまで、姉を望む男爵家とか子爵家が横槍《よこやり》を入れようとしたこともあったんだけど、ラッセルズ商会の財力には敵《かな》わない。若旦那もパトリシアお姉様を絶対離したくなくて、素早く結婚した。

下手《へた》な貴族家よりも唸《うな》るほど資産潤沢。マネー・イズ・パワー。

おまけに近い将来、ラッセルズ商会は貴族位叙爵される気配濃厚。

財力と将来性に自身をベットするとか。さすがお姉様。さす姉。

アビゲイルお姉様も、この時はアカデミーで魔術式を発表。自分の身体で実験してポーションの開発にも一役買ったとかで魔導伯爵を叙爵し、ウィルコックス家にも頻繁に顔を出せるようになって、ほっとした。さすがお姉様。さす姉その二。

そう、そのほっとした矢先――。

わたしは冒頭のように婚約者から婚約破棄を言い渡されたのである。

◇◇◇

クロードは、親同士が決めた婚約者だった。学園入学時に婚約は決まっていた。

王都で滞在するタウンハウスも近くて気心も知れた互いの両親達が、年の頃合いを見てわたしとクロードの婚約を結んだのだ。その彼が、久々に王都のウィルコックス子爵家のタウンハウスにやってきたと思ったらこう言った。

「オレは真実の愛を見つけた。キャサリンは、キミと違って素直で愛らしい。ろくに手紙もくれないキミとは違う。この婚約は破棄させてもらう。このキャサリンこそオレの運命の女性なんだ」

浮気相手を連れて、わざわざこのウィルコックス家のタウンハウスに乗り込んで高らかに宣言した時は、呆《あき》れたと同時に、今後のオートレッド家は大丈夫だろうかと余計な心配もした。

お前、アウェーで婚約破棄劇場を繰り広げるんかーい⁉

つっこみどころ満載だ。

「だいたいオレはそのお前の冷たい顔立ちが気に入らなかった！」

は⁉

わたしはこの顔めっちゃ気に入ってますけど？

前世の容姿に比べたら全然イケてますからね⁉

わたしの前世の口下手で引っ込み思案の人見知り喪女具合なめんなよ。

この顔は冷たいんじゃないんだよ！　クールビューティーと言え。

この顔があったから今世では自己肯定感があって、救われたことも多々あるんだよ！

領主代行としてのやり取りも、この今世の見た目があればこそできたことだよ⁉

「クロードさん、馬鹿なの？　馬鹿でしょ？」

妹ジェシカの見舞いに来ていたパーシバル・メイフィールドが呆れたように呟《つぶや》く。

パーシバルはわたしが領地経営で共同事業を行うメイフィールド子爵家の次男坊。

メイフィールド家の領地と我がウィルコックス家の領地は隣接しており、王都に構えるタウンハウスも同じ区画。

そこの次男坊はうちの妹、ジェシカに一目惚《ひとめぼ》れで猛アタックを開始して、めでたく婚約しましょうかという話も出てきていた時期だった。

若干政略がらみではあるが、本人同士は初恋をつらぬいているリア充カップル誕生。

これで娘三人（次姉について結婚は別次元の話なので除外）の行く先も落ち着きそうだと思っていた矢先のことですよ。

「オートレッド様、婚約の破棄ではなく、解消では？　婚約中に新たに意中の女性ができたのなら、それはオートレッド様の有責ですが？」

ちなみに、その場にはパトリシアお姉様とその夫君であるラッセルズ商会の若旦那もいた。

「なんにせよ、婚約は契約。契約の不履行には、代償が伴いますが」

妹二人だけでは心配で、実家に頻繁に顔を出すパトリシアお姉様に、おしどり夫婦よろしく付き従う若旦那——いえ、この日は単なる偶然です。

彼がこの家に訪れたのは、わたしが率先してる事業についての販売計画の打ち合わせの為でもある。

「さすが金のない平民が言い出しそうなことだ！」

クロードは吐き出すように言い捨てるが、豪商であるラッセルズ家の資産はキミの家よりも上では……。

貴族位はないが貴族に人脈も持っているし、一体誰にモノを言ってるのか。

世間知らずってこういうことを言うのかな……？

ていうか自分有責なのに婚約破棄を喚《わめ》くバカはいらない。

よかった。親同士の口約束での婚約で。

ウィルコックス家の立て直しで忙しくて、正式な婚約式挙げる前で。

姉の夫であるラッセルズ商会の若旦那はわたしに視線を送る。

証明書を取って、わたしの婚約はなかったことにしてくださって大丈夫です。

アイコンタクトでわたしが頷《うなず》くと、若旦那は商人らしいビジネスライクさでクロードに言う。

「婚約破棄であれば、条件をすり合わせて書面にて正式にしておく方が、今後問題もないかと」

「親同士の口約束でなされた婚約だ、そんなもの必要ない！」

「いえ、書面にて契約不履行を。公的文書なれば、オートレッド家も今後、憂いなくこちらのウィルコックス家と関わらずにすみます」

若旦那、完璧《かんぺき》ビジネスモードだね。連れてきた秘書に目線で訴えると、秘書はペラッと鞄《かばん》から用紙を取り出し、若旦那に渡す。若旦那はその用紙を見て、わたしに渡してきた。

婚約破棄の書類だ。

あ、これ、魔力公的文書契約用紙だ。ビジネスの現場で使われるものだけど、これ便利なのよ、前世のパソコンのワードみたいにテンプレートが弄《いじ》れるんだよ。わたしも注文書や見積書、領収書なんかでも使うけれど——婚約破棄証書もあるんだ。

さすがラッセルズ商会なんでも持ってるなー。

わたしはそれに目を通し、ウィルコックス家に問題ないことを確認し、サラッとその証書に署名をして、クロードにその婚約破棄証書を突き出すと、ヤツは鼻息荒く言った。

「多少、顔の造りがいいのを鼻にかけて可愛《かわい》げがない、可愛げどころか血も涙もないのではないか！　それに比べてキャサリンはこんなにも愛らしくて」

いいからさっさと署名してよ！

あのね、花がバラだけでないように、美人の種類はいろいろあるでしょう！

あと、前世でこういう感じの漫画とかラノベとか読んでて思っていたけど、このセリフ言う男って、自分が婚約してた相手に愛されているとか思い込んでませんかね？

泣いて縋《すが》って「いやー捨てないで！」とか言ってもらいたいのかな？

金額次第で請け負ってもいいけど？（多分この男には払えない金額ふっかけますよ。わたしの顔面の付加価値もついた演技は安くないよ）

大の男が青筋立ててこんなこと言うなんて……おまけに、絶対これ自分で自分に酔ってるよね？

もう前世の言葉で「うける～」とか言いそう。

前世でさんざん揶揄《やゆ》された言葉、今ならわたしが言いそうだ。

いや言っちゃダメだ。でも想像したら吹き出しそうになる……堪《こら》えなければ……。

わたしが俯《うつむ》いたのを見たクロードは、泣くのを堪えてると勘違いしたらしく、それで溜飲《りゅういん》が下がったと思われる。

「ふん、今更しおらし気に見せても、もう遅い、とにかく、この話はなかったことに！」

そう捨てゼリフを吐いて、婚約破棄証書にきったない筆跡で自分の名前を書きなぐると、クロードはウィルコックス家のタウンハウスを後にした。

おい、「もう遅い」のセリフ、お前が言うのかよ――!!

そんなわたしの心の叫びは、誰にも知られることはなく……。

若旦那が秘書の一人を呼び寄せ、彼が婚約破棄をする旨をサインした証明書を持たせ、オートレッド家へと使いに出した。

「今後、オートレッド家については、当家も関わりたくない」

若旦那がそう呟いた。

それにしても、本当にあるんだな婚約破棄宣言。

前世では当然結婚できなくて……恋愛とか結婚とかに夢があった。

美人に生まれ変わった人生二周目、異世界転生、婚約者付きとは！　と最初は思ったけど。

あんな男と結婚とか……ないわー……。

そう思ってため息をついた。

そして、最愛の妻の死去に、がっくりと力を落としていた父――ウィルコックス当主は……長女の結婚と三女の婚約破棄という騒動を娘達だけに任せてしまったという負い目もあってなのかどうなのか、この日のすぐ後に亡くなり、数か月後、わたしが正式に子爵家当主となったのだった。

二章　妹ジェシカのデビュタント準備

「先日、王都での製品発表の夜会では大注目だったわ。プチアラクネのレース。ご婦人方の目の色が違ったもの。まずは春夏向けレースとして製作したプチアラクネの糸なんだけど、これは生産量が季節によって変動しないのはいいことじゃない？　多分わたしと入れ替わりでラッセルズ商会の使いの人がここに訪れるでしょうけれど、先日通達した分を用意しておいてちょうだい」

領地の商品をお披露目する夜会の後、再びわたしは領地にいた。

このあとすぐにまた王都に戻らなければいけない。

新商品の生産量を今一度目で確認するのと、見本及び宣材としてウィルコックス家で使用する分を持ち帰る為だ。

先日の夜会の様子だと、受注が見込める。

護衛の人にも荷物になっちゃうけど手分けして商品を持ってもらうことにしたのよ。なんていってもジェシカの晴れのデビュタント。デビューする時のドレスにつけてもらいたい。

「ようございました。お嬢様――いえ、ご当主様。ご当主様がまだ学生の折、魔獣素材の紡績製品で税収を補填《ほてん》するというアイデアがなければ、このウィルコックス領はどうなっていたか……」

「大げさよ」

家令のゲイルの言葉にわたしはそう答える。

「しかし――ご当主様、護衛つきとはいえ、馬車を使わずに移動するのはそろそろおやめになられた方がよろしいかと」

「馬だろうが馬車だろうが、魔獣や盗賊に襲撃される時は襲撃される――……」

そう言って、ゲイルの表情を見ると、ゲイルが眉《まゆ》を下げている。

「小さくともこの領地の繁栄は、今代のご当主、グレース様のお力が大きいのです。グレース様に道中なにかあったらと思うと、もう心配で心配で――……」

「わ、わかったから、ちゃんと無事に着きましたって手紙書くから！　もう行くね！」

「スミス殿、くれぐれも、くれぐれもご当主様をお守りくださいませ！」

家令のゲイルが護衛のリーダーであるスミス氏にそう声をかけるが、ゲイルの嘆き節を切り上げて、慌てて馬に飛び乗って走らせたのでその声は小さく聞こえた。

乗馬はアビゲイルお姉様が嗜《たしな》んでいて、わたしも幼年時にポニーから始めて領地で乗り回していた。乗馬はダイエットにいいって言うし。転生してせっかくスタイルのいいクールビューティー系の美人になったのに、怠惰に過ごしてデブるのが怖かったというのもある。

自転車も車もないこの世界、足があると何かと便利。領地経営はビジネス、ビジネスにはスピードが必要です。

ゲイルだって馬車を使わず馬で護衛を引き連れて、王都と領地を行き来するこのフットワークの軽さは最初褒めてたじゃないのよ……。そこら辺の貴族の坊ちゃんにも負けてないって。

確かに王都と領地の距離はあるけど、ホーンラビット被害の時に領内を馬で駆け回っていた時の方が危険度は高かったと思うのよね。

それに……。

「スミスさん達がいるから大丈夫なのにねえ？」

わたしがそう呟いたのが聞えたのか、スミス氏は苦笑する。

スミス氏のグループは、わたしが王都から領地へ向かう時、必ず同行してくれる護衛グループ。

ラッセルズ商会を介して紹介されたきちんとした身元の人で……なんでもおうちの事情で退役した軍人さん達で構成されていて、護衛としては人気なんだろうけど、タイミングがいいのか、わたしが領地と王都を行き来する時は必ず担当してくれてる。

婚約破棄から三年後――。

元婚約者クロードが周囲に婚約破棄と喚いたおかげで、周りからは婚約破棄された『女子爵』という認識を持たれていた。

この国の貴族社会では爵位は男性のものって考え方が一般的。

わたしみたいな場合もあるっちゃあるけど、今、この国でわたしの他に女で爵位を持ってる人って、他に二人ぐらいじゃないかな……それぐらい、イレギュラーで希少なわけで、そんなわたしのところに来る結婚の話って先方が尻込《しりご》みしちゃってる場合が多数。

でもわたしは、『子爵』という貴族位を持っている。

例のホーンラビット大繁殖の時、二年に進級した際、担当教師に相談すると、貴族当主生存中の爵位継承も一応は可能で、もしかしたらわたしもできるかもしれないというのを聞いたのよ。

うちの状況を話すと、「一番すんなり通るのは、当主が家の裁量権を持てない状態。例えば、生きていても、重病だとか、高齢の為に判断が危ういとかの場合だが……話を聞くとウィルコックス家の場合は『当主の判断力低下による』っていう項目がギリギリの範囲だな。なんにせよ、通常でも申請書の他に実績証明書とかをつけての行政審査が必要だ。実績証明はそうだな、例えば領主代行証とか、代官就任証とかだ」と言われて……夏季休暇中の一件を片付ける為に領主代行の許可ももらった直後だったから、これらの書類は学生時代から揃《そろ》えてもいいかもしれないと思ったのよね。で、父が亡くなった時、学生時代の同級生でわたしをよく知る貴種担当の行政官を頼り、最短で子爵位を手にした。

姉二人も妹も、わたしが当主になることに異論はなかったようだ。

むしろ、よろしく頼むぐらいな感じだった。

当主である父親が存命中に、爵位継承の準備をしてるってだけで外聞悪い。

これ普通にわたしが男でも、白い目で見られていただろう。

でも、我が家はいろいろ切迫していたし、姉が貴族位でないラッセルズ商会に嫁いだ事実があったから、お役所仕事である彼等《ら》もスピーディーな対応を取ってくれたと思っている。

仮令《たとえ》弱小子爵家でも、娘の一人が政商で豪商のラッセルズ商会に嫁入りしたという事実に周囲は勝手に思惑を広げる。

このまま子爵家の領地がラッセルズに統合されちゃうの？　操り人形の当主でも、それが女でも、ここは当主立てておいた方が無難じゃね？　的な。

家令も代官も「先代（父親）にはなかった、この問題処理能力の速さと発想力は次期当主として申し分ない」とか、爵位継承をスピーディーに進めてくれた行政官も「いやーテストの際は学科が違うのに、いろいろ手伝ってもらったし、ウィルコックスには恩があるしな～」とか言ってくれたけども！

審査する担当官達から見れば、黒い喪服に黒のトークハットを被《かぶ》ったわたしの姿を見て、ちょっと同情を寄せたのもあるに違いない。

冷ややかだけれど、僅《わず》かに伏目がちで決死の覚悟を持ってこの場にいる若い美女だから――……これが前世の容姿をしていたら絶対無理だったろう。

世間はデブスに冷たい。わたしは身をもって知っている。だから今世で手に入れた顔だろうが演技力だろうが、持ってるものは何でも使う。

で、結果。

父親が存命中から子爵家当主を狙ってたとか父親の爵位を奪ったとか、そんな世間の悪評も広まったけれど、書類はスムーズに処理された。

わたしが現在ウィルコックス子爵だよ！

護衛のスミス氏がタウンハウスのドアを開けると、末っ子がキラキラした笑顔でわたしを迎えてくれた。

「グレースお姉様！　おかえりなさーい！」

パトリシアお姉様が、末っ子ジェシカの社交デビューの為に、商会の服飾職人を連れて実家のタウンハウスに来訪していた。

ジェシカが普段より二割増しでキラキラしてるのは、デビュタントの衣裳《いしょう》の仮縫い中だからか。なるほど。

仮縫いならまだ間に合うわね、領地から持ってきたプチアラクネの糸。ばーんと使ってちょうだい！

わたしはドアを開けてくれた護衛のスミス氏に、契約書にサインをして、料金を渡す。次回もまたよろしくお願いしまーす。

わたしは疲れているが、お留守番の妹の肌はつやつやピカピカしてる。

元気になっていいことである。

「ただいまジェシカ、よく似合うわ」

わたしがそう言うと、末っ子は嬉《うれ》しそうにくるくるとその場で回る。

うむ。可愛い。可愛いは正義。

「おかえりグレース、丁度いいわ。貴女《あなた》のドレスも新調しなさい」

嫁いでいったとはいえ、パトリシアお姉様には、長子の迫力がある。

階段から降りるその姿はとても優美で、威厳がある。

子爵家の令嬢だった貴族的仕草は抜けない。

生まれながらの貴婦人とはこういうことかな？

「ドレスの新調……？　よくわからないのですが、湯あみをしてきていいでしょうか。領地から戻ったばかりですので」

わたしがそう言うと姉は鷹揚《おうよう》に頷《うなず》いた。

いやだから、お付きのメイドさん達が手伝う感じでついてくるの、やめてー！

前世持ちだし、下位貴族なんだよ！　湯あみの手伝いとかいらないよ。

わたしは考え事があるので一人で大丈夫と伝えると、介助はしないけど、着替えやリネンの為に一人は控えてくれることに。

湯あみをして、身支度を整えて応接室に行くと、姉が連れてきたメイドがよく冷えたハーブティーを給仕してくれた。

姉が連れてきたメイド達の所作の隙のなさ……素晴らしい。

高位貴族に仕えるメイドかと思うぐらいに洗練されている。

わたしもね、会合やそれなりの夜会に出ることもありますよ、商談がありますから。

そこで、わたしの姉パトリシアのことを「平民落ちが」と他所《よそ》のご令嬢に囁《ささや》かれることもあります。

その囁きに、どこが？　とわたしは首を傾《かし》げたくなる。

このメイド達を日常的に扱う姉のどこを見て爵位なしの平民と言うのか。

見せてやりたい。

「ドレスを新調しなさい。グレースが一番、苦労したんですもの。ジェシカもデビュタントに申し分なく成長もしたことだし、貴女も貴族令嬢らしく、今回の夜会で結婚相手を見つけなさいな」

「しかし、わたしの婚約は一度流れています。そういった外聞があれば結婚も難しいのでは？」

婚約破棄、舐《な》めちゃいけない。

仮令、口約束の婚約であっても、破棄ではなく解消が事実であっても、破棄されたという言葉はわりと残るものですよ。あの元婚約者が声高に周囲にそう宣言したっぽいから特にね！

これはわたし達姉妹が頑張って、家を傾けさせないように動いた代償といえば代償か。

それに……。

わたし、何度生まれ変わっても、結婚できない気がする。

だって前世に比べてめっちゃ美人になっても婚約破棄されたんですよ？

もう無理かもねえ。

「まだ、クロード・オートレッドの言葉を気にしているのね……婚約者である貴女が一番苦労していた時に他の女に入れあげて、婚約を破棄すると喚《わめ》いたあのバカ男」

おお、ズバッと言い切った。

そんな虫けらもいたわねと毒づいて、優しい顔でわたしを見る。

確かに「オートレッドはバカだな」と周囲の噂《うわさ》でも聞く。

そのまんまわたしと結婚していれば、楽に暮らせたのにとか言う輩《やから》もいたが、肩書とか実権を渡したら、没落路線に戻ってしまいそうじゃない。

アレと結婚してみろ、ただでさえ貧乏なのがさらに貧乏になるところだったわ！

「あれでよく学園の基礎教養課程の単位が取れたと思うわ。グレースの優秀さに敵《かな》うはずもありません。グレースは、このウィルコックス家を立て直す才覚を持っているのですもの」

パトリシアお姉様に褒められると嬉しいなあ。

そうは言うけど。

「お姉様の婚家のお力が強かったからこそ、できたことです。何度か危ないところも救っていただいたので、別にわたしの力だけではないでしょう」

必要に迫られて領主代行をしてた学園在学中の時はまだ、家令のゲイルや王都の執事ハンスが表立って動いてくれたけど、当主に就任した時は社交デビューしたばかりだし、肝心の交渉ごとにおいて、何度も足を掬《すく》われそうになった。

先代当主である父親も鬼籍に入り、十代の小娘が相手ならば、領地まるごと乗っ取りも夢ではないと、他の男爵家や子爵家から舞い込む縁談を躱《かわ》し続けられたのも、姉の婚家の力が大きい。

中には結婚しなくても、契約書一枚で乗っ取りできそうだと画策されたことも一度や二度ではない。強欲な他家とつながりを持つ商人達との交渉事もドキドキしたよ。

ウィルコックス家の子爵領などたかが知れているのに、それすらも掠《かす》め取ろうとする有象無象を相手にする時に感じたことは……。

クールビューティー系の顔でよかった……。

これにつきる。

笑みを浮かべず淡々とした態度だけで、相手も舐めてかかってこなかったもの！

この冷淡な顔立ちが、時として、パトリシアお姉様を凌《しの》ぐ威厳も出させるのだ。

「確かにパーシバルとジェシカの結婚も近いです。わたしも身の振り方を考えなければとは思うのですが……」

ここで普通ならわたしが、婿を取れば万々歳なんだけど、その予定がない。

婚活？　領地と事業を回していたら、そんなのできませんでした！

なんといっても、父親から爵位ぶんどった娘という悪名が知れ渡ってる……それでも婿入りでもいいって話もなくはなかった。

だけどパトリシアお姉様もアビゲイルお姉様も、ウィルコックス家の屋台骨を守ったわたしの婿取りにはすごく厳しい。これはわたしに婿入りして、ゆくゆくは、子爵位をもらおうという腹が見え隠れしてるっぽいヤツ等が多すぎるってこともあるんだけどね。

わたしから見ても、うちの姉や妹を大事にしてくれるならいいけど、どうも違う感じの人しかいなかった。

親がしっかりしていなかったから、姉妹の絆《きずな》はわりと強い家だし、結婚したパトリシアお姉様やアビゲイルお姉様が普通の家よりも頻度高く、実家に戻っても嫌な顔しない男とか難しくない？

そこで考えたのが、この末っ子カップルに次期ウィルコックス子爵家を継いでもらうのはどうだろうかと。

パーシバルに婿入りしてもらい、彼を次代当主に据えるのは？

彼の実家と当家の領地業務提携は理想的だし、お姉様の婚家のラッセルズ商会もそう思ってるはず。

ジェシカとパーシバルの二人を見てたら、下手《へた》な人物をウィルコックス家に入れるよりも、この二人なら家を盛り立てられると判断したし、パーシバルなら信頼できるし、婿入りを打診したら快諾だったの。

これで八方丸く収まる。めでたし！

のはずだったんだけど……わたしがフリーとなる未来が確定。

「わたしは……アビゲイルお姉様みたいに、自由気ままに身軽に生きていけるなら、そちらに憧《あこが》れたりします……」


貴族社会って、やっぱり女は損なんだよね。

自由がないというか限定されるというか。

前時代的な感じなんですよ。

だから二番目の姉のように、自分の食い扶持《ぶち》は自分で稼ぎたい。

これは前世の記憶があるからかなあ……余計にそういう思いが強いんだよね。

魔導伯爵位を叙爵とか、かっこよすぎるでしょ、アビゲイルお姉様は一体なんなの？

チートなの？　チートだな。

俺TUEEEなの？　俺TUEEEだな。


「アビーは……ほら、私達の中ではちょっと特殊というか」

パトリシアお姉様はあらぬ方に視線を飛ばした。

「そうですね、残念ながらわたしは、アビゲイルお姉様のような魔力も明晰《めいせき》な頭脳も持ち合わせておりません」


となると、さあ元子爵家当主という立場で、何ができるか……っていうことですよ。

領地経営の触り程度なら教えられるからそこを活かし《い》て……教職とか？　ガヴァネスとか？

書類仕事はそこそこできるから、行政官試験を受けるのもありかも。


「グレースはまだ適齢期よ。私が結婚した年よりまだ若いんですもの大丈夫。探せば見つかるはずです」

ううん……やっぱり結婚なのかー。

今世の世情でいえば当然といえば当然な選択なんですが。

結婚……。

そりゃ前世より美人に生まれましたが、結果的には婚約破棄された女なんですよ！

こんなに美人に生まれ変わっても、顔が好みじゃないと初回の婚約で婚約破棄される運のなさ！

おまけに父親が生きていた時から、三女のくせに家の裁量権とって、最短で子爵家当主になった娘だよ？　どんだけ強欲なんだと思われてるよ！

わたしが男だったら、そんな噂のある女とは結婚したくないわ！

……無理でしょ。

「グレース。貴女には実績があります。このウィルコックス子爵家を三年切り盛りしたという実績が。それを活かしなさい。まったくもって社交に出なかったわけでもないのですから」

「外からウィルコックス家を支えるお姉様のようになれるかは……外からこの家を守るならば、爵位は同等かそれ以上でないと難しいかもしれません。お姉様のように男性を見極める自信がないのです」

実家に爵位を譲り渡した元女子爵を嫁に迎える。

男爵家や子爵家なんかはどこも及び腰だろう。

中には、わたしに仕事を押し付けて、遊び回ってやろうっていう男とかもいそうだけど、学生の時に当主の父から裁量権もぎ取った話は有名だから、そんな女を嫁にもらったら、当主の座を奪われて家を乗っ取られるぞと周りがご注進するって。

そうなると――子爵家よりも上の爵位の貴族……。

それって、後妻しかなくない？

デビューを四年も過ぎたわたしに残されてる縁談なんて、爵位があるが高齢の当主か、人品骨柄に問題有な人（妻に逃げられたり性格に問題あって婚姻が成立しない人とか）その二択じゃないの。

究極の選択で選ぶとしたら、やっぱ爵位があって、高齢の当主よね。

後々爵位後継に揉《も》めていても当主代行ぐらいはできるっていう価値がわたしにはあるし。

わたしが声に出して唸《うな》っていると、パトリシアお姉様がぴしりと言い放つ。

「そこは私とアビゲイルが探します。パーシバルの実家メイフィールド家も協力してくれるようです。そうと決まれば、ヴァネッサ、メアリ。グレースのドレスもきちんと仕立てなさい。社交界デビューの際の付添人であるシャペロンにしてはもったいないと思わせるように」

パトリシアお姉様の指示にメイドの二人はやる気を見せて答える。

「「はい、かしこまりました！　若奥様！」」

「じゃあまずは～ご衣裳のデザインからご相談しましょうか～」

服飾デザイナーのマダムもノリノリだ。

そこに妹のジェシカも顔を覗《のぞ》かせる。

「グレースお姉様は、お綺麗《きれい》だから、きっとみんな夢中になるわ！　わたしとお揃《そろ》い！」

ちょっと待て妹よ！　デビュタント同様の白を基調としたドレスは無理！

わたしの学園の同窓生に会ったらみんなドン引きだよ！

何を言われるかわかったものではない。

「グレースが白いドレスを着るなら結婚式よ、ジェシカ」

「そうね！　グレースお姉様の黒い髪と金の瞳《ひとみ》に似合うドレスの色ってやっぱり濃い色合いよね？

パトリシアお姉様」

「センスがいいわ。ジェシカ。私もそう思うわ」

立派に成人した四歳下の妹、ジェシカちゃんの鼻息が荒い。

さっそくわたしが領地から持ち帰ったプチアラクネのレースや布見本を手に取って「この新商品、絶対に人気出るから、マダムリリーも触って～」なんて言って服飾デザイナーのマダムに勧めてる。

小さい頃は病弱で学園に入っても度々体調を崩す子で、わたしもお姉様も甘やかしたし心配したので、どこかまだ幼い感じが残ってるのよね。

でもね、ジェシカ、あのね、お姉ちゃんはね、キミの着せ替え人形と違う。

「濃い赤……濃い青……どちらも捨てがたい～。それにお姉様は色白だから濃い色が映えるわあ。寒色系の淡い色もいいわよねえ。髪の飾りはティアラが似合いそうだけど、これもデビュタントのみだからダメなんでしょう？　うーん、こういう先端に飾りがついたピンで髪を飾るのはどう？　お姉様の瞳の色と同じ金色にして！　うちにお金があったら、本真珠のピンでこれでもかって散らしたい～！」

「ジェシカ様、本当にセンスがよろしいです！」

「配色を詰め込みすぎると下品になりがちですから！　配色抑えて、お上品にお願いします！」

こういうセンスは持って生まれたものなのだろうか？

妹の意外な才能を目の当たりにし、彼女の指示であれこれとわたしの衣裳《いしょう》は見立てられるのだった。

三章「この身は騎士ではありますが、貴女《あなた》の王子になりたいのです」

妹の社交デビューの付き添いとしての夜会。

ウィルコックス家のエントランスで、執事のハンスと家政婦長のマーサは感慨深い表情でわたし達二人を見ている。

「末のジェシカお嬢様もご無事にデビュタントとして夜会に出席……」

マーサに感無量といった態《てい》でそう呟《つぶや》かれてしまった。

特にお母様似で、病気がちだったジェシカが元気になり、成人した事実に感激しているのだろう。

この子が嫁に行ったら号泣するな。

まあ嫁に行かせず、婿を取ってこの家に残すけど。

ジェシカが嬉《うれ》しそうにわたしを見る。

いやーなんとか育ったよ。

可憐《かれん》で可愛《かわい》い貴族令嬢の爆誕！

華やかなプリンセスラインの白い衣裳、スカート部分の下は透けるような印象を与える為に今年、ウィルコックス領で開発生産にこぎつけた蜘蛛《くも》型モンスターのプチアラクネの糸を使用したレース素材を使用している。

想像通り、この素材はクレセント離宮のシャンデリアの光を品良く反射させて、ドレスに輝きを与える。

「グレースお姉様も素敵よね？　マーサもそう思うでしょ？　やっぱり青のドレスにして正解！　銀色の細かいレースとサテンの光沢が合う～！　介添人《シャペロン》にしては若いし、お姉様をお誘いしたい紳士もたくさんいるかも！」

「そんなことよりも、貴女自身が、ダンスを申し込んでくる男性に注意なさい」

「はあい。でも、一度はヴィンセント様と踊ってみたいな～」

妹が口にした名前は、今をときめく伯爵家当主、ヴィンセント・ロックウェル卿《きょう》だ。

なんでも、しばらく仕事で王都を不在にしていたが、最近社交界に戻ってきて、若いご令嬢やご婦人方から熱い視線を受けている――。

そういう人って本日デビュタントの妹には荷が勝ちすぎるのではと思っている。

軍閥系の高位貴族で伯爵様。

金髪と紫水晶みたいな瞳が印象的で、女性の扱いも上手《うま》い。

まさに独身の貴族令嬢が思い描く理想の王子様そのものだとか。

噂《うわさ》でしか知らないけれど。

でも、そんな彼の外見の良さよりも有名なのは、ダンスに誘う殺し文句が、

「どうかこの手を取って私とワルツを踊っていただけないでしょうか？　この身は騎士ではありますが、貴女の王子になりたいのです」

とかなんとか。

どこの三文芝居の喜劇役者だとツッコミどころ満載のセリフだが、顔が良くて爵位のある男が甘いテノールで囁《ささや》けば、独身のご令嬢達は完璧《かんぺき》に落ちるらしい。

これで彼に熱を上げて、縁談を引き延ばしたご令嬢は片手、いいや両手の指でも足りないだろうという噂もある。多分単純にダンスの誘いなのだが、顔のいい男は得だという例だ。

もちろん彼は顔だけではないらしいが。

ちなみに彼の言うところの「騎士」って——これはもう称号になってきていて爵位の一つになりつつある。騎士爵というやつね。

王城で王族を守護する騎士団の人にはこの爵位が与えられている。もちろん親からの貴族位を継承した人もいるけど、次男三男が爵位を持てるというお仕事なので、若い貴族の令息には人気の職業の一つではある。

彼自身も伯爵位を持つが、あのセリフから推測するに多分騎士の称号も持っているんだろう。

そんな恋愛方面、百戦錬磨な男と踊ってみろ、頭からばくりと食べられてしまうよ、妹よ！

「あら、パーシーとは踊らないのね」

わたしの言葉に末っ子のジェシカは、血色の良くなったピンクの頬を真っ赤にさせた。

年齢より精神面が大人びている彼と、この幼さが抜けきらない妹……身近で三次元で萌《も》えを供給してくれる二人。

ありがとうございます。

いつも観《み》ていて、ニヤニヤしちゃう。

この二人が結婚したら、両親亡き後、ウィルコックス家全体を支えていたわたしの肩の荷も下りるというものだ。

執事からその噂のパーシバルが迎えに来たことを知らされた。

「ジェシカ！　すごく綺麗だ！」

エスコートの為にうちの門前まで馬車で来たパーシバルが、玄関を開けるとジェシカを見るなり両手を広げた。

彼はすでに社交デビューをすませ、来月には十八歳になる。淡い栗色の髪とグリーンの瞳が印象的な好青年だ。

「ほんとう？　パトリシアお姉様が用意してくださったの、デビュタント用のドレス」

「うん。すごく似合う」

婚約者の言葉に妹ははにかむように微笑《ほほえ》む。

傍《はた》から見てニヤニヤしたいんだけど、あまりに激甘な二人を目の前にすると、口から音を立ててザーッと……砂ではなくグラニュー糖が出てきそうだ。

そのぐらい甘々の二人。

あなた達、そのまま教会に行って結婚すればいいのに。

そうなるとわたしの就職先がなあ……。

ま、とりあえず、妹の社交デビューの為に会場に行かねば。

ついでになんかいい勤め先を見つけることができればいいんだけれど。

◇◇◇

今シーズン成人となる貴族令嬢のお披露目だから、会場はクレセント離宮で行われる。

わたし達が会場に足を踏み入れると、小さなざわめきがたった。

――これは想定内。

子爵家の中でもウィルコックス子爵家は、弱小から中堅入りを果たしたぎりぎりラインに位置する。

こう注目されるってことは、子爵家として、付き合うのもいいいんじゃなーい？　って思われているることなのよね。

中には「女のくせに生意気にも子爵家当主を名乗りやがって」な視線もある。

まあね、後継ぎが娘しかいないなら婿を取るのが世間一般において常識なんだもの。

それを、未婚の――婚約破棄された三女が爵位を引き継ぎ女子爵の肩書を持つとか、イレギュラーもイレギュラー。

せいぜい表情筋を死滅させて、冷淡で尊大な、子爵家当主の顔をしてみせようじゃない。

脳内に焼き付けているパトリシアお姉様の所作を見本にさせてもらおう！

はいはい注目注目〜！　うちの末っ子の社交デビューよ！　今後ともウィルコックス子爵家をよろしくね！

わたしが会場入りして最初に周囲に集まってきたのは、男爵家から子爵家の若い貴族子息です。ほとんどが既婚者だから、奥方様を横に連れ添ってのご挨拶《あいさつ》。

「ごきげんようグレース」

爵位継承にお世話になった同窓の男爵家次男坊、姉の嫁ぎ先である商会と顔をつなぎたい子爵家長男、王都魔導アカデミーに口利きしたこともある子爵家の若いご当主。いずれも学生の時の同窓生達だ。また彼等《ら》に付くお友達。

女性も男爵家に嫁入りした同窓生やら、子爵家に嫁いだ子やらと、わさわさとわたしのもとに集まってくる。

あんまり学生時代親しくはなかった子も半分ぐらいいるね。

「久しぶりだね、グレース」

「子爵家の特産品、順調そうじゃないか」

「ラッセルズ商会で、ホーンラビットファーのレティキュール、思わず買ったわ」

「グレースが手掛けたんでしょう？　あれ、可愛くて素敵よね、わたしも持ってる！」

貴婦人用の小さなバッグ。レティキュール。

領地で大繁殖したホーンラビットをどうにかしたい一心で、ファーバッグとして製品化に成功し、一昨年からはどんなドレスにも合うようにファーを染色してカラーバリエーションを増やし、形も従来の巾着《きんちゃく》型だけではなくスクエアタイプや丸みを強調したサークルタイプなんかも発表したところ、これが人気商品に。

わたしを取り囲み口々に言葉をかけてくる友人知人を見渡して、ここぞとばかりにアルカイック・スマイルを浮かべる。

「皆様、お久しぶり」

前世のわたしなら、どんないじめに遭うのやらと、ビビりまくっていたけど、今世では違う。

男性陣の瞳《ひとみ》はそこはかとなく熱っぽく、好意を感じられるような……。

気のせいか。横に麗しい奥方様を侍《はべ》らしてるし。

学園に入学した時、わたし自身に好感を持たれ、それにそつなく対応することに、なかなか時間がかかった。

なんせ非モテで人生を終わらせたわたしである。

いきなりモテ期‼　キタコレ！　な状態になって浮足立った。

勘違いも甚だしいとはこのことだ。

半分は社交辞令だとお姉様二人にこんこんと説教された。

自分を安売りするなと。

顔の美しさで寄ってくる男は多いが、お前の中身をいいと思ってくれる男を見極めろと。

特に二番目の姉なんかは。

「人間なんて皮一枚差、年を取ればみんなしわくちゃ、それでもお前の傍《そば》にいてくれる人間を探せ」

その言葉は、わたしの浮かれた感情にぱしゃんと冷水を浴びせるに十分なものだった。

かつて前世で、負け惜しみで何度か呟いた言葉だ。

それを忘れて浮かれるとは、転生チートも何もないのに図に乗っていたと反省した。

「あと、男をほいほいさせたら怖いんだぞ、下手《へた》したらやり捨てだってあるぞ！　ただでさえお前、子爵家当主代行なんてしてるんだから！　ハニートラップにも気を付けろ！　ジェシカを路頭に迷わせる気はないよね」

その言葉に、はっとした。

わたしがしっかりしないと、姉妹が生まれ育った領地やタウンハウスを手放してしまう可能性だってあるってことに気が付いた。

それ以降、わたし自身、姉達や妹を、子爵家を守る為にふわふわした感情を上手く制御するように努めた。妹みたいに愛され系がつんけんしてたら印象悪いだろうけど、この顔面で無表情は結構効果がある。

この、クールビューティー系の顔に生まれてきてよかった。

この夜会でも、彼等が向ける熱っぽい視線の中には、ウィルコックス子爵家をいいように扱いたい者だっているに違いないので、冷静に対応しないとね。

わたしは後ろにいるジェシカとパーシバルに視線を向ける。

驚いてる様子だけど……。

社交なんてしてなさそうなわたしが、一気に囲まれていればそれは驚くよね。

でもこれ、半分以上はお知り合い程度で決して仲良しお友達じゃないのよ。

女子爵の名前に寄ってきてるだけだから。

そういうもんなの。

パーシバルはわかっているよね？

話の流れがキリのいいところで、わたしは言う。

「紹介させていただいても？　わたしの妹、ジェシカ・ウィルコックスです」

カーテシーをしてみせるジェシカをみんな好意的に見てくれた。

「可愛《かわい》い～！」

「美人姉妹だなあウィルコックス家」

「是非、ファーストダンスを――」

そう言って、ファーストダンスを願い出る男性陣も出てくるが、わたしは扇を畳む。

その音を聞いて、ジェシカをダンスに誘おうとした令息達はぴしりと背筋を正す。

まるでガヴァネスに注意を受けた就学前の子供みたいに。

「妹のジェシカは年内にこちらのパーシバル・メイフィールドと結婚することになっているの。初々しいカップルのファーストダンスを見たい為にこの夜会に出席したのよ」

あくまでも妹の付添人に徹しているという雰囲気を醸し出した。

パーシバルとジェシカが照れながら見つめ合っていると、皆、年上の余裕を見せたいのか、ジェシカとパーシバルをフロアへと送り出そうと、ダンスの曲を合図に、わたし達を取り囲んでいた人達も散開していく。

この機にわたし達も移動していく。

「お姉様……すごい」

「グレース義姉上《あねうえ》は、この規模の夜会に出るのはそうそうないと仰《おつしや》っていたけれど……」

「ええそうよ。あれは女子爵という珍獣を間近で見たいのがほとんど。その証拠に、わたしにダンスをと言い出す男性がいなかったでしょ？」

そういうことよ！

わかってるわよ！

モテませんよ！

こんなに美人に生まれ変わったけど、モテませんよ！（大事なことなので二度言うわ！）

そんなわたしの後ろでジェシカとパーシバルは顔を見合わせて、アイコンタクトを交わしていた。

何よ、二人して。

すでに夫婦かキミ達は。

そのアイコンタクトでの会話は。

「とりあえず、デビュタントとして踊ってきたら？　わたしは、パーシバルのお兄様にご挨拶してくるから。あと、終わったらなるべく壁の方にね。わたしはシャペロンだからそこにいるから。この機にパーシバルが次期子爵家当主ってことを知らせたいの。ウィルコックス家の領地事業と関連する方にご挨拶を済ませるつもりだから」

珍獣を見る視線が鬱陶《うっとう》しいなと思いながら、わたしはパーシバルの兄であるエドワード・メイフィールド氏の方へ歩き出した。

◇◇◇

「ごきげんよう、グレース」

パーシバルのお兄様は、先月、メイフィールド家のご当主となった。

メイフィールド子爵家は領地に多数の紡績工場を抱え、王都の紡績に一役買っているという働きで、近々伯爵位を賜る予定だ。

うちの領地はその素材を提供できる土地柄ということで懇意にさせてもらっている。

「グレース。そのドレスとても素敵ね。ラッセルズ商会の新作かしら？」

わたしのドレスに視線を落として、華やかな笑顔を向けるのが、子爵の令夫人であるルイーゼ様だ。

なかなかにお目が高い。

この新作ドレスの一番の売りであるレース部分に注目しているのがわかる。

通常の子爵家当主らしく対応しなければ。

「メイフィールド卿《きょう》、ルイーゼ様、ごきげんよう。メイフィールド紡績のシルクで作られたもので、着心地が素晴らしいです」

まずは相手方の商品を褒める。

でもね、このドレス。レース部分はうちの領地で生産されてるプチアラクネの糸よ。

ドレス本体のシルクはうちの領地での生産は無理だったけど、プチアラクネの糸は希少だし、紡績関連では今注目の素材だ。

これはうちの独占だからね。こういうところで自領の特産品を見せておく。

袖《そで》や、襟、装飾の先端にそれを使用しているので、メイフィールド卿も奥方も新素材が気になる様子だ。

「レースが素晴らしい。うちのシルクと合うね。グレースが手掛けているのかい？」

わたしは言葉にせずに、アルカイック・スマイルを浮かべる。

それが肯定なのだと察した様子だ。

「うちにもう一人弟がいれば、グレースを是非に迎えたかったね」

「グレースも今後はこの規模の夜会にたくさんおいでなさいな。貴女《あなた》を紹介してほしいとこの人がせっつかれて大変だったのよ」

「ありがとうございます」

そしてアルカイック・スマイルをひっこめて表情筋を死滅させた。

冷淡に見える女子爵らしい表情と所作を前面に出していこう。

「今のキミを見て声をかけたそうな連中は、両手の指では足りなそうだぞ、我々も心して人選をしなければな。あのよくわからないクロード・オートレッドよりも何倍もいい男が必要だ。だいたいアレとキミではつり合いが取れない」

ははは、元婚約者をよくわからないと評された。

うん、わたしも元婚約者はよくわからないけどね。

このメイフィールド卿とラッセルズ商会が元婚約者に対してあのあとどうしたのか――、わたしの耳に入らないように取り計らってるようだ。

彼の家――オートレッド家は、あの婚約破棄劇場から一年後、タウンハウスを売却し、もう少し土地の安いエリアに引っ越したらしいことは、知っている。

ラッセルズ商会と次期伯爵家に睨《にら》まれた子爵家の末路とか……想像するだけで怖いな。

ほんとうにうちの姉も妹も力強い後ろ盾を持ったものである。

「貴女を紹介してくれと言われているのは本当なのよ、グレース」

うーん……。

そう仰ってくださるのは光栄なんですが……。

でも男性よりも仕事の紹介を希望しますとは、紳士淑女の出会いの場であるこの会場でそう発言するのはダメだろうな。

父親が生存時から子爵家の裁量権を手にした強欲な娘——という印象に拍車がかかるだけだね。

別にいいんですけれど、でも、それと結婚したい男ってどうなのか。

「それとも、フォースター侯爵夫人からそういった打診を受けているのかな？」

ちらりとメイフィールド卿の視線を追う。

彼の言うフォースター侯爵夫人はパトリシアお姉様にいろんな男性を紹介してくれた夫人だ。かのご夫人はこの会場で、本日デビューの令嬢と年齢のつり合いがよさそうな青年紳士を紹介している。

社交界だろうと下町だろうと、いるところにはいるのだ。男女の仲を取り持ちたい世話焼き役——彼女はいろんな男女を仲介するのが趣味な御仁で、悪い人ではないが、少々おせっかいが過ぎる。そして話も長い。

でもラッセルズの若旦那《わかだんな》とパトリシアお姉様を引き合わせたのだから。組み合わせを見る目は確かなんだろうな。

「まだ、打診は受けておりません」

そう答えると「これはこれはメイフィールド卿。ごきげんよう」と紳士が声をかけてくる。

その人がわたしに紹介したい御仁なのかな？

でもうーん……結婚するにはちょっとパス。

お二人に心の中で「ごめんなさい」と謝罪しつつ、夫妻から一歩離れる。

声をかけてきた紳士があと二歩ぐらいでメイフィールド卿に肩を並べそうなところでわたしは、カーテシーをしてみせた。

「それでは、メイフィールド卿、ルイーズ様。ごきげんよう」

去り際に、メイフィールド卿がやんわりと「彼女は奥ゆかしいから」と言葉を濁している声が聞えた。

領地経営の製品関連での夜会で見たことある人だけど、なーんか商売下手な感じがしたというか……わたしが言うのもなんですが、新事業提案しても決定打がないというか、現場知らないっていうか。その企画は無理じゃないの？　って感じのお話をする人だった。

あと普通の貴族の男性よね。この普通の貴族の男性っていうのは、わたし――女子爵なんて認めていないというか、この実績はどうせ周囲の人のおかげで、コイツ自身はお飾りなんだろっていう侮りみたいなものを感じる。わたしの実績をそう見てる人はまだ一定数はいるのよ。

お付き合いしても、わたしの言葉を女だから――ってことで、聞き入れない気配。

そういうところ、元婚約者と被《かぶ》る印象を受けた御仁だった。

メイフィールド卿がわたしを引き留めなかったってことは、あんまり紹介しても旨味《うまみ》がないと判断したのかも。

とりあえず、壁際に撤退。

そこには見知った顔がいる。

相も変わらず壁の花に徹している令嬢だが、わたしの親友。

エイダ・エインズワースだ。

エインズワース家は男爵家。

男爵家とはいっても、高位貴族の縁戚《えんせき》である男爵家だ。

在学時、エイダの爵位を揶揄《からか》った世間知らずの令嬢達は、親にこってり怒られたという逸話をわたしは知っている。

領地は持たずとも、王都では売上一位を誇る新聞社を持ち、出版業にも手を広げている。

国の貴族名鑑の制作もエインズワース家が取り扱っている。

高位貴族の縁戚で、王都一の新聞社を抱える実家を持つとは思えぬほど、本人は目立たず、地味で、見事に周囲に埋没する容姿をしている。

が、よくよく見ると、人のよさそうな笑顔がチャーミング。

自分もせめてこのぐらい控えめながらも愛嬌《あいきょう》がある笑顔ができたらよかったんだけどな。

「誰もが貴女に声をかけたがっていて、見ていて面白かったわ。デビュタントの令嬢達が霞《かす》む夜会の主役じゃない？」

給仕からフルートグラスに注がれていたワインベースのカクテルをさっと取って、渡してくれた。

「そんな色めき立つ紳士達を差し置いて、貴女とお話できるなんてね」

わたしはグラスを受け取ると、小さくため息をつく。

「わたしと話すのは、領地の事業関連の男性よ。知ってるでしょ？　今日はジェシカがデビュタントなの」

「そうは言うけれど、会場入りすると一斉に貴女に群がる様子はすごかったじゃない」

「学生時代の友人がほとんどよ。見てわかるでしょ？　あとは、毛色の変わった珍獣枠を近場で見たいだけの人もいたわね」

目立たない髪と瞳《ひとみ》の色は、壁の花になりやすいが、彼女はそれを逆手にとって、夜会で起きる出来事を観察しているのだろう。家業の血が流れているなー。

この世界、この国で、わたしとエイダは貴族の令嬢でありながら、家業に深く携わり、適齢期のうちの婚期を逃しそうな同性の友人で気が合うのよね。

あー、それにしても、これでようやく一息つける。

グラスの中身を一気飲みしたいのを堪《こら》えて、あくまでも上品にグラスに口を付けた。

「ところでグレース……。人込みをかき分けてやってくる、あの人物に見覚えがあるんだけど」

うん？

エイダの視線の方にわたしも目を向ける。


――クロード⁉

三年前に「別の令嬢と婚約する！　お前みたいな女とは婚約破棄をする！」と、ウィルコックス家のタウンハウスで喚《わめ》いた元婚約者の姿だった。

「なんで……？」

「やっぱり、貴女の元婚約者よね？　貴女に頼まれて調べたけれど、アレは、親から勘当を言い渡されて、親戚《しんせき》筋の牧場に行ったんじゃなかったのかしら？」

姉の婚家も未来の義弟の家も、元婚約者の現状についてわたしの耳に入らないようにしてくれていたが、わたしはその後どうなったのか、エイダに頼んで調べてもらっていたのだ。

彼は結局、あの時連れてきた令嬢と結婚しなかった。

メイフィールド家とラッセルズ商会に睨まれたオートレッド家の当主が、やらかした息子を放置したらお家の衰退は目に見えている。

クロードを勘当し、彼の貴族籍を抜いて、親戚筋の経営する牧場に放り込んだという。

あの男に牧場とか無理じゃなかろうかと思っていたんだけど……。

「エイダ、アノ人どこかに婿入りとかした？」

そうすることで貴族位に返り咲くことも、なくはない。（最底辺だけど）

エイダは首を横に振る。

とにかく妹と合流しなければと視線をさまよわせたところで、目の前に手が差し出された。

わたしとエイダはその手をじっと見つめ、「今それどころじゃないのに」と、手を差し伸べた相手の顔を見て呼吸が一瞬止まる。

金髪に神秘的なアメジストの瞳、上背高く、穏やかな微笑《ほほえ》みを浮かべた紳士――……夜会に出席する淑女達がこぞってダンスに誘われたいと望む相手――ヴィンセント・ロックウェル卿が立っていた。

「今宵、貴女のような淑女に出会えて光栄です。どうかこの手を取って私とワルツを踊っていただけないでしょうか？　この身は騎士ではありますが、貴女の王子になりたいのです」

アメジストのような瞳でわたしを見つめ、彼はそう言った。

◇◇◇

わたしが持つグラスを、エイダが手際よく取り上げ、軽く背を押す。

エイダは小声で「緊急事態なんだから、今は退避」と告げる。

ここで表情豊かな令嬢なら嬉《うれ》しそうに笑顔で伯爵の手を取るだろう。

もしくは困惑と躊躇《ためら》いを覗《のぞ》かせるところだ。

なのにわたしときたら「緊急事態退避！」だよ。

久々の夜会で――これまでなかったイケメンからのダンスの申し入れに、ドキドキやキュンキュンやトゥンクとか、そんな気持ちがあってもいいのに、それを感じるヒマがないとはどういうことだ！

こっちに来る元婚約者が一体わたしに何の用なのか、絶対いやな予感しかない！

もちろん、元婚約者に対して、ドキドキやキュンキュンやトゥンクとか、まったくない。

気分は沈む船から救命ボートに乗り移る乗客の気持ちだ。

溺《おぼ》れる者は藁《わら》をも掴《つか》む。

せめてそう見えないように子爵家当主然とした態度で、伯爵様の手を取った。

そんな覚悟のわたしとは違い、伯爵様は優雅な笑顔を浮かべて、ワルツの輪に誘《いざな》う。

ふぁー場慣れしてるなー。

わたしの手を取って、ホールドに入る流れに淀《よど》みがない。

よかった……ジェシカのダンスの練習に付き合っておいて。

これでダンス踊れなかったら、逃げられなかったところだよ！

わたしをワルツに連れ出した伯爵様は、愉快そうな表情だ。

「私の方が早かったね」

視線を元婚約者に向けて、伯爵様はそう言った。

ターンをしてわたしの視界に元婚約者が入るように向ける。

さすがにここ最近、ご令嬢方の人気上位の伯爵様と踊り出したわたしを見て、元婚約者は舌打ちをしそうな表情で踵《きびす》を返したところだった。

まるでテリトリー争いに負けた犬がしっぽを巻いて逃げる様を連想させる。

相手がこの人物ならばそれも仕方がないか。

犬が格上のオオカミ――いや、獅子《しし》に勝てるわけがない。

高位貴族の気品と優雅さの中に見え隠れする覇気は、彼が軍に在籍しているからだろう。

ダンスに興じる優男に見せておいて、絶対この人、物理的に強いわ。

「もし、恋人か何かだったら悪いコトをしたかな？」

「いいえ。助けていただき、ありがとうございます。ロックウェル伯爵様」

わたしの言葉を聞いた彼は、器用にそして上品に、片眉《まゆ》だけを上げた。

こういうカッコイイ仕草は前世、洋画で見たことあるよ！

わたしと違って表情が豊かな人だな。

これは令嬢達も夢中になりますわ。

「名乗ったかな？　私は」

「ワルツを誘う時に、決まった言葉を仰《おっしゃ》ることで有名です」

「はは、そうか。では改めて、挨拶《あいさつ》を。ヴィンセント・ロックウェルだ」

「グレース・ウィルコックスと申します」

この会場に出席している令嬢達が、誰もが一度は口にしているだろう名前を彼は名乗り、深く綺《き》麗《れい》な紫の瞳を細めて笑う。

これは確かに若い女の子が騒ぐのも無理はない。

不覚にも一瞬ドキリとしちゃったよ。

でも、クールビューティー系の顔がここでも役に立った。

よし、このまま滅しろ、表情筋。

子爵家当主とはいえ、やはり女だ、顔が良くて爵位のある男に弱いとか、そんな噂《うわさ》を流されてしまったら、数多《あまた》の貴族令嬢から突き上げをくらってしまう！

噂の伯爵とのワルツで浮足立っているという見られ方は避けたい。

本当はわたしだって、遠くから眺めて「キャー素敵ー！」とかミーハー丸出しではしゃいでみたい！

しかし立場がそれを許さない。

若い（？）女とはいえ子爵家当主だ。

わたしの領地──わたしが学生時代から手掛けてた市場を独占しているプチアラクネと魔羊毛そしてホーンラビットの毛皮は、お嬢様達のファッションを彩る素材なのだ。

あの女が手掛けた素材なんて嫌！　とか思われたくない‼

それとなく視線を配って、ジェシカ達を探さないと！

「探しているのはあの二人かな？」

伯爵様が視線を向けた先にいるのはジェシカとパーシバルだった。

二人はワルツを踊りながら、わたしの方に視線を向けている。

そこにいたか！　よかった！　この曲が終わったら合流するわよ！

「はい。実は探しておりました。あの二人はわたしの妹と、妹の婚約者です」

「妹さんとその婚約者……なるほど……ウィルコックスは──……アカデミーの方にもいたな。女性ながらも、非常に優秀な魔導師だ」

「はい、姉が在籍しています。アビゲイル・ウィルコックスはわたし達姉妹の誇りです」

「なるほど。先日、ウィルコックス魔導伯爵と偶然お会いしたが、あまり似ておられない。だが、一つ共通するところがある」

共通……うちの姉妹に共通点などあっただろうか。

顔立ちも雰囲気もそれぞれ異なる。

パトリシアお姉様は貴族の令嬢らしく、華やかさがあり社交も上手《うま》い。

アビゲイルお姉様は、迫力美人でまあチートですよね。

そして末っ子のジェシカは幼さが抜け切らないがその無邪気さが愛らしい。

髪の色も四人とも異なるし、瞳の色も僅《わず》かに違う。共通点があるようには思えない。

「仲がとてもいい」

そうだよ！　仲良し四姉妹ですよ！

ていうか、アビゲイルお姉様も隅に置けないなー。

この伯爵様と知己だとは。

やっぱり魔導伯爵って伊達《だて》じゃないのね。

王都の高位貴族に名前を覚えてもらえているとか。

魔法使いはこの国では希少だから。

もしかして伯爵様はアビゲイルお姉様の事……やだ、絵になる！　絵になるよ！　ちょっと迫力美人が二人並ぶ感じを想像したわ。いい！　すごくいい！

一曲終わるまで、表情を変えずに、脳内ではお姉様と伯爵様のツーショットを思い浮かべてニヤニヤしてしまった。

よし、そろそろ曲も終わるね。

さ、カーテシーをして、妹達の方へ合流しよう――そう思ったら、伯爵様から握手を求めるように手を差し伸べられたので、「噂の伯爵様と踊れて光栄だった」という意味で求められた手を取った瞬間――……。

「はい!?」


二曲目の前奏が開始されてそのまま手をグリップされ、ホールドされた。

「は、伯爵様!?」

「ヴィンセントと呼んでくれ」

驚き動揺しているのに、表情に出ない自分、あっぱれ。よかったよ。この顔面で。

伯爵様……これにはちょっと動揺しているんですが。

なんでもないような表情作ってますけれど、これ、生まれ変わった時の顔面効果なだけですからね！

そんな心の声なんか、当然聞こえてない。

伯爵様はそのままステップを踏み出した。

「まあまあ、こうでもしないと、私が煩わしい思いをするので、今度は私を助けると思って付き合ってほしい」

「煩わしい――……ですか？」

「このあと、あの三文芝居みたいなセリフを期待する令嬢達をやり過ごしたい」

ご本人にも自覚あったのかあのセリフ。三文芝居に出てくるセリフっぽいって。

「何故《なぜ》、あのお言葉なのですか？」

「本当はね、この言葉を掛けたかった令嬢がいたんだが……叶《かな》わなかった」

なるほど……。

その方はどうなったんだと聞きたい。でも聞いていいのかな？

でも今はアビゲイルお姉様が気になってる――でいいのよね？

伯爵様の憂い顔と言葉に、わたしはそれ以上深く尋ねることはやめようと思った。

でも意外にも伯爵様は続きを話し出す。

「友人に話したら受けた。大笑いされた。どうせ伝えることもできず終わったのだから、そのまま使えばいい。若い令嬢達に夢を与えておけと。こう言われたわけだ」

「そう……ですか……」

話の感じから、当時伝えたかった令嬢は別に亡くなったわけではなさそうだ。

友人に大笑いされたのなら、単純に彼女が既婚者だったのか、婚約者がいたのかどちらかだろう。

見た目もよく、家柄もよく、性格もよさそうな伯爵様には、片想《かたおも》いの相手がいて、その恋は叶わなかった……。

それはそれで切ない感じもするが、彼ほどの立場なら、すでに婚約者がいて、結婚していてもおかしくはない。

「それにしてもグレース嬢は何故いままでにこういった夜会に出なかったんだ？」

わたしは端的にウィルコックス家の内情を説明した。

領主代行を務め、父の後を継いで爵位を継承し、姉二人の支援で家を切り盛りしていたこと。

妹も元々身体《からだ》が弱くて妹を置いて家を出ることは考えられなかったこと。

「妹は両親とは違い、この夜会に出るまでに健康を取り戻し。メイフィールド子爵家の次男パーシバル・メイフィールドと結婚するので一安心なところです」

「デビュタントの妹に婚約者がいるなら、グレース嬢にも婚約者は……」

「あの方は三年前に、別のご令嬢を一緒に連れ立って『婚約破棄する！』と直接宣言されましたので」

「は？」

なんだそれは？　的な表情をされた。

うーん、自意識過剰だったかなーこの話、割と世間に周知されてると思ったんだけどなー。

まあ伯爵様みたいな高位貴族にとって、わたし達のような下位貴族の話は耳には届かないものか。

「家のことにかまけて婚約者をないがしろにしたと憤慨していました。それがさっき、わたしのところに近づいてきた男性です」

「……すごいタイミングで私はキミを誘ったんだな」

「はい、とても助かりました。何を言われるかわかったものではないので」

よし、そろそろ曲が終わる。

これでようやくお役御免といったところか。

さて今度こそ、カーテシーをしてこの場を離れようとした。

「今夜は楽しかった、グレース嬢」

再び伯爵が手を差し伸べるので、今度こそ握手だろうと思ってその手を取る。

彼は悪戯《いたずら》が成功したやんちゃ坊主のような可愛《かわい》らしい笑顔を浮かべた。

「はい⁉」

さすがにこれはわたしの顔面が仕事をしないよ！

動揺駄々洩《も》れだよ⁉

彼はもう一度わたしの手をグリップしてワルツのホールドに入る。

「子爵家当主をしていて、よく騙《だま》されなかったな？」

「伯爵様⁉」

「だからヴィンセントと呼んでくれと言っただろう？」

そうじゃないですよ！　伯爵様！

こんな三曲も連続で同じ相手とワルツを踊るなど、周囲に結婚を前提に付き合っていると知らせるようなものでしょうよ。

ワルツのステップも迷いなく、そして無表情のまま、どうやってこの場を離れるのが無難なのか、必死に考えていると、伯爵の手が力強く、でも痛くはない感じで握り締める。

「グレース嬢。何も考えずに、気まぐれで三曲踊っているわけではないから」

気まぐれで三曲も立て続けにワルツを踊るのはないと言うけど――……一体どういうことなのか。

何か注目を浴びるように主催者に頼まれたのかもしれない。

自分のことも大事ではあるが、どうせ行き遅れに片足を突っ込んでいるのだ。ここはこの伯爵様に恩を売っておくのもいいのかもしれない。

今後ウィルコックス家を出るにあたって、なにがしかの協力なり助力なり受けられるかもしれないならば、ここは大人しくステップを踏んでおこう。

「最初に言ったんだけどな。この身は騎士でありますが、貴女《あなた》の王子になりたいのですとね」

ワルツの曲が終わる時にそう言われて、睨《にら》み上げた。

――く、気まぐれではなく、悪ふざけですか！

睨んでるんですけど⁉　わたしこれでも、一応、冷酷尊大傲慢《ごうまん》を絵に描いた女子爵で通ってますけど？

下位貴族のそんな肩書なんか伯爵様にとっては、ぺらっぺらに軽いのか、笑顔を浮かべている。

くっそ、美形の笑顔は値千金だ。

うっかりドキドキした。

でもまってちょうだい。

そこまでわたしはちょろいと思われてるのか。

侮られた。

きっとあれだな、今夜の主催者となんか賭《か》けでもしたのかな。

高位貴族、そういうところあるよね⁉

だから夜会のダンスとか嫌なんだよ！　不覚！　撤退、撤収、回避！

内心の動揺や憤りを抑え、カーテシーをすると壁際に戻ることに成功した。

「見惚《みと》れちゃったわ。グレース」

エイダがシャンパンを用意してくれていた。

「ありがとう……」

「いえ、どちらかといえば謝らなければ……」

「え？　どういうことかしら……」

「うちの社交欄の担当が、帝国製の最新映写機で貴女たち二人をばっちり撮ってたわ」

「……それって……」

「明日の社交欄の一面トップ記事決定じゃない？　担当、大興奮だったから。申し訳ない」

わたしを案じて、ジェシカとパーシバルも傍《そば》にすぐに寄ってくる。

「お姉様！」

「義姉《あね》上！」

その後ろからわさわさと団体が近づいてくる。

人気の伯爵様と立て続けに三曲もワルツを踊った令嬢に、我も一声という状態になっているのを察した。

わたしは人目を構わずにエイダから受け取ったシャンパンを一気に飲み干して咽喉《のど》を潤し、給仕のトレーに置く。

「ジェシカ。パーシバル。今後取引するお家の方々に挨拶《あいさつ》するわ。ついてきて」

伯爵様の悪ふざけで注目を浴びたなら、これ幸いと面倒な顔合わせ、次期ウィルコックス子爵家当主の面通しを今なら全部済ませられる。

せめてこれぐらいの旨味《うまみ》がないと損だ。

さあ行くわよ。二人とも、ついてきてね！

四章　このプロポーズ、領地経営サポート依頼と承りました。

「どうしてこうなったのかしら」

ウィルコックス家のタウンハウスの応接室のテーブルの上に、封筒の束が二山、社交欄がトップ記事の新聞、そして一通の封筒がその脇に置かれている。

これらの手紙はすべてわたし宛《あて》だ。

……あのさ、ここは社交デビューを果たしたジェシカにお茶会や夜会の招待状が来るところでは？

この手紙の山、全部わたし宛だよ。どういうことよ。

うん、理由はわかる。伯爵様と三曲踊ったのが原因だ。

三年ぶりにああいう規模の夜会に出て、独身の令嬢達が憧《あこが》れる伯爵様といきなり三曲立て続けに踊った女の顔を見てやろうじゃないの。ていうか、面貸せオラァ！

……そういうことよね。怖っ‼

そしてこの応接室のテーブルを囲んでいるのは、わたしとジェシカとパーシバル。そしてパトリシアお姉様だ。

しかし――この怨嗟《えんさ》の招待状の山よりも、我々が注目しているのはたった一つの封書だった。

ポストマンからの招待状の類《たぐい》ではない。

傍に束ねられた一山二山の封筒よりも、明らかに上質な紙が使われ、直々の使いから届けられた封書――ご丁寧に、封蝋《ふうろう》に捺《お》された家紋が目立つ。

これが一番得体が知れず、封を切れないでいる。

わたしは視線を外し、エインズワース新聞を手に取った。

エイダ……あの後も手紙で、「まじごめん、やっぱ記事は止められなかった」的なお詫《わ》びの謝罪をされた。

新聞の記事を差し替えるようにとエイダは頼んでくれたらしいが、仕事と娘の進言とを比べれば仕事として金になる方を選択するのは必然。

わたしは先日の夜会で、社交界でも大注目のヴィンセント・ロックウェル卿《きょう》とワルツを三度踊った。同じパートナーと夜会で何度も踊るとなれば、二人は親密なのだと周囲に知らしめることになる。

この規模の夜会に、片手の指で足りるほどしか出席していなかったわたしと、伯爵家当主のロックウェル卿とでは場数が違う。タイミングというものを熟知しており、夜会に精通しているからこそできた芸当だ。

こうやって新聞の社交欄を賑《にぎ》わすことになるのは、彼自身わかっていたはずだ。

時間が経《た》つにつれて、やはり何かあの行動には意味があったのではないだろうかと、わたし自身も改めて考えを巡らしていた。

そこへ、この家紋が捺された封書の登場である。

「失礼なことはしなかったと記憶しております」

わたしが呟《つぶや》くとパトリシアお姉様はため息をつく。

「そうじゃないでしょう。これはもう、それ前提で進む話と思っていいかもしれないわね」

ジェシカがひょいと封筒をつまみ、ペーパーナイフで開封しようとした。

おい！　末っ子！　いきなり開ける気なの⁉　いや睨んでいただけで中身がわかるもんじゃないけれど、何が書いてるか怖くないの⁉

「待って、ジェシカ、開けないで！　これはこのまま伯爵家に返した方がいいのでは⁉」

わたしの言葉にジェシカが可愛らしく唇を尖《とが》らせた。

「お姉様ったら、普段はシャキッとかビシッとかしてるのに、ここに来て、この事態で何をポンコツなことを言ってるの？」

「ポンコツ⁉」

「だってこれポストマンからの手紙ではないでしょ？　執事のハンスが言ってたけど、ロックウェル家から直々の使いが寄こした封書だもの。封を切らずに返送とかできるはずもないし、開けなきゃ何が書いてあるかわからないじゃない？」

「そ、そうだよグレース義姉上、きっとほら、次の夜会のエスコートの申し込みだと思うよ、ワルツも、義姉上がとても上手《じょうず》だったから、ついうっかり三度立て続けで踊ったとかでお詫びとか⁉」

ジェシカが「えーそれは違うと思うー」と言いかけるのを、パーシバルが慌てて掌《てのひら》で彼女の口を覆い言葉を最後まで言わせなかった。

やっぱり、開封しないとダメですかね。

わたしはパトリシアお姉様を見る。

「ジェシカとパーシバルの言うことも一理あるわね。返送はできないし、開封しなさい」

パトリシアお姉様の一声で、ジェシカはペーパーナイフで開封し、封筒を隣に座るパーシバルに渡した。

ここで次期ウィルコックス家当主を立てるあたりが、ジェシカだな。

彼は便せんに綴《つづ》られている文字とわたしの顔を交互に見つめる。お姉様は無言で便せんを寄こすようにと、実に貴族的で優雅な仕草で手を差し出した。

パーシバルは恭しく……恐る恐るお姉様に渡した。

「お姉様！　次の夜会のエスコートの申し入れか、お茶会か何かのご招待ですか？」

ジェシカがわくわくといった表情でそう尋ねる。

……が、ちょっと待て。

わたし宛に届いた封書なのに、なぜ本人以外の人間が内容を先に読むのだろう……。

いや内容怖くて知りたくないけれど。

「いろいろと手順を飛ばしてきたわね。伯爵」

どんな無理難題だ。領地業務に何か横槍《よこやり》なの？

「申し込みよ」

「申し込み……？」

わたしは尋ねた。

ジェシカもワクワクした様子でパーシバルを見つめ「夜会なの？　お茶会なの？」と尋ねる。

「結婚の」

姉の言葉は「けっこん」ではなく「けっとう」の言い間違いではなかろうか。

でも結婚って言った？

悪ふざけではなく、裏の誰かに注目を浴びるように言われたからでもなく。社交界における、暗黙のお約束であるワルツを三回で後日に結婚の打診？

末っ子のジェシカの方がキラキラした瞳《ひとみ》で尋ね返す。


「結婚⁉」


そしてそのキラキラした瞳でわたしを見る。

「うっわー！　グレースお姉様、夜会に出たら絶対モテモテになるとは思っていたけれど、すごいの釣り上げたわあ！　今をときめくヴィンセント・ロックウェル卿からの結婚申し込みなんて！」

ぱちんと両手を合わせて飛び上がらんばかりにはしゃぐ末っ子を、パーシバルが窘《たしな》める。

「ジェシカ、釣り上げたとか言わない」

パーシバルに窘められたジェシカは「捕獲した？」と小首を傾《かし》げて言い直すが、彼は首を横に振る。

「パトリシアお姉様にも見せたかったわ！　みんなグレースお姉様に釘付《くぎづ》けだったのよ！　一緒にデビュタントした令嬢とお話ししても、『あの素敵なご令嬢とお知り合い？』って何人にも尋ねられて、お姉様ですって、誇らしく答えたわ。ね？　パーシー」

「そこは否定しないし事実です。パトリシア義姉上《あねうえ》」

ラッセルズ商会ならば爵位はなくても今回の夜会の出席は可能だったろう。

だが今回の目的はウィルコックス家四女の社交デビュー。

パトリシアお姉様はそうでなくても商会関連の夜会へ若旦那《わかだんな》と出席していたのだ。

夜会への出席は少ないけれど、わたしならば、介添人としてそつなくこなすだろうとお姉様も思っていたはず。

なのに……謎の手紙が配達されるとは。すみません……お姉様。

「……何で、グレースお姉様は眉間《みけん》に皺《しわ》を寄せてるの？」

ジェシカがきょとんとわたしとお姉様を見つめる。

「ここだけの話、裏が絶対にありそうだからよ」

前世でも今世でも、旨い話には裏があるの。

「どうして？　グレースお姉様が綺麗《きれい》だったから、伯爵様も一目惚《ひとめぼ》れしたんじゃないの？」

ジェシカがまたもきょとんとした顔で尋ね、同意を求めるようにパーシバルを見上げた。

「いいかい、ジェシカ。伯爵は夜会で例の殺し文句は言うけれど、実際、結婚を匂わせることはないんだ。軍閥系貴族で騎士爵の称号もお持ちだろうけど、公式には伯爵位だし、軍での階級はたしか大佐だ」

「えー！　何それ～！」

昨日の夜会で仲良くなった令嬢達と「例のセリフを言われてみたい～」と、その話題でかなり盛り上がったらしいジェシカは明らかにがっかりした様子を見せた。

ジェシカは、おとぎ話好きだから……そういうロマンスとかにも憧れるんだろうけど、社交界の実態って往々にしてそういうところ、あるんだよ。

「アレは洒落《しゃれ》なんだよ、ジョークなの。それを理解する人にしか言わない。だいたい、そんな喜劇俳優みたいなセリフを本気で言うわけがないじゃないか」

ジェシカがわたしとお姉様に視線を向けると、お姉様もうんうんと首を縦に振っている。

「でも、あのセリフ、あの容姿で言われたら、若い女の子はうっとりしちゃうだろ？」

「うん。わたしもパーシーに言われてみたい」

可愛《かわい》らしい無邪気な婚約者に素直にそう言われて、パーシバルはあわあわする。

言ってやれよ。ほら、言っちゃえよ。

「そ、そのうちに！　それは置いて、伯爵がグレース義姉上にも例のセリフを言ったというのは、多分義姉上がその洒落をわかってくれる人だと見たから言ったんじゃないかと僕は思ったんだ。グレース義姉上もそう受け取ったんじゃないかな？」

「なんなのよ〜も〜。てっきり、グレースお姉様なら世紀のロマンスをゲットしてもおかしくないと思ったのに〜」

ごめんね。多分、自分のお姉様が格上の伯爵様に見初《みそ》められたと、年頃の女の子らしいロマンチックな展開を期待していたんだろうな。

まじごめん。でもほら、わたしだからね。

「グレース、伯爵との会話でそれらしいことは？　貴女《あなた》は黙ったまま伯爵と三曲もワルツを踊ったの？」

パトリシアお姉様のご下問に、わたしは答える。

「社交辞令を交え、わたし達姉妹の話と領地の話ぐらいしか……その後は伯爵から離れ、ジェシカと一緒に次期ウィルコックス子爵家当主予定のパーシバルを近隣領地の貴族に顔合わせを……」

「伯爵から何も言われなかったの⁉」

「……気まぐれではないと言われました。その後に例のセリフですよ。完全に悪ふざけだと思うじゃないですか！　それにチャンスだったんです。一気に注目が集まったから、この機会にパーシバルの顔合わせが完了できると思ったんですよ！」

「ポンコツね！」

「またポンコツとか……あんまりです……お姉様……」

そんな貴族令嬢が持つような、婚活を速やかにそつなくこなすスキル……。

わたしは習得していないんですよ。

商談とかならいけるんですけれど。

「まだデビューしたばっかりのジェシカの方が、夜会で顔合わせした相手の雰囲気を察知するのには長《た》けていそうだわ」

あーそれはそうかも、そういうところはジェシカに劣るか。

パトリシアお姉様に褒められて、ジェシカは得意満面の笑みをわたしと婚約者に向けた。

愛嬌《あいきょう》があって憎めない仕草に納得する。

「それとパーシバル、ジェシカ宛の手紙はどうしたの？　腹が立っても握りつぶしちゃダメよ？」

お姉様はテーブルの上にある手紙の山を手に取って宛名を確認し終えると、パーシバルにそう言った。

お姉様の言葉に、ジェシカはパーシバルに向き直り尋ねる。

「パーシー……手紙、握りつぶしたの？」

「狭量な男ですみませんね！　パトリシア義姉上、できればそこは黙っててほしかった！」

パーシバルの投げやりな発言にお姉様は苦笑する。

「握りつぶすとかは誇大表現かしら。封も切らずに手元に置いてあるだけでしょう。あとで返してあげなさい」

「……はい。ごめんジェシカ……」

「うん。いいよ」

ウィルコックス家の末っ子はあっさりと彼を許す。

「パーシーはわたしと一緒にその手紙を読んで、その手紙よりも熱烈なラブレターをわたしにくれるのよね？」

「ジェシカ……」

「ね？」

……確かにわたしにはできない芸当だ。

一体何を見せられているのだろうと思わずにはいられないが、婚約者を上手《うま》く操縦する末っ子の手腕はわたしには持ちえないものだ。

しかし問題はそこではない。

書面には近々、伯爵がこのタウンハウスを訪れるとある。

この手紙に書かれている結婚のことが本当のことなのか、それともそれは表向きで、実際は何か別の思惑とか事情があって対面を望んでいるのか判断できないけれど、準備しないとダメでしょ。

「パトリシアお姉様、メイドの派遣をお願いしても？」

ウィルコックス子爵家に仕える使用人は最低限だ。このタウンハウスには執事と家政婦長、庭師兼御者の三人しかいない。この館で交渉が行われる場合は、ラッセルズ家から人員を派遣してもらっている。ことによっては領地のカントリーハウスから人員を呼び戻すこともあるけれど、今回は時間がない。

「そのつもりよ。でも、伯爵は多分この家の内情を調べているでしょうね」

ワルツを踊った時にそれなりに話はしたが……多分、彼の立場上、こうした手紙を送るのなら、調べられているに違いない。

「ですよね……何か深い事情がおありなのかもしれません」

わたしの言葉にジェシカが「やっぱりポンコツ……」と呟く。

そんな末っ子を見ると彼女はむーと頬を膨らませる。

いや、可愛いけどさ、社交デビューを果たした淑女の仕草ではないよ。可愛いから許しちゃうけどさ。

「どうして素直に喜ばないかな⁉　お金持ちでハンサムで、もう社交界の独身女性からは垂涎《すいぜん》の物件から求婚されたんだから、ここは胸を張って得意満面で誇ってもいいのに！　お姉様のあまのじゃく！」

そうは言うけど、この顔面、前世よりはるかに美人にはなったけど、系統が系統じゃないの。

子爵家当主としてはありよりのありだけど、結婚に関しては男受けするタイプではないような気がするのよね。

元婚約者だって言ってたじゃないの。

――多少、顔の造りがいいのを鼻にかけて可愛げがない、可愛げどころか血も涙もないのではないか。

うーん、わたし自身はこの顔好きなんだけど、愛され系とはほど遠い感じだからなあ。

◇◇◇

そして――……伯爵様の訪問を受ける為、家を整えておきたいのでお姉様にお願いし、人員を派遣してもらった。

が、それにしても……。

「……お姉様、人数多すぎでは？」

屋敷の清掃に庭の手入れ、他家のタウンハウスと比べて狭小な我がタウンハウスですが、調度品が少ないから広く見える。

調度品が少ない理由は、父が母にかかりきりになった時に、わたしが粗方売り払ったから。

裁量権を持ってない学生の時に、いろいろやるには資金が必要だったのよ。

そのうちジェシカが結婚したら可愛く飾り付けてくれるだろうと思って、放置していたのだ。

前世では普通のワンルーム暮らしだったから、このタウンハウスでも、充分豪邸の部類に入るんだけど、今世、貴族の子爵家としては狭小なんだよね。

モノがないと広く見えるし一石二鳥だと、資金調達の為に家の調度品を処分した時は思っていたけど、やっぱり淋《さび》しいっちゃ淋しい感じ。

逆にインテリアがないと貧乏臭いまである。

わたしはいいんだけど。

しかし今回、お姉様が呼び寄せた家事メイドの仕事のよさよ。

カーテンやクッションカバーから茶器に至るまで新規に揃《そろ》えてセンス良く配置。

家政婦長のマーサはもちろん、執事のハンスですらこの人数は何年ぶりだって感じで差配している。

庭師兼御者のジェフも造園系の業者と相談し、他家に比べて猫の額ですかという庭の芝や木々を綺麗に剪定《せんてい》した。

「えーだってー、こういう機会でもないと人海戦術使って大掃除とかできないもん」

「ジェシカの言う通りよ」

ジェシカの才能は衣裳《いしょう》選びだけではなく、こういうインテリア系にも発揮されている様子。さすが妹。さす妹。

「ご当主様、調度品が少ないのでお花を飾りませんか?」

「いいわね、そうしてちょうだい」

うん、お姉様が答えるのか。いやいいけど、問題ないけど。

ジェシカがうきうきとメイドさん達を引き連れて、わたしの前に立つ。

「みなさーん、次の段階お願いしまーす！」

ジェシカが声をかけるとメイドが数人、わたしの方へやってくる。

何？　なんなの？

「本人磨かないでどーするのって話で、やっちゃってください！　まずは湯あみから！」

「は⁉　何⁉　どこいくの⁉」

メイドさん達は嬉《うれ》しそうに答える。

「浴場です」

「お風呂《ふろ》なら一人で入れます！」

え？　入浴の介助⁉　いいよ、それはいいから‼

「その意見却下でーす！　今日のわたしは、『グレースお姉様を磨き隊』隊長だから！　やっちゃってください！」

なんだそれは！

わたしの内心を知らずにジェシカは腰に手を当てて、ふんすと鼻息を漏らす。

「こういうことも馴《な》れないと～、だってグレースお姉様は、ゆくゆくは伯爵夫人だもーん。そういう立場になるんだもんね？　そうよね？　パトリシアお姉様？」

「そうなるように、協力してちょうだい」

ジェシカだけではなく、パトリシアお姉様のダメ押し……メイド達は一斉に「「「かしこまりました！」」」と答える。

メイド達もジェシカに負けず劣らずいい笑顔だ。

ラッセルズ家のメイドではあるが、年頃の令嬢を飾り付けられるのが楽しいらしい。（年頃というには今世ではちょっとギリギリ範囲ですが）

この数のメイドを派遣できて、采配《さいはい》を振《ふ》るえるパトリシアお姉様。

嫁ぎ先であるラッセルズ家に爵位はないが、その富と権勢が窺《うかが》い知《し》れる。

「ジェシカ様、明日のグレース様のドレスのお色のご相談を」

「えっとね、明日はお姉様の金色の瞳《ひとみ》に合う赤！」

そしてお洒落《しゃれ》大好きな末っ子もわくわくしている。

等身大の着せ替え人形再びだ。

「パトリシアお姉様のドレスも見立てたい～」

「コートがいいわね。グレースが手掛けたホーンラビットの毛皮の。できれば黒で」

「黒のホーンラビット！　捕獲も繁殖も難しいってパーシーが言ってた！　でも黒はうちのお姉様達に似合うわ～!!　わたしは無理だけど。アビゲイルお姉様にもカッコイイの作りたいし、それにホーンラビットの黒は希少だからコートにしたら絶対高値になるわよね？　わたし、いっぱいデザイン起こす！」

ここ数年このタウンハウスにはなかった華やいだ空気だ。

ジェシカの婚約式以来かもしれない。

ていうかジェシカちゃん、そのデザインお姉ちゃんにも見せて、湯あみよりもそっちが気になるから！

それとジェシカには白のホーンラビットファー、似合うと思うよ。

「確かに、ロックウェル伯爵の申し入れには、懐疑的になってしまうけれど、伯爵が真実、グレースとの結婚を望むなら、三年前の婚約破棄騒動などは本当に過去のことになります。私の妹グレース――ウィルコックス子爵家当主が、そこらに埋没しそうな子爵家、男爵家に嫁入りなんて、ありえなくてよ」

尊大に言い放つパトリシアお姉様の声は、メイドさん達に背中を押されるわたしには聞こえていなかった。

入浴の後にボディエステとマッサージ（これがまた上手《うま》い、意識飛んだわ）、その後にフェイシャルエステ。そうやって日が暮れて、伯爵様が来訪する日を迎えたのだ。

◇◇◇

しかし翌日の午前中。

ロックウェル卿《きょう》ではなく、招かれざる客がやってきた。

わたしがメイドさん達に囲まれてジェシカの総指揮のもと、身支度中の時だった。

「なんか、エントランス騒がしくない？　伯爵様かな？　やだあーもうーグレースお姉様ったら愛されてる～！　なんていってても夜会でダンス立て続けに三曲だもんね～！　わたし見てくるね！」

そう言って、階下が騒がしいと感じたジェシカが、階段からエントランスを覗《のぞ》き見《み》てきたようで。

再び慌ててわたしのもとにやってきた。

「お姉様！」

「どうしたの？」

「アホ男が来てる！」

「え？」

「クロード・オートレッドが騒いでる！」

「は？」

間抜けな言葉だが、しかし本能的に咄嗟《とっさ》に出てしまった一言だ。

「なんで？」

「ジェシカ様、グレース様、いざとなったら隠れる場所を確保しましょう」

ラッセルズ家から派遣されてきたメイドが進言する。

その言葉を聞いてわたしは深いため息をついた。

支度はもういいよね。扇を手にしてわたしはドアへ向かう。


「こそこそ隠れる？　わたし達の家ですよ？」

わたしの一言にジェシカが目を見開く。

ジェシカ、パトリシアお姉様はこういったメイドさん達を派遣できる家の若奥様だけど、わたしがこの家の当主なんだよ。

「すでにパトリシア様が対応されています」

メイドさん達もわたしに付き従ってくれる。

「お姉様はラッセルズ家の若奥様でしょ。生家に降りかかる問題を引き受けるのは道理ではないのでは？」

わたしの言葉に、メイドさん達はわたしを見つめていて、その中から「やはり若奥様の妹様」と呟《つぶや》く声が聞えた。

とにかくエントランスに向かい階段を降りている途中から、エントランスで執事と庭師に取り押さえられた男が視界に入った。

間違いない。元婚約者クロード・オートレッドだった。

実はエイダから先日手紙をもらっていた。

伯爵様とのツーショット、三曲連続で踊ったことを、エインズワース新聞に掲載しちゃったから、お詫《わ》びに何かしたいと言われてて、夜会に現れたあの元婚約者の魂胆が知りたいと伝えたのよ。

別にヤツに未練があるというわけではない。

彼にはすでに貴族位もなく、夜会に出てこられるはずがないのだ。

エイダもそれを知っているから、迅速かつ、精確な情報を返してくれたわ。

持つべきものは友達だね。

まあね、伯爵と三曲もあの規模の夜会で踊ったわたしに――元婚約者の影があれば、きっと調査する人もなんかいい特ダネかなと思うかもだけど、そこはエイダが上手く言ってくれたようだ。

そしてその調査の内容は、以前、エイダに調べてもらったものと変わりはなかった。

クロード・オートレッドはわたしに婚約破棄を言い渡した後、一か月後に例の男爵令嬢とは別れていた。

彼女はあの後、さる子爵家の養女となった為に、付き合いはご破算になったらしい。子爵家への養女となると、彼女はもう少し上の爵位の男性との結婚を言い渡されたのだろう。

ラッセルズ商会とメイフィールド子爵家に睨《にら》まれたオートレッド家の当主は、クロードに勘当を言い渡し、クロードの弟を後継に据えると宣言したようだ。

オートレッド家の次期当主となるはずだった彼の未来は閉ざされた。

さすがに母親が気の毒に思ったのか母方の男爵家に彼の身柄を託した。もちろん男爵家の養子ではない。領地の牧場を一つ任せるということだった。

華やかで貴族の令息として苦労知らずだった青年が、男爵家領地の牧場主。

そんな生活に嫌気が差して、この社交シーズンに王都に戻ってきたらしい。

――グレースは気を付けた方がいいわ。ああいう男って、元婚約者なら、今のオレをわかってくれるとか、脳みそに花が咲いたようなことを言いそうよ。

エイダは大人しい顔をしているのに、辛辣《しんらつ》なコメントを手紙（報告書）に残してくれた。

わたしに気が付いていないのか、クロードは対面しているパトリシアお姉様に怒鳴った。

「貴女《あなた》はもう貴族位じゃないだろう！　先日の夜会には出席していないはずだ。だいたい、あの伯爵の言葉にうっかり惑わされて、彼女は舞い上がっているんだ！」

そういうアナタ自身が貴族位剥奪《はくだつ》されているでしょ。

パトリシアお姉様は、若旦那《わかだんな》と商会の会合で別の夜会に出ていたのよ。

何で夜会に入れた？　ああ見た目はいいもんね。ちゃんと正装してれば。招待状がなくても、潜り込むことぐらいはできそうよね。

「出席はしておりませんが、コトの次第は聞き及んでますわ。だいたい貴方《あなた》が妹、グレースに何を言える立場だと？　契約には、もうウィルコックス家とはなんら関わりはないでしょう？」

「グレースはオレの婚約者だ！」

対応していたパトリシアお姉様がわたしに振り返ってため息をつく。

「精神科の医者を呼び寄せた方がいいわ。三年前に終わった婚約がまだ成立しているという口ぶりよ。自ら書面にサインもしたのに」

「うるさい！　平民のくせにでしゃばるな！」

パトリシアお姉様の言葉を遮ってそう怒鳴る。

おい。なにをほざいてるんだ。

平民じゃないよ、平民はお前で、お姉様は準貴族なの！

それも貴族位叙爵間近の大商会の若奥様だよ！

「だいたいお前が平民の商人をこの家に連れてきていたからケチがついたんだ！　お前は平民と結婚したんだから、この家とは関係ないだろう！」

「え？　それ、貴方が言っちゃうの？」

わたしの後ろから顔を覗かせたジェシカがぼそっと呟く。

「ここはパトリシアお姉様の実家で、貴方、赤の他人じゃない」

「うるさい！　お前もとっとと、この家から出ていけ！　グレースがそんな冷たい女性になったのは、お前等《ら》姉妹のせいだろう！」

わたし達姉妹は顔を見合わせる。

一体この男の頭の中身はどうなっているのだろう……そう言葉にしなくても思いは一つだった。

三年前に「婚約破棄する！」と喚《わめ》いたくせに、今になってしかもこの日に押し掛けてきて、一体何がしたいのか。

「ねえ、この人の頭、大丈夫？　書面に意気揚々とサインしたのこの人だし。お姉様を下げて、知らない女の子を上げて、『婚約破棄する！』とか喚いたの忘れてるのかな？」

妹がズバンと言ってしまった。

「グレースには降るほど縁談が舞い込んできているので、オートレッド氏はお呼びではないのよ。お帰りくださいな」

パトリシアお姉様も容赦なく言う。

「オートレッド家に知らせた方がよくないですかー？」

ジェシカの言葉にわたしは首を横に振る。

「無理でしょ、この男、オートレッド子爵家から勘当されてるから」

わたしがそう言うと、クロードの後ろにある玄関の扉が開いた。

そのドアを開けた人物が告げる。

「憲兵をあたしの名前で呼んだから、すぐに来ると思うよ？」

玄関のドアにたたずむのは黒ずくめの衣裳《いしょう》を纏《まと》った、ウィルコックス家の二女アビゲイルお姉様の姿だった。

◇◇◇

王都魔導アカデミーにおいて歴代最年少で魔導伯爵位を叙爵したアビゲイルお姉様は、真っ赤な燃えるような髪を無造作に掻《か》き上げて、玄関エントランス中央に進み出る。

執事のハンスと庭師のジェフに代わって、護衛についてきた騎士にクロードを取り押さえさせると、アビゲイルお姉様は、ガシッとクロードの顎《あご》を掴《つか》んだ。

ハンスやジェフより力があるから、クロードは床に這《は》いつくばるまで押さえ込まれる。

「なんの御用なのよ。お坊ちゃん。確かに狭いけど、これでもここは一応貴族のタウンハウスよ？　おまけにアンタが喚き散らしたのはこのあたしの姉と妹なの。それを知っての狼藉《ろうぜき》？」

「……ひっ……」

おおう。

まるで反社会の組織のボスもかくやという貫禄《かんろく》と迫力。

パトリシアお姉様は正しく誇り高い貴婦人的な迫力はあるんだけど、アビゲイルお姉様はなんていうか……魔導伯爵っていう言葉通り、得体の知れない迫力があるわけで。

今ぶっわああって、わたしの全身に鳥肌が立ったわ！

パトリシアお姉様よりも幾分薄いブルーの瞳《ひとみ》を眇《すが》めて、アビゲイルお姉様はクロードを見下ろした。

クロードは多分、顔の造作はいいが黒い眼帯の女性を間近に見たのは初めてよね。

片目を黒の眼帯で隠してるから、なおさらその異様さが際立つ。

魔導探究の為に、自らの眼球をも犠牲にした赤毛の魔女の名前は王都で知らない者はいない。

王都の下町では「赤毛の魔女がさらいに来るかもしれないよ！　早くおうちに帰りな！」と子供を家に返す時に世話焼きの大人が常套句《じょうとうく》にするぐらいだ。

間近にいるクロードならば体中の開いた毛穴から一気に体液が漏れ出そうな感覚だろう。

アビゲイルお姉様、相変わらずお元気そうで何よりですが……魔導伯爵位を受けた時よりも迫力がグレードアップしてる……。

さっきまで喚き散らしていたクロードは、身動きができずさっきの威勢は遥《はる》か彼方《かなた》。

鍛えられた騎士と、ちゃらちゃら遊び歩いてた貴族の令息だった彼とではその力に違いがあって当然。

多分この騎士達は……アビゲイルお姉様の私兵だな。

「せっかく実家に帰ってきてみれば、わけのわからない男が玄関で喚き散らしているなんて、腹立たしいこと。どうしてくれようか」

アビゲイルお姉様の言葉に答えたのはパトリシアお姉様だった。

「脳味噌《のうみそ》の解剖あたりが適切かもね」

その言葉にアビゲイルお姉様が、ぱあっと顔を輝かせる。

「本当⁉　ちょーど人体で試したかった魔法と術式があるんだ‼　ユーシス、ダリオ、憲兵に引き渡して、受取人がいなかったら、あたしの実験検体で預かるって言っておいてね‼」

護衛騎士の名前を呼んでそう伝えると、クロードはしゃにむに暴れて、ウィルコックス家の敷地から逃げ出していった。

火事場の馬鹿力なのか、よくあの拘束を解けたな。

いや、騎士達がわざと力を緩めたのか。そうすれば逃げ出すだろうと思って。

「捕らえてきますか？　アビゲイル様」

逃げてもいつでも捕らえることができるということですか。

怖い人を護衛につけている……。

「今はいいわ。この家に——あたしと、あたしの姉妹の前にまた現れたらお願いね」

アビゲイルお姉様ならば本気で実験検体にするだろうな。

「お帰り。アビゲイル」

「ただいま、お姉様。先日はいい素材をありがとうございます。そしてグレース。すっかり子爵家当主の貫禄だねえ。ジェシカも元気になったね。顔色がいい。ピンクのほっぺがつやつやしてて、可愛《かわい》いなあ」

二番目の姉に頬を撫《な》でられて、ジェシカは嬉《うれ》しそうにしてる。

「わざわざ、アビゲイルお姉様まで……恐縮です」

「エインズワース新聞見たわよ。グレースの夜会服、素敵だった」

「わたし、わたしが見立てたの！　今度、アビゲイルお姉様の服も見立てたいわ！」

ジェシカがアビゲイルお姉様の腕に手を添えてそう言うと、アビゲイルお姉様は破顔する。

「本当？　嬉しいよ」

末っ子とすぐ上の姉のやり取りを見てわたしは尋ねた。

「アビゲイルお姉様。ロックウェル卿《きょう》は何か急いで結婚しなければならない事情があるのでしょうか？　相手がわたしであるのが疑問です。ウィルコックス家の爵位は子爵。普通に考えて、ロックウェル卿ならば、もっとそれなりの爵位の令嬢と結婚するものと思われます……今回のお申し込みはわたしではなくて――……」

貴女じゃないんですかね、アビゲイルお姉様……という言葉を、ジェシカが遮ぎった。

「アビゲイルお姉様、聞いて！　グレースお姉様は、ロックウェル伯爵の申し込みに懐疑的なのよ！」

アビゲイルお姉様の腕を掴まえたまま頬を膨らませる。

あの、ジェシカちゃーん……キミが腕にぶら下がってるうちの誉れ高き二女様が伯爵様の大本命なのではないかと、わたしは思うのよ？

「懐疑的か……」

なんですか、アビゲイルお姉様の、その可哀《かわい》そうな子を見るような同情に溢《あふ》れた視線は。

「確かに、グレースのことは職場で自慢したから、薦めたといえば薦めたような気がする」

「はい？」

「だってえ、うちの妹、美人で優秀なんだもーん」

んん？　どういうことなのよ。

わたしの内心を読み取ったかのように、アビゲイルお姉様は微笑《ほほえ》む。

「お前の婚約が流れて、婚期が遠のいたのって、あたしのせいも少しはあるからね」

◇◇◇

いやいや、なんで？

「だって、グレースが子爵家当主となって家を盛り立ててくれたから、あたしも魔導伯爵の肩書を手に入れることができたのよ」

え？　どういうこと？

それは貴女の実力では？

わたしは首を傾《かし》げた。でも困惑した表情にはなってないはずだ。

「お前には辛《つら》い思いをさせてしまったから——。一番の花の盛りなのに、脇目も振らずに仕事に打ち込ませるようなことを言ったし」

ああ、ハニートラップに気を付けろとか、ちやほやされたからって、ちょろく靡《なび》くなとか諭されたことかな？

わたしも前世であんまりにも恋愛関係はご縁がなくて、今世では自分好みの顔になったし、貴族の令嬢として対応してくれる人にふわふわしてしまっていたから、言ってくれたことには感謝しかなかったんだけどな。

でもアビゲイルお姉様は……わたしが婚約解消して子爵位を継いで、脇目も振らずにガツガツ領地経営で家を盛り立てたから魔導伯爵位を賜ったっていうのよね。

やっぱり王立魔導アカデミーも実家の力が多少なりとも影響があるとか。

ひどい例をあげると、平民出身の魔導師とかは、研究成果を貴族位の魔導師に取り上げられてパシリにされているらしい。

アビゲイルお姉様も若いし女性だから、そういう風潮にぶちあたるわよね。

でもそんな中で、アカデミーを上手《うま》く渡っていけたのは、うちとメイフィールド家の共同事業、ラッセルズ商会が貴族間に流行《はや》らせたホーンラビットファーと魔羊毛の関連商品があったからだ。

下位貴族子爵家の出ではあるが、実家はしっかりと事業をこなし、貴婦人の間で人気の商品に携わっている貴族家の出身。

アビゲイルお姉様も袖《そで》の下《した》じゃないけれど、そういった上役の奥方様宛《あて》に、うちの関連商品を贈って味方につけて、なおかつ自身の身体《からだ》を犠牲にして研究を進め、確固たる地位を築き、歴代最年少で魔導伯爵位を叙爵したのだという。

「だからグレース、お前のおかげだし、そのせいでお前の婚期を逃している現状だったじゃない？　あたしの肩書を奮う時って、今しかないでしょ。それにロックウェル卿、綺麗《きれい》な顔してるけれど、あれで軍閥系だから、あたしも仕事上関わりもあったし、以前から打診をもらっていたのよねえ」

打診⁉

貴女《あなた》にではなくわたしに打診⁉

だからワルツを連続で踊ったのは、アビゲイルお姉様のお話を聞きたいからかなとも思ってたんだけど。

「アビゲイルお姉様は――今どんなお仕事を？」


「欠損した身体の義体作製」


息を呑《の》んだ。

なんだそれ、確かにすごいけど、でも、だからなの？　自らの眼球を研究に捧《ささ》げた話は……。

アビゲイルお姉様は眼帯を外す。

「どうよ、以前と寸分違《たが》わない瞳でしょ？」

パトリシアお姉様もジェシカも息を呑んでアビゲイルお姉様の顔を見つめる。

そこには以前と変わらない、左右同じ瞳があった。

「この義眼、すごいからね。遠視可能、魔力測定可能、状態異常発見可能、まだまだ追加したい機能はあるんだけどさ」

うは、ドヤ顔ですか。

そりゃ厨二《ちゅうに》全開機能搭載の義眼とかやばい。

生体スカウターか⁉

でもそれよりも義眼に見えないのがすごい。この人は天才か。天才だった。

さすがお姉様。さす姉。

「あたしは、この家を守ってくれたグレースには幸せになってもらいたいからね。今日こうしてやって来たのはちゃんと伯爵には釘《くぎ》を刺しておく為だから」

アビゲイルお姉様の「釘を刺しておく」の一言に、パトリシアお姉様はほっとしたような安堵《あんど》の表情を浮かべた。

心配しすぎでは？　心配もするか、なんといっても婚約破棄された女ですからね。

「つまりやっぱり伯爵様の申し出には何かあるんですか？」

わたしの問いに、アビゲイルお姉様が眼帯を装着し直して顎に指を当てて思案顔を浮かべるのを見た末っ子のジェシカはぷうぅと頬を膨らます。

「もう、そうやって疑ってかからないの！　何があっても大丈夫！　三人のお姉様達が結婚して幸せになるのが一番なんだけど、それでもやっぱりどうしてもダメーってなったなら、出戻りしてもいいのです！　わたしとパーシーとお姉様達で力を合わせて、今までみたいにやっていけばいいの！」

なんて頼りになるお言葉。さすが妹。さす妹。

パーシバル、あなたの嫁になるこのジェシカは、もしかしてウィルコックス家最強の娘かもしれないよ。

この発言を聞かせてやりたいわ。

執事のハンスも家政婦長のマーサも伯爵様が到着するまで、久々に揃った四姉妹の再会でつもる話ができるように、サロンへと促しお茶の用意を始めたのだった。

◇◇◇

この国の貴族において、結婚の申し込みをする場合、当主同士で結婚の意思を固めて式においての日程や条件をすり合わせ、当人同士の顔合わせや話し合いは後になるの。

わたしの場合はわたし自身が子爵家当主。

ロックウェル伯爵も伯爵家当主なので、最初から当人同士の話し合いの場になる。

パトリシアお姉様も長女の権限でその場に居合わせたかったみたいだけど、嫁に行って準貴族という立場だし、妹のジェシカと一緒に別の部屋で会見の時間中は控えることにし、当主同士の会見にはアビゲイルお姉様が傍《そば》についていることになった。

この狭小な子爵家のタウンハウスに訪れた伯爵様は、今回軍服に身を包んでいて、前回の夜会の衣裳《いしょう》とは異なるものの、華やかさは変わらなかった。

数刻前に突如現れた元婚約者と比較して、はっきりとした違いがある。

育ちの良さなのか、高位貴族だからなのか、それとも——本人の資質、性質によるところが大きいのか……。全部だな。うん。

「アビゲイル殿もいらしていたのか」

「あたしがいて不都合でも？　実家の当主の結婚に関してだもの」

「いいや。姉妹仲がよくて、羨《うらや》ましい限りだ」

執事のハンスが恭しく、ロックウェル伯爵にお茶を給仕する。

「そうでしょう？　うちの当主はあたしにとって可愛い妹で、実家のすべてを妹に任せて、やりたい放題やった姉としては心配もするわ。今回のようにね」

「伯爵様。今回の申し入れ、人選に間違いはないのですか？　当子爵家には未婚の娘は三人おりますが、先日の夜会で申し上げましたように、一人は婚約が決まっております。わたしでお間違いないのですか？　結婚の申し込みは——わたしの姉、アビゲイル・ウィルコックス魔導伯爵へのお申し込みでは？」

一応わたしが、子爵家当主だから確認しておかないとね。

先日の夜会でも伯爵様はお姉様と知己だというし、先ほどお姉様本人からも聞いたからね。

そんなわたしの発言にアビゲイルお姉様は肩をすくめる。

「……警戒心強く育ててしまったのはあたしの責任よ、ロックウェル卿、ごめんなさいね」

「なるほど。では改めて申し込もう。グレース・ウィルコックス子爵。私と結婚してほしい」

……めっちゃ火の玉ストレートのプロポーズ……まじか……。

ちょろいと言われようが、構わない。ここで頷《うなず》きたい。

だって、前世は結婚なんてできなかった。

淡い初恋すら片想《かたおも》い。

好きだなーと思ったら、クラスメートに冷やかされて終わった記憶。

今世は今世で婚約してたけど婚約破棄で相手はアレだ。

でも、でもね。

浮かれる前に落ち着こうか。

うち子爵家だよ⁉　同じ伯爵家だったらわかるけど！　一段下の爵位の女を嫁にとか、高位貴族としてどうなのか。

わたしはアビゲイルお姉様を見る。

「何、何か変なこと考えてないでしょうね、グレース」

アビゲイルお姉様が動揺するぐらい凝視していると、ロックウェル伯爵様はアビゲイルお姉様に問いかける。

「魔導伯爵は一体、ご自身の妹に何を言ってくれたのかな？」

「姉は何も申しておりません。が、この結婚の申し込み、わたしの中で納得がいかないものがあります。結婚を決めた理由はわたしの外見とは思えないからです」

前世でも今世でも愛され系とは程遠い。いや今世の顔はわたし自身は好きですけれど。

「結婚するなら好みの女性としたいのは男の性《さが》だと思うのだが？」

え？　伯爵様、この悪役令嬢取り巻きその一みたいな、クールビューティー系がタイプなの？

何それ、わたしと趣味合うの？

いやそうじゃないだろ、わたし。

伯爵様の言葉は対外的なお世辞も含まれてるよ、多分。

姉や妹も綺麗綺麗と言うが、しょせん身贔屓《みびいき》にすぎないと思ってる。

正直言って、ワルツを踊った時に申し込まれたあの有名なセリフには、ドキドキしました。

確かに心の奥ではときめいたけどね、多分あの時もそういった浮ついた表情は出さなかった……はず。

前世の嫌な記憶が思い出される。

「○○君のこと好きなんでしょ～」と言われて、言われた相手から顔を背けられ「かわいそ～○○君、アンタなんかに好かれたら大迷惑～」とか揶揄《やゆ》された記憶。

逸《そ》らすな視線、表情筋、死滅しておけ！

そして声も動揺を表すな。

わたしはあの頃のわたしではなく、今、ウィルコックス子爵！

「伯爵様は、もとより……お慕いする方がいらっしゃるのでは？」

だってワルツ踊っていた時にそう言ってましたよね？

彼はあの夜会の時に忘れられない女性がいると言っていた。

多分、それは今も変わらないはずだ。

なのに、何故《なぜ》ここで早急ともいえる結婚を申し込んできたのか？

そんなわたしの問いに伯爵様はとんでもない返答をした。

「キミだよ、グレース。私は四年前にデビュタントとして夜会に出た君に惹《ひ》かれたんだ」

◇◇◇

人間って……、とんでもない事象に直面すると、思考が止まるな。

死ぬのかな、わたし。

こういうふうに、告白されたことのない人生でした。

前世もそうだし、今世もそうだと思った。

嬉《うれ》しい嬉しい、照れちゃう、どうしよう……そんな気持ちだってある。

でも待って、本当に待って。

この人がそんな理由で結婚を申し込むとは考えにくい。

わたしに何をさせたいのだろう？　本音が聞きたい。

今世の——自分の中で一番好きな金色の瞳《ひとみ》で、彼を見つめる。

「伯爵様の真意をお聞かせいただけないでしょうか」

伯爵様は口元に手を当てて目を閉じる。

こんな女と結婚するとか言い出すぐらいに、なんか切羽詰まった事情があるんじゃないの？

考え込んでるってことは、そういうことよね？

伯爵様は伏せていた瞼《まぶた》を上げて、その神秘的な紫水晶みたいな瞳をわたしに向けた。

「グレース嬢、いや、ウィルコックス子爵。実は先日、新たに領地を拝領した。しかし、私は領地経営においては明るくはない。軍に所属しているということもあり、現在の領地は信頼のおける人物と連携してなんとかなっている状況だ」

伯爵様ならそつなくこなしそうな感じもするけどな。

しかし新たな領地か……すごいな。うちは一つの領地でいっぱいいっぱいなのに。

「領地と王都を行き来できる体力があり、なおかつ領地経営に明るい女性はとても貴重だ。私の肩書と見てくれで寄ってくる若い令嬢にはまずないだろう。私は貴女の実績を重視し今回の結婚を申し入れた」

なるほど。

領地経営にアドバイスが欲しいってことなのね。

農耕地から紡績関連へと移行した我が領とは違うのかな？　それとも、何から手を付けていけばいいのかわからないって感じ？

その両方かもしれないわね。

「拝領された領地はどこですか？」

「辺境であるユーバシャールだ、隣国と接している」

辺境領かあああ！

そりゃー領地経営とか携わることがない軍閥系貴族には難しいよねー。軍や国から資金もらって、城とか要塞《ようさい》建てて防衛しますで済めばいいけど、用立ててもらう資金にも限度があるもん。

防衛の為に割いた人員の生活を保障しないといけないし、そのためには領地の経済基盤はしっかりさせておきたいよね。

でも辺境は元からいる住民も少なそうだし、領内を経済で盛り上げるのも難しいと。

なるほどねえ。そこで若いうちから領地経営に携わってたわたしに白羽の矢を立てたってことか！　納得！

「ロックウェル卿《きょう》、まさか、妹にあそこに手を入れさせるとかないわよね」

アビゲイルお姉様は眉間《みけん》に皺《しわ》を寄せた。

いえいえ、そんな怒ることないじゃないですか。

伯爵様は「真意を聞かせろ」と言ったわたしに、ちゃんと本音を伝えてくれたんですよ？

「そのユーバシャール……農耕地ですか？」

「農耕地どころか、岩山だらけだし、土は硬いし痩《や》せてるし、魔獣がわさわさの、国境のリスト山脈を挟んで、ちょっと血気盛んな隣国がすぐ傍の、危険度が高い領地よ。村はあるけれど、自分達の畑を開墾するだけで、農作物による税収なんか望めない土地よ。作物が育ちにくいの。ウィルコックス家の領地も魔獣は出るけど、先々代の施策とグレースの奇策で対応できて長閑《のどか》な感じだから。お前が見たこともないような荒れた土地。手付かずの未開地と言ってもいい」

へえ……。

「ただ魔鉱石はそのリスト山脈から発掘される。それで領民はなんとかカツカツで暮らしてるようなところだよ」

他所《よそ》の領地に詳しいはずのないアビゲイルお姉様がその地名を知っているというのは、その魔鉱石がらみだからか。

王都の魔導アカデミーに流してなんとか領民を支えているって感じなのか。

どーするかな。

……そのユーバシャールの地質調査をしたい。

何が産出されるかわからないのでは手を出せない。

「ゼロから領地開拓……」

思わずわたしが呟《つぶや》くと、アビゲイルお姉様だけではなく、伯爵様も驚いた表情でわたしに視線を向ける。

え？　なんで伯爵様も驚いた表情なの？

アビゲイルお姉様が伯爵の肩に手をかけて押し殺した声で何か言っているけどよく聞き取れない。

「ロックウェル卿……どうしてその領地の話をしたんだ。あたしの妹がやる気になってしまったじゃないかっ……！」

「結婚の申し込みを正面切って正直に言ったんだがね。どうにもいい返事をもらえそうにもないから、手持ちの札で興味がありそうな件を口にしただけだ」

何ぼそぼそ話しているのか……。

まあいいか、わたしはハンスを呼び寄せてこの国――ラズライト王国の地図を持ってくるように言いつける。

現場がどこにあるか知りたいよ。

そんな危険な領地なのかな……。

「どうかしましたか？　アビゲイルお姉様」

「グレース！」

「はい、今、ハンスに地図を持ってくるように言ってあるので」

わたしがそう言うと、アビゲイルお姉様はがっくりと肩を落とした。

なんで？

お姉様が魔導伯爵になって、いろいろと恩恵があった一つは、この国における精度のいい地図を手にすることができたことなのよね。

地図を覗《のぞ》き込んで、このあたりと、指で押さえる。

「現場を見たいですね……伯爵様、近日中に現地に行ってみたいのですが？」

直接見てみないと、どんだけ荒れてるのか、わからないし。

伯爵様がお困りなのは見てわかるし、こういうのは早めに着手しておきたい。

けどなんで、伯爵様もアビゲイルお姉様も、苦笑いしてるのかな？

「グレース、お前は勘違いをしているかもしれないが、これは結婚の申し込みなんだよ。結婚を了承するかが、本題だからね？」

アビゲイルお姉様に言われて、はっとした。

そうだ、表向きはそういう話だ。

えーっと、これって前向きに考えていいんじゃない？

だって伯爵様だよ？　絶対に他からもいい縁談話来てるって。

親戚筋《しんせき》から身分が低いとかやいのやいの言われて婚約ご破算になったとしても、領地経営でお仕事もらえるというお話に持っていけそうじゃない？　悪くないんじゃないの？　この話。乗るか？　乗ろう！

けどなー、一応婚約という態《てい》を取るとなると、持参金とかはどうするよ。

まったく出さないってわけじゃないんだけど、うちの領地はジェシカに残しておきたいし……。

いや、ここはわたしが裁量権持ってるこの時に、ロックウェル伯爵の領地にある程度先行投資的な意味合いで用意した方がいいかも？

「わたしの持参金はそうそうありませんが」

お金の話大事。がっつりは用意できないな。先行投資の金額はちょい負けてほしい気持ちだわ。

「仮令《たとえ》、貴女が平民だとしても、貴女を妻に迎えたいと思ったのだから、そこは気にしないでいい」

太っ腹だな……さすが伯爵家。

平民でも妻になんて、わたしのこれまでの実績を高く買ってくださってるってこと？　実家のこの家の領地経営を頑張ってきたという評価が認められているのかな？

「……細かい条件も決めさせていただいても？」

「結婚を受け入れてくれると？」

「しがない子爵家です。が、これでも当主でした。この家を支えてきたという実績も自負もあります。こちらの条件を伯爵様が受け入れてくださるのならば、この結婚、お受け致します」

はい、わたしの再就職先、是非、御社で！

わたしの今後の身の振り方、結婚という就職先において、最高の職務内容では？

そう思っていたら――伯爵様は立ち上がって、わたしを小さな子供のように抱き上げた。

「は、伯爵様⁉」

彼は嬉しそうに自分より視線が高くなったわたしを見上げる。

「本当に結婚してくれるのか⁉」

この人……え？　領地経営のサポートをそんなに必要としてた？　それほどに苦手なのか領地経営。喜びすぎでは⁉

というか……。

「伯爵様！　お、下ろしてください！　重たいですから！」

「全然！」

キラキラした紫水晶みたいな瞳が綺麗《きれい》で、バタバタと抵抗することもできずに魅入られてしまう。

「まるで、夢みたいだ。大事にするよ、グレース」

よ、呼び捨て⁉　今呼び捨てした？

こっちが夢じゃないのかと言いたいよ……。

「あー……うん、それぐらいの方が、グレースには伝わりやすいね」

アビゲイルお姉様の声にはっと我に返る。

「下ろしてください！　伯爵様！」

「やだ」

「はい⁉」

「四年間待った甲斐《かい》があったよ、本当に」

嬉《うれ》しそうにわたしを見上げる伯爵様の瞳に心臓がドキドキする。

死んじゃうよ！

顔？　っていうか頭？　血液集中してるのがわかる。脳の血管切れそうだよ！

わたしはアビゲイルお姉様に助けを求めるような視線を向けるが、アビゲイルお姉様はゆっくり首を横に振る。

「ロックウェル卿も――。夜会で三文喜劇の俳優並のセリフを吐くぐらいなんだから、もうちょっと甘いことも言えないのかと思ってたんだけど……そう来たか」

そう発したアビゲイルお姉様の言葉に伯爵様はすまして仰《おっしゃ》る。

「やっぱり行動に移さないと、伝わらない相手もいるからね。発言に嘘偽りはないし。グレースの美しさに心惹《こころひ》かれたのは真実なのだが？」

わああああああ、待て、待って伯爵様！

何この人、優男風なのに、ドレス着たわたしを子供を抱き上げるみたいに、片腕抱っことか！

重くないのか⁉　前世よりもスリムな体型になってますけども、それでも成人女性を軽々と片腕抱っことかパワーすごくない⁉

「すごく嬉しい」

キラキラするアメジストみたいな瞳が甘さを含んでわたしを見上げる。

ちょ、契約結婚の相手に見せる表情じゃなくない⁉

誤解しちゃうでしょー！
嬉しいのはわかったから！
まずは下ろして！
そしてここはこんな抱っこではなく、契約締結の握手が妥当ではないのですか伯爵様⁉

五章　辺境領ユーバシャール

伯爵様が国王陛下から下賜されたユーバシャール辺境領。現場を見ないことには話は始まらないので、辺境領視察をさっそく伯爵様に申し出たら、現在、領主館は今から建築らしいので、シーズン中はまだ王都にいてもらっても……っていう提案があった。

もしかして、社交シーズン中に領地経営をする方とお会いして、参考意見とかも聞きたい感じなのかな？　そうよね、いくら実績あるって言っても、わたしはまだ若いし、わたし自身、子爵家当主として、ようやく形になった感じだし。こうした社交シーズン中に王都でいろいろ他の方々の意見とかを聞いておくのは重要だ。

この機会に、隣接する領地の領主の紹介とかもしてもらわないとだし。

隣接する領地の情報を把握しておけば、何を主軸に領地運営するかの指標にもなる。そこをこの社交シーズン中の王都で情報を収集ってことかな？

そのためには、実績があって、話を広げてくれそうな人物をパートナーに据えたかったという思惑で結婚の申し込みってことなのかー。そういう感じなら、アビゲイルお姉様よりわたしにっていうお話よね。

確かに、伯爵の婚約者として社交に付き従うのも、仕事の一環。

そういうもろもろの事情での結婚の申し込みかあ……。

今王都は、割と遠方の領地持ちの貴族も集まる社交シーズンが始まったばかり、伯爵様も、そういった貴族と知己になっておきたいわよね。

でも、ぶっちゃけシーズンオフまで待てない。是非一度現地に行ってみたい。何もないって言われてるけど、本当に何もないのか。

伯爵様は領主館がまだ建ってないっていうのを気にされているようだけど、わたしはあまり気にならない。貴族令嬢にあるまじきことだけど、野宿だってOKですよ。

今回の社交シーズンは、わたしの方でもウィルコックス子爵家の爵位譲渡とか、関連事業への顔合わせとかも控えてる。だからそんな長居はしないし、とんぼ返りでもいい。

そこでわたしは、伯爵様に手紙をしたためた。『長期間滞在はしませんので、近日中に現地を確認したく思います』というものを。

伯爵様にもご都合があるとは思うから、領地の道行きとか、領地の代官とかへの紹介をしてくれればこっちで準備して行くつもりだった。

――ウィルコックス領は王都から単身馬で駆れば五日ほどで着く。しかし地図上にあるユーバシャールはかなり距離がある……だいたい倍ぐらいで馬だと十日以上。で、どうやって現地まで行くかっていうとですね、実はね、この世界のこの国、鉄道があるんですよ。鉄道が。

この王都から延びている鉄道を使って、それでもユーバシャールに近い近隣の領地の駅に下車してもそこから馬で単身、五日ぐらいはかかるみたいなの。

金のある領地にしか駅は建設できないものね。

当然、ウィルコックス領には鉄道なんて敷かれてない。メイフィールド家は多分このまま業績が良好ならば将来的に敷くんじゃないかとパーシバルは言っていた。

メイフィールド領に鉄道が走れば、ウィルコックス領を跨《また》ぐ感じになるのよね。ジェシカは元気になったとはいえ基礎体力がちょっと不安だから領地への行き来がぐんと楽になるはず。パーシバルと二人で、ウィルコックス子爵領のどこでもいいから駅を作れるように頑張るのよ！

もちろん国の鉄道への出資にはラッセルズ商会も噛《か》んでますよー。貴族でもなく領地もない商会ですが、この国トップの商人ですもの。国外にも向けて商売を展開させてるぐらいだから国内の物流部門に投資はするでしょ。

ここで自動車ができていればいいんだけど、これがないのよねえ……。どこかの誰かが開発してもおかしくないんだけど。それともまだ先かな。

で、領地視察の打診の手紙を伯爵様宛《あて》に発送したあと、返事が来るまでまんじりとせずにいた。やっぱり伯爵様のことだし、いろいろお考えもあったかもしれない。「社交シーズンは領地持ち貴族の顔つなぎに時間割きたかったのに、この女はまた突発的に領地を見たいとか言い出しやがってメンドクセエ」とか思われてたらどうしよう。なんか……我儘《わがまま》言っちゃったかな……。伯爵様の貴重なお時間を割かせるなんて……。あーやっちゃったかもーって執務室で頭を抱えること数日……なんと了承を得たのよ！

ただし、伯爵様もご同行することが条件だった。

「グレース、社交シーズン中に辺境へ赴くと聞いたぞ。随伴する使用人を派遣しようと思うが、今期の社交シーズンはどうするつもりだ？」

ラッセルズ商会の若旦那《わかだんな》、パトリシアお姉様のご夫君、トレバー氏自ら子爵家を訪れてそう言った。

「一月も王都を離れるわけではございません」

ユーバシャールに向かう為に乗車する列車は、国の北側に向かって延びてる路線で、終着駅はどこかの公爵領なんだけど、終点まで行かずに途中下車する予定。沿線に駅を建てられるなんて、やっぱり金を持ってるところは持ってるよねえ。

その目的の駅に到着しても、ユーバシャールに到達するのが馬車だと一週間。わたしが単騎で馬で飛ばせば五日ぐらいだ……。

とんぼ返りしたら社交シーズン中には王都に戻れそうではある。

「しかし、シーズン開始直後に王都不在となるため、社交デビューしたジェシカと、婚約者でありウィルコックス家に婿入りするパーシバルのことはお願いしたいと思ってました」

「私に爵位はないが、商業関連の会合ならば多少の手は回せる。次期ウィルコックス子爵の顔合わせにはなるべく目が届くようにするつもりだよ。それよりも遠出なのだから、せめてメイドの一人ぐらいは付けなさい。うちから派遣させよう。ロックウェル卿《きょう》と二人で領地視察とか、子爵家当主とはいえ、嫁入り前の令嬢なんだぞ」

一番心配していたパーシバルの顔合わせは、若旦那が請け負ってくれて一安心だけど、後半のお申し出の……随伴するメイドって大丈夫？　わたしはなんていうか、野宿だろうと平気だけど、メイドちゃんには無理じゃない？

若旦那の心配もわかるけれどさー。

「グレースのことだから、身の回りのことは一人でできると言うだろうと、パトリシアからも言われていたけれど、どうもね、パトリシアの世話付きのうち一人に貴女《あなた》にすごく傾倒している子がいるんだよ」

何それ。

「傾倒？」

「うん、金物問屋の末っ子で、うちにメイドで入った子なんだけどね、パトリシアが言うには、グレースに憧《あこが》れてるとか」

「わたしに憧れる？　パトリシアお姉様ではなく？」

悪評しかないわたしに憧れるですか？　それってクセのある子じゃないの？　だって、親から領地の裁量権ぶんどる女とか言われてるんだよ？　憧れるとかないでしょ。

「グレースは一部ではもう有名だよ」

「父親から領地の裁量権を奪い、強欲で冷たいから婚約破棄された娘という悪名が知れ渡っていたのは承知しておりますが？」

「そういう過去の話ではなく、あのロックウェル卿が結婚を申し込んだ女性としてだよ」

そっちかあ……あわよくば伯爵様とお近づきになれるかもって感じなのかなー。

だとしたら無理かもな。

わたし付きになるならば、共に行動してくれる子がいい。この世界によくいる、普通のご令嬢付きのメイドでは無理だ。

「その子、馬に乗れて野宿も平気とかではないでしょう。その件は領地視察から戻ってきたらお話しませんか？　今回の領地視察、短期間ですが、その分、強行軍ですもの」

「商家の子だし、ラッセルズ商会での遠方の使いもこなし馬にも乗れる子だ。ただ、前々から思っていたが、貴女はそろそろ、単独での移動はもうやめた方がいい」

え？　馬に乗れて、マジで遠方への使いもできる？　ちょっとすごくない？　でも若旦那がこめかみに指を当てて、眉間《みけん》に皺《しわ》を寄せてるのは自分の商会の使用人ならともかく、貴族の令嬢がそれをやるのかって思ってるからなんだろうな……。なんかデジャブ……領地にいる家令のゲイルと若旦那の言葉がまるっと同じよ‼　でも便利なんだもん‼

「今後、善処します」

わたしがそう言うと、若旦那は心配そうに言った。

「貴女に何かあればパトリシアが泣く。くれぐれも怪我《けが》などしないように」

そんな若旦那から、即日、わたし付き侍女を紹介され、ユーバシャール辺境領地への移動の準備をするのだった。


王都ラズライト・セントラル駅四番線ホーム。

王都を中心に、国に張られた線路はまだ四路線しかない。

現代日本の首都圏路線図とかと比較したらなんじゃこりゃだろうけど、これでも増えた方だ。王都を中心に東西南北に延びた線路です。将来的には遠方にある領地の主要の街を円で囲むとかありそうじゃない？　前世日本の東京を囲んだ山手線みたいにさー。

前世と違って魔獣がいるし、アビゲイルお姉様が言うには、移動魔法を使える人もいるっていうからどこまで交通網の発展が進むかわからないけど……でもこの国は魔法使いが圧倒的少数だから、こういった移動手段は今後発展するとは思うんだけどなー。

今回、目的の駅直前で乗馬服に着替えるので、ちょっとでかい荷物。キャリーバッグが欲しい。いつもは馬で移動しているから、こういうところに気が付かなかったな。あると便利だよね。

まあこの世界の貴族は従者に荷物を持たせたりするんだけど。

今日は執事のハンスが駅まで見送ってくれたので、ハンスが持ってくれているの。

重たいよね、ごめん。とか思ってたら、ハンスは、「お嬢様、いえ、ご当主様が遠方に行かれるのに、こんな少ない荷物で……」とかこぼす始末。

「いつもはもっとお荷物も少ないと伺っております。ハンス様」

先日、若旦那から紹介されたわたし付きのメイドがそうハンスに声をかける。

「ヴァネッサ、くれぐれも、ご当主様をお願いしますぞ」

「お任せくださいませ！」

ブルネットの髪にブルーの瞳《ひとみ》をしたヴァネッサが答える。

元気いいな。わたしよりもちょっと年下で明るくて、はきはきしてていい感じだ。わたしは外見の第一印象で怖いと思われがちなのに、この子は若旦那が言うように、わたしを慕ってくれてるように感じる。

先日のジェシカのデビュタントの支度や、伯爵様をお迎えした際にもわたしに付いてくれた子なので、顔は見知っていた。

「グレース」

そう呼びかけられて振り返ると、伯爵様がいらした。

本日も軍服ですが、よくお似合いです。

「伯爵様、ごきげんよう。よろしくお願いします」

執事のハンスが心配そうにわたしを見てる。んー……ハンスの思うところはあれか、ラッセルズ商会の若旦那と同じかな。前時代的な倫理観が強いものねえ。結婚前の男女が領地視察の為とはいえ、数日間一緒とか。

前世持ちのわたしの感覚だとビジネス出張的な、就職先のインターンシップ的な感じでしかないんだけどなあ……。

今回の視察は、お付きの従僕も侍女もいるんだからノーカウントでしょ？　列車の中では別室だし。これまで領地へ単騎で行く時だって護衛の人いたじゃない。ハンスは心配性だな。嬉《うれ》しいけれどね。

そんなに心配しなくても大丈夫よ。

「ロックウェル伯爵様、ご当主様をくれぐれも、よろしくお願いします」

「ウィルコックス子爵の安全は私が保障しよう。ところでグレース。その子は？」

「ラッセルズ商会からの派遣で、わたし付きメイドとして今回同行いたします。ヴァネッサ・カーソンです」

わたしがメイドを連れていたのに驚いたのかな？

でも普通の貴族の令嬢なら付添人とかいるでしょ。

……あ……もしかして、供も連れずに、商会の会合に乗り出すとかいう噂《うわさ》でも耳にしたとか？

まさかそんなことはないよね。

「自領への往復などは、わたしは個人で参りますが、今回からラッセルズ商会の義兄がわたしに付けてくれたのです」

わたしがそう言うと、伯爵様は頷《うなず》く。

「そうか、さすがラッセルズ商会を身内にされているだけあるね。実は私も不測の事態が起きるかもしれないし、ロックウェル家の方からもメイドを一人連れてきた」

伯爵様が連れてきた子って……それって……普通の貴族の令嬢では？

わたしは伯爵様が連れてきたメイドを見つめる。

金髪に緑の瞳をした綺麗《きれい》な子だ。伯爵家に仕えるなら、子爵家、男爵家のお嬢さんの可能性が高い。ヴァネッサとは違う系統だな。

「グレース・ウィルコックスです。よろしく」

メイドちゃんは綺麗なカーテシーをしてみせた。

「シェリル・ノーマンと申します。道中、ウィルコックス子爵様のお世話をさせていただきます。どうかシェリルとお呼びください、ウィルコックス子爵様」

うーん……王都のタウンハウスでならまだ問題なさそうだけど……。心配だな。長距離移動で、行き先は未開地だよ？

「伯爵様、シェリル嬢の同行はお断りさせていただいても？」

「気に入らない？」

「いいえ。ただ、彼女は貴族でしょう？　男性の多い今回の視察でわたしの身の回りをご配慮いただいたことはありがたいのですが、若いご令嬢には厳しい道中です」

途中で音を上げられたら、厄介なんだよなー。普通にお屋敷でハウスメイドするにも無理なんじゃないかってぐらいに綺麗なお嬢さんなんだよね。

「もしかして……なにがしかの理由があるのでしたら、彼女のお世話をするのは承知しますが？」

一応わたしと伯爵様は家の当主同士で婚約が決まった。

しかし、これはあくまで業務提携の一環、というのがわたしの認識なわけ。

一度、婚約破棄されてる身としては、穿《うが》った見方をしてしまうのよ。

ここでわたしの言うなにがしかの理由っていうのは……。目の前のシェリル嬢が実はロックウェル伯爵家の縁戚《えんせき》で、伯爵様の婚約者候補で行儀見習いとしてロックウェル家に仕えているとかね。

この世界、一世代前はそういうことあったのよ。前世日本でも、明治大正あたり――下手《へた》すると昭和初期にも、そういうこともあったって、なんかの本で読んだことあるし。

そうならそうとハッキリ言ってほしかったなー。

わたしの意図するところがわかったのか、シェリル嬢はさあっと顔を青くした。

「ご、誤解です！　ウィルコックス子爵!!」

おお、そういうしきたりがあることを、この子は知ってるのか。

さすが貴族のご令嬢、教養があるね。

でも伯爵様はイマイチわかってない様子。まあ男の人だし……わかってないのかなー。爵位はあれど、軍部に身を置いてる時間が長そうだし……。一世代前の貴族の習慣みたいなもんだし。

そして顔を青ざめさせて否定するシェリル嬢は、純粋にわたし付きの侍女として連れられてきたのか。わたしは彼女をじっと見つめる。

けど今回はご遠慮願いたいのが正直な気持ちです。これから貴族のご令嬢が揃《そろ》う夜会や茶会ならいざ知らず、領地視察とか、この子には無理じゃないかな？

列車で遠方へ向かうだけでも倒れちゃわない？

「グレースが連れてきた子も若いと思うけれど？」

「こちらのヴァネッサは、ラッセルズ商会でも荷物を持った長距離移動の仕事にも慣れております。義兄が今回の視察を見越してよこしてくれた人材です。本人も了承しております」

ヴァネッサが、ちゃんとカーテシーしてみせてた。

「なるほど、じゃあ……シェリルは――……」

「お待ちください！　ご当主様‼　ご婚約者であるウィルコックス子爵がご懸念されることは、今回同行し、お仕えさせていただくことで、払拭《ふっしょく》いたしますので‼」

かなり必死に言い募るシェリル嬢……。

いや、別にいいんだよ、そんな無理しなくても。

「ウィルコックス子爵はロックウェル伯爵家の奥方様になられる方！　今からお仕えしなければ、

私の立場もございません‼」

「グレース様！　シェリル様もご一緒に！　私がお助けしますので‼」

ヴァネッサがキラキラとした瞳をわたしに向ける。

適材適所という言葉があるんだよ、ヴァネッサ……。

何でそんなにシェリル嬢を推すのか。

「伯爵様のご厚意なのですから、お受けするべきです、ご当主様」

執事のハンスはご機嫌で頷きながらそう言った。

ヴァネッサとハンスの後押しがあって、シェリル嬢の同行は決まってしまった……。仕方ない。怪我させないように気を付けないとな……。

さっそく同僚になったシェリルとヴァネッサが交流を温め始める。二人のそんな様子を見ていたら、なんとなくエイダに会いたくなった。

◇◇◇

「夕食は、一等食堂車でと伯爵様が仰せでした」

シェリルの言葉にヴァネッサが頷く。

「では、お召し替えですね！　グレース様はお綺麗だから飾り甲斐《がい》があります！」

「え、着替えるの？　そんなに服は持ってきてないけれど」

「大丈夫です！　若奥様がご用意してくださったのをお持ちしております！」

ここでヴァネッサの言う若奥様とは、パトリシアお姉様のことだ。ヴァネッサの言葉に、シェリルもウキウキと着替えを見立て始める。

「さすが、ラッセルズ商会の若奥様のおすすめですね！」

荷物は極力持ちたくなかったわたしの内心を読んだかのようにヴァネッサが言う。

「あ、ご安心くださいませ、今回遠方へのご視察ですから、ちゃんと数は控えております。その中からご当主様にお似合いになるものをご用意しました」

メイドの二人にきゃっきゃ囲まれながらお着替えをすることになったわたし。

そんな粧《めか》し込まなくても……。単純にビジネスディナーだと思うんだけど……。

「あ、あんまり派手にはしないでほしい」

「グレース様は顔立ちがクールですから、メイクの色を変えるだけでも、印象が変わりますわ！」

シェリルさんウキウキですね……わたしはロックウェル伯爵家の奥方に相応《ふさわ》しい方が現れるまでの、代行のようなものでは？　そういうお話は、伯爵家の方ではありませんでしたか？

イケメンとの食事でウキウキしちゃうチョロイ女とか、そう見えないよね？　大丈夫だよね？

「では、打ち合わせに行ってきます」

個室の扉を閉めると、メイドの二人が「デートなのに！」「デートなのに‼」とかちょっと大きめの声で言っていた……。

いやいや、打ち合わせですよ。

ですが。食堂車――なんて前世でも今世でも初めて！

現代日本、電車移動の際の食事なんて、良くて駅弁で、だいたいはコンビニおにぎりを人目を気にしながらもそもそと食べるのが関の山だった。

だがしかし、ビバ異世界転生！　このロケーションの好《よ》きことよ！

前世、映画などでしか見たことがなかった、食堂車。

テンション上がるわー。

車内に、黒檀《こくたん》のダイニングテーブルに白いクロスがかけられ、その上に装飾された一輪挿しの花。背もたれのデザインが洒落《しゃれ》た椅子とか、車窓にかかるレースのカーテン……。魔石ランプで照らされた食堂車の車内！

食堂車内装から車窓にちらりと視線を移す。

前世の電車よりもスピードないから、車窓からの景色がゆっくり楽しめる。

時間帯的にはディナーのちょっと前って感じの時間だけど、それがかえって車窓から見える夕方のオレンジと紺のグラデーションの空が映えて、超ファンタスティック！

この極上のロケーションにばっちりハマる伯爵様は、かっこよすぎて、まるで前世の洋画のワンシーンのよう。

伯爵様はわたしがこの車内に入ると、立ち上がってわたしをエスコートするために歩いてくる。

前世のハリウッドスターだって裸足《はだし》で逃げ出すんじゃないの？

「綺麗だ、グレース」

それは貴方《あなた》のことでは？

しかし褒められれば、素直に嬉しいです。でもこれはメイドちゃんズのメイクの腕がいいだけで、別にわたしが褒められたわけではない！　勘違いしちゃダメ！　絶対！

それに、ここでウキウキして、領地視察したのに今後の領地経営の指針が何もできませんでした～とか、そういうのだけは避けたい‼

わたしの取柄は、親よりも上手《うま》く領地を回していたという実績で、その腕を見込んでくれた伯爵様が今回オファーしてきたのよ！　そこを忘れないように！

「グレースとの初めての食事が領地視察への道中で、ロマンチックの欠片《かけら》もないが」

何を仰《おつしや》いますやら、充分ロマンチックですとも。あまりにも現実離れしている為、多分顔面の表情筋が動いていない。よく耐えた！　わたし‼

王都の貴族の令嬢達は、この場面見たら失神するだろう。さすが伯爵様。

軍服ではなく、フロックコートをお召しで、シルクの光沢が映える淡いグリーンのクラバットタイと同色のベスト。

そのシルク、メイフィールド産のシルクですか？

本当によくお似合いで……王子様か⁉

まじで「貴女《あなた》の王子になりたいのです」のセリフが似合うよ！

「いいえ、とても素敵です。わたしも子爵家当主として、取引相手との会食をしてきましたが、列車の食堂車での会食は初めてです」

ビジネスがらみの政略結婚の申し出だけど、気遣いが違うわぁ。わたしの元婚約者は、この人の爪の垢《あか》を煎《せん》じて飲んで、三回ほど転生しても、絶対こうはなれないだろう。

「とりあえず、今後のスケジュールについてお伺いしますが……」

伯爵様に椅子を引かれて座る。

伯爵様は苦笑されるけど。わたしの考えてることと違うのかな……。

「まるで仕事の話をするみたいだね」

え、だって、これ仕事だよね？　領地経営に戸惑ってるから、今回拝領された領地に行くところでしょ？

入領前の事前準備打ち合わせ会食と違うの？


「せっかくのデートなのにな」


今、心臓がトゥンクとか鳴りそうだった。

ははは、すごいわー伯爵様、前世も今世も喪女のわたしをときめかせるとか、いや、喪女だからこそチョロイのか……。

「領地に入ったら戦地同様で、何もないと思ってくれ。領主館ですら建設もされていないからね。今回はシェリル以外の使用人も数名同行している。領主館について現地で相談するのもいい機会だ。特にグレースは今後この領地に関わるのだから、現地の館の奥向きのことも任せたい」

――奥向き⁉

領地経営の実質的なことだけじゃなくて、そっちのことも⁉　領地経営実務の方しか頭になかったけど、あ、でも一応、政略とはいえ婚約者だ。それなら従僕やメイドを連れて意見を出させるのは当然よね。

そういうことなら、もう少しベテランを同行させた方がよかったんじゃないの？

いや、遠方への移動なら、体力的な問題がある。社交シーズン中に戻ることを考慮してるのだから、比較的若い子を同行させたということなのね。

なら今回、同行させたシェリル嬢は若いながらも優秀ってことか。

しかし、奥向きか……。

パトリシアお姉様にもいろいろ聞いておかないと！　わたし、そっち方面あんまりわからないよ！

◇◇◇

列車が止まったのはマクファーレン侯爵領、ミルテラ駅。

ここからマクファーレン侯爵領内を横断し辺境へ向かう。

駅に降り立って、侯爵領内を移動する時に思ったのは、治世がしっかりしてるのよねー。道もいいし、道中、温泉の宿場町なんかもあったりして、貧乏子爵領を持つわたしとしては、なんとも羨《うらや》ましい限りだった。

いいえ、うちの子爵領も近年、頑張ってますけれど。

マクファーレン領内を四日、領地境界線であるエイデル川を越えたあたりから、ユーバシャールに入領。三日経《た》った頃に、最初の集落に辿《たど》り着いた。

伯爵様が先行させていた部下の方とロックウェル家の人も、この最初の集落で報告の為に待機してくれていた。

拝領された領地に、困っている印象だったけれど、初手の視察手配なんかは、割とすぐに出してるんじゃない？

この若さで佐官クラスなんだから、それぐらいは当然か。

その報告を伯爵様と一緒に聞くことに。

アビゲイルお姉様が土が痩《や》せてて、作物が育たないって言ってたから、もっと岩場だらけなのかなって思ったんだけど、湿地帯が点在。森もある。

領内の奥、国境沿いのリスト山脈に近づくと、岩場が広がっていて、ここで魔石が採れるとか。

魔獣の出現率が列車駅を持つマクファーレン侯爵領に比べると高い。

確かになんもない田舎《いなか》というか……まじで未開地ですが、集落はあって、その一つであるこのハリッシュ村で一泊。

野宿覚悟だったけど、屯所があって、そこを使うことに。このユーバシャール内では隣の領地との交易もあるから宿も実はあるんだけど、安全面で言えばこっちだとか。

領主とその婚約者（一応）だものね。

馬車から降りると、身体《からだ》がガチガチだ。

ユーバシャールに入ってから道が悪すぎでしょ。これもなんとかしたい。領内交易路の改善は必《ひっ》須《す》！

食事をしながら、今後の視察について、軽く打ち合わせ中です。

「伯爵様、今回の拝領地は、もと王家直轄領と伺いました」

「うん」

「この件で軍上層部から施設建設などの打診は？」

「それを話したかな？」

おっとお、もしかしてそういうお話、実はありなのかなー？　直轄領の下賜だし、軍系の用途なら、資金も実は目途がついてるってことかな。

「もし打診があれば、マクファーレン領の、ミルテラ駅で止まってる列車をこっちまで延ばせるかもしれませんね。予算は王家と軍だけではなく、魔導アカデミーからも援助させることも可能では？」

「魔導アカデミー？」

「この領地は魔石、魔鉱石を産出されていると伺いました。軍だけではなく、アカデミーも研究施設は欲しているかもしれません。線路を延ばせば、王都との行き来はぐんと時短されますので。アカデミーでそういう話がないか、アビゲイルお姉様に尋ねてみます」

調査隊先行メンバーの人が口を開く。

「ですが魔獣が多い。農耕地に出現するビッグボアやヘルハウンド、ホーンラビットだけではなく、湿地帯にはダーク・クロコダイルの数が多い。我々がここに来てからも村にまで侵入してくるのを目撃しております」

ダーク・クロコダイル……こいつ等《ら》、爬虫類《はちゅうるい》型の魔獣なんだけど、群れるんだよね。うちの子爵領はホーンラビットがかなり多い。軍へ依頼ができる程、子爵家の予算がなかったから、魔獣討伐ギルドに依頼をしたことがある。その時に、わたしはこの世界の魔獣の種類を知るために、何度か足繁くギルドに通ったよ。

だから名前は知っているけど……ダーク・クロコダイル……子爵領では縁がない魔獣だったんだよねえ……民家のある集落にまで侵入してくるのか。

「ダーク・クロコダイル駆逐の件は伯爵様に魔獣討伐ギルドもしくは、軍に依頼をかけていただければと」

「手配しよう」

わ、即決ですか！　そして派遣できる立場なんだ……すごーい。

ダーク・クロコダイルの討伐は当面魔獣対策の第一要項だわ……民家までやってきて人間を捕食するとか……こっわ！

ちなみに領主館建設予定地は、この集落ではなくて、ここから南に向かって、一日馬を走らせたところにあるユーバシャール村。一番人口が多いらしい。

とりあえず今日はこのハリッシュ村で一泊して、明日早朝に、領主館建設予定のユーバシャール村へ行くことに。

この領地全体で、ダーク・クロコダイルの被害があって、村人達の悩みの種なんだって。

湖が近場にあるから領内でも比較的農作物が育てやすいってお話だから……これ治水工事やれば米が作れるんじゃない？　前世日本人としてはやっぱり米は欲しい！

けど農耕地としてやっていくにも……クロコダイルが邪魔をするとか。ひどい話じゃない。

交易が難しいなら、最低限自給自足していきたいけれど、カツカツな状態。

領民がもっと安全に農耕や狩猟ができる状況にしないと。それが回り回って領地を潤すんだし。わたしもウィルコックス領でホーンラビットのファーで経済立て直した時には領民が危険な目に遭わないかっていうところは一番気にかけたところよ。

領民の安全性、領主の仕事としてここは絶対譲れない。だから、早朝屯所から出立する際、わたしは馬車でなく馬に乗ろうとした。

馬車に乗ったままより、領民視点での発見もあるかもだし、現地の視察もしやすい。シェリルは「子爵様、どうか馬車で！」と言い張るが、ヴァネッサはいそいそと乗馬服を取り出して着つけてくれた。

この集落まで馬車に乗ってドレスだったから、乗馬服に着替えると動きやすさが違う。これもうちの妹、ジェシカちゃんのデザインですよ。乗馬服を着用したわたしを見て、伯爵様が笑顔を浮かべてくれてる。

「馬車より馬で移動したい？」

普通なら、「貴族の令嬢がここを馬で行くのか」とかあからさまな苦言を投げるところなのに、やんわりとわたしの意向を尋ねてくれる。なんだろう、伯爵様、二十代男子なのにこの包容力は。元婚約者よりも年上だから？

「馬車の窓からだけではなく、実際に見てみたいので」

「わかった……グレース、馬車に乗せた二人を振り切らないように」

「承知しております」

伯爵様がわたしに手を差し伸べてエスコートしてくれる。

馬に乗るだけなのに！

そんなわたしと伯爵様を見た先行していた調査の人達も驚いてる。

でも、馬を走らせるわたしを見て声をかける。

「貴族のご令嬢でも、乗馬を嗜《たしな》む方がいるのは存じておりましたが……ウィルコックス子爵は手慣れておりますな」

「子爵家の自領へは馬で移動しますので」

もちろん、道案内を追い越して走らせるようなことはしませんよ、ちゃんと隊列の真ん中で一定のスピードで進みますって。

天気もよくて、夏の気候なんだけど、爽《さわ》やかで、前世の日本の夏に比べて湿度はそんなに高くない。馬もいい。大人しくこっちの言うことを素直に聞いてくれる。

先導している人が「もうすぐです」と声をかけてくれた。

ほどなくすると、横目に湖の湖面が見え始める。

「湖……」

湖面が太陽の光を受けてキラキラしてる……綺麗《きれい》……。

「ちょっと、湖の近くに寄ってみようか？」

「え？」

伯爵様の方へ顔を向けると、伯爵様は笑う。

「そんな笑顔をされたら、寄るしかないだろう？」

え、笑顔だった？　顔面ゆるんでた？

「グレースは笑うと無邪気で可愛《かわい》いから」

わー！　何を仰《おつしや》るのか‼　それはまるで言葉責めでは⁉　ヤメテ‼　こっちは前世でも今世でも、年齢＝モテない女なんですよ‼

ちょっとでも可愛いなんて言われたら、うっかりときめいちゃったりするんですよ‼　ユーバシャールの領地開拓の手腕を買っただけなんでしょうから、そんなリップサービスとか、されなくても大丈夫ですよ！　お仕事はちゃんとしますから‼

いつもより表情筋を殺しながら馬を操るので、お付きの部下の人達からは、

「ウィルコックス子爵は領地経営の手腕が歴代の当主よりも秀でてるという、噂《うわさ》通りだな」

「伯爵にああ言われても微笑《ほほえ》み一つ浮かべていない。仕事の鬼か」

なんてひそひそ声がした。

うん……ちょっと褒められてにやけてしまうチョロい子だとか思われてないようだ。よかった。

湖に近づいて、馬から降りる。

「意外と農耕地にできそうでは？」

伯爵様もそう思っているのか呟《つぶや》いた。

わたしが水質の状態、澄んでいるのか濁っているのか視覚で確認するため水辺に近づくと、案内してくれてた部下の人に声をかけられる。

「ウィルコックス子爵、あまり水辺に――……‼」

案内の人がそう言いかけて、湖の湖面の方を見たまま表情を変化させた。

わたしがその視線、湖の方へ　視線を戻すと――……いた……。

このユーバシャールの領民が何よりも怯《おび》える魔獣。

ダーク・クロコダイル。

水面に長い鼻面と口の先端が見え、その相貌《そうぼう》が水面からすうっと浮かび上がった。

◇◇◇

湖面から浮かび上がる魔獣との邂逅《かいこう》――。

視線が合った瞬間に、わたしは自分の動きが遅いと感じるぐらい、頭の中で様々な思考が巡る。

見た目は前世の動物園とかで観《み》たワニっぽいけど、大きさが違う。

怖い怖い怖い――……逃げ出せるか、振り返ってこの場をダッシュしたら助かるはず？　わたしが動いたら絶対にこの魔獣も動くだろう！

わたし、ここで死ぬの？

「グレース‼」

伯爵様の声に反応して、わたしは一歩後退《あとずさ》り、その動きに魔獣が反応しないのを瞬時に認識すると、走り出す。

素早く動ける乗馬服でよかった。ドレスだったら無理だ。湖面から離れて馬に乗ろうとしたけれど、ワニ型魔獣の動きが速い‼　ヤダ怖い‼

水中での動きは速いんだろうと思っていたけど、上陸しても動きが速いって反則じゃない⁉

わたしはこれでも前世に比べたら運動神経だって良くなってるけど、俺ＴＵＥＥＥな魔法とか身体能力とかはありませんからね‼

伯爵様が大きな布を魔獣の顔面に投げつけ、魔獣の視界を奪うと、ぐっとわたしの腕を取って、背に隠し魔獣の正面に立ち何か呟く。布が地面に落ちると、ワニの口が氷に覆われ、鋭い爪を持つ手足が凍り付いてた。

これは……伯爵様の……ま……魔法なの……？

「大丈夫か⁉　グレース‼」

ガチガチに全身が強張《こわば》り、声が出ない。そんなわたしを伯爵様が抱きすくめた。

ふわっと、ウッディ・ノートの香りに包まれる。

……わたし……助かった……。

魔獣にほんの数秒追いかけられただけなのにその数秒が長くて、滅茶苦茶怖かった‼

わたしの二度目の人生ここで終わりかと思ったよ‼

震えが止まらないわ！

伯爵様はよしよしと、わたしの背をとんとんと子供をあやすように軽く叩《たた》く。

「さすがヴィンセント様！　魔法の発動が速いです！」

「鱗《うろこ》は堅いが、意外と肉が美味《うま》いんですよ」

伯爵様の魔法で完全に凍りついたダーク・クロコダイルの首を、お付きの人達の一人が身体強化を使って斬り落とす。「血が流れないのもいいな」「氷漬けした魔獣解体のメリットそれだよ」なんて声が聞えてくる。

わたしは伯爵様の胸に埋《うず》めていた顔を上げて、抱きすくめられてる腕ごしに顔を覗《のぞ》かせて、解体を見ようとすると伯爵様の声が聞こえる。

「怖かったのに解体作業を見るのか。グレースは好奇心旺盛《おうせい》だな」

伯爵様はクスクスと笑うけれど……あれを氷漬けにしちゃう魔法って……すごくない？

凍った魔獣なんて見たことないし、見てみたいのよ。

「あ、ありがとうございました。伯爵様……」

わたしはそう言って、伯爵様から離れようとすると、伯爵様は一瞬だけわたしをもう一度ぎゅっと抱きしめて、頭を一撫《な》でして放す。

「久々に使ってみたけれど、ちゃんと発動したな」

右手を左手首に沿えて、左の掌《てのひら》を閉じたり開いたりしながら伯爵様はそう呟く。

ううう。カッコイイ。

これはもう惚《ほ》れてまうやろ――‼

違う、惚れちゃダメやろ――‼

「ご迷惑を……おかけしました」

「グレースが無事でよかった」

うわー、キュンとするわー。

単純にもほどがあるだろう、わたし。危ないところを助けてもらったからって、キュンじゃないよ！　これが吊《つ》り橋《ばし》効果ってやつだから！　しっかりしろ！　わたし！

だから伯爵様、わたしを守るように肩を抱かなくても平気ですよ⁉

「軍では魔獣討伐と戦場ぐらいでしか使用されませんからねー。魔力があって魔法が使える人ってこの国では少ないですからー」

「オレも凍ったダーク・クロコダイルの首なんて、身体強化MAXでないと斬り落とせませんよ。伯爵様、集落はすぐなんで、コイツこのまま持っていきましょう。氷は溶けませんかね」

「大丈夫だ。あまりお嬢さんたちの目には入らないようにしてくれ」

「了解です」

伯爵様が倒したダーク・クロコダイルが同行している荷馬車に積まれていく。

「グレースは、こっち」

伯爵様はわたしを抱き上げ、自分の愛馬にわたしを乗せて、ご自身も乗る。

「えっと……伯爵様、こ、この二人乗りは……」

「グレースが馬車に乗らないなら、傍《そば》に置いておかないと――」

そ、そうは仰いますがっ‼　距離近いよ‼　確かに怖かったけども‼　まるで猫を抱き上げるみたいに、腕の中に収めるとか‼

前世でも今世でも、男の人とワルツ以外でこんなに密着したことないし！　しかもワルツの練習相手はほぼ身内同然のパーシバルぐらいだったし！　夜会に出たってワルツ誘われたことなんて、先日の伯爵様ぐらいだった。

あとはお父様に抱き上げられた記憶とかはあるっちゃあるけど、遠い昔のことだし！　それもやっぱり身内だし。

「さっきみたいに、あのワニが来たら怖いだろ？」

怖いですけど‼

だからって、この距離間ゼロとか別の意味で心臓に悪いのよ――っ‼

そんなあわあわしてるわたしの内心の動揺を知らない伯爵様は、遭遇した魔獣の感想を漏らす。

「上陸してもあのスピードは反則だな。討伐も手間がかかるかもしれない」

そうだ……あの魔獣の対策を考えないと。

伯爵様は魔力を持ってて、魔法も使えるけど……ここに住む領民にはそんなものはない。

そう……今は、この領地のことを考えないと……。

わたしは後方の荷馬車に積まれたダーク・クロコダイルの存在を思い出す。

……あれが村にまでやってくるのか……。

「でも、そういう脅威を抱えても――ここに住む住人もいるんですよね……」

わたしはそうぽつりと呟いた。


わたし達は目的地の集落、ユーバシャール村に到着、伯爵様に馬から降ろしてもらって、すぐさまダーク・クロコダイルの死骸《しがい》を見る。

氷漬けされたワニの鱗が、黒く光ってる……。

「グレース様！　いくら絶命してるといっても、そんな魔獣に近づいてはなりません‼」

「そうですよ‼」

シャリルとヴァネッサがわたしを取り囲んで言い募る。

「これって、解体して肉は食用にしてるみたいだけど、皮はどうしてるの？」

わたしの問いに、同行していた護衛の一人が答える。

「魔獣討伐ギルドに持っていくと、少しは金になるみたいで……ここからだと一番近いマクファーレン侯爵領のミルテラに支部があり、そこまで持っていくようです。魔獣を討伐するハンターの防具にしたりするそうですよ」

防具ってことは……加工は可能なのか……。鱗が綺麗……氷で覆われているからそう見えるだけかもだけど、この艶《つや》……。

前世のワニ革のバッグとか財布とか思い出す。わたしの趣味ではなかったけれど、かなり高級品だった。お金持ちのマダムとかオジ様が持ってそうなアイテム。

このダーク・クロコダイルの革……加工できるなら……作ってみてはどうだろう。

ウィルコックス子爵領はホーンラビットやプチアラクネがいたから、若いご令嬢向けのファッションアイテムを作ったんだけど、こういう見た目ごつい素材は紳士向けの小道具、ベルトとか財布とかシガーケースやペンケース。ちょっとしたサイズのアタッシュケースとかを高級志向でできるんじゃないの？

伯爵様にどうよ。

そういう小道具なら、お洒落《しゃれ》っぽくない？　色も綺麗な艶黒だから着色加工とかしなくてもよさげだし……。

それにこいつ、このダーク・クロコダイル……繁殖して村まで来るんだから、こいつをとにかく駆逐‼　すべて駆逐‼

あわや、噛《か》み殺《ころ》されそうになった恨みは忘れないよ！

「伯爵様、お願いがあります」

わたしが伯爵様に向き直ると、彼は小首を傾《かし》げてわたしの言葉を待つ。

「このダーク・クロコダイルの皮を頂きたいのですが。もちろん、討伐ギルドに卸すお値段で買い取らせてもらえればと」

「皮……」

「はい、わたしは自領でホーンラビットのファーを商品化しました。このクロコダイルの皮も同様に製品化できないか試してみたいのです」

「わかった。あとで買い取らせてもらうよう交渉しよう。皮以外にも、取り扱いたい部位があれば、その都度、知らせてほしい」

「はい。ありがとうございます」

わたしがお礼を言うと、村長らしき人物が小走りでやってきた。

「これはこれはまた、でかいダーク・クロコダイルですな！　このサイズを魔法でとは……さすがご領主様だ。あ、ワタクシ、この村で村長をしてます。ダリルと申します」

「この領を拝領することになった。ヴィンセント・ロックウェルだ」

村長さんは伯爵様を見て、ほうっと感嘆のため息をこぼす。

なんと、中年の同性からも「これはカッコイイ」とか思われてるわ……。なんだ、わたしがチョロイわけではなく、伯爵様のスペックが良すぎるってだけなのよ。そういうことなのよ。

「お待ちしておりました。ご領主様。本当に何もない村ですが、ご領主様が仕留められたこいつの肉料理でおもてなしいたします。こいつの肉はなかなか美味なんですが、仕留めるのが大変なんですよ」


そして夜。

伯爵様が魔法で討伐したダーク・クロコダイルは、村人達の手であっという間に解体されて、広場でちょっとしたバーベキューパーティーっぽい雰囲気になっていた。

その様子を見て「辺境領の村民、逞《たくま》しいなあ～」とも思った。

伯爵様が前もって、このユーバシャール村に派遣させていた人と村長をはじめ、村の要職についている人々は、領主である伯爵様を取り囲んで、近況を報告していた。

その様子を見ながら、この土地のことを考えていた。

ユーバシャールは元々王家直轄領で、王都から離れていたので、褒賞として貴族に下賜しようとしていた土地。

リスト山脈国境向こうはちょっと血気盛んな隣国――そうアビゲイルお姉様が言っていたけれど、あれだ、なんていうかこのラズライト国よりも、ちょっと文明が一段落ちる……独特の文化風習があるディディアル国。

普通の貴族曰《いわ》く「蛮族」といった認識。

王家は隣国がこの国に乗り込んでこないよう、防衛線を張りたいんだ。

そこで防衛戦役でお手柄を立てた伯爵様にこの地を預けたと。

「条件と立地的に軍閥貴族である伯爵様にお任せしたのなら、王家としてはやはりここを城塞都市《じょうさい》にしたいってところでしょうね」

わたしがうっかり素でぽつりと呟《つぶや》くと、伯爵様をはじめ、村長もお付きの人も一斉にわたしに視線を向ける。

「ああ、紹介しよう。グレース・ウィルコックス子爵。ウィルコックス子爵家当主で私の婚約者だ」

「伯爵様の婚約者様でしたか……」

伯爵様の傍に、付き従ってるわたしが一応婚約者っていう肩書なので、村長さんも駐在の人も納得してくれたようだ。実はこの村に着いて、村長さんとかこの村に先に視察に来ていた方々と対面した時、「なんで、こんなところに貴族のお嬢さんがいるんだ」的な視線が強くてね……ようやく納得していただいた様子。

「こんな僻地《へきち》にご婚約者がご同行されるなんて……」

「グレースは、子爵領を切り盛りしている才媛《さいえん》だ。今回、私が拝領したこの地を一度見てみたいと言うのでね」

「おお、そういうことでしたか」

「昨日もお尋ねしたのですが……山を挟んでいるとはいえ、隣国との距離、あとこの魔獣の多さ、隣接する領への防衛を兼ねたい。拝領された時に、それらしい申し渡しがあったのでは？」

わたしがそう尋ねると伯爵様はにっこりと笑う。

「うん。それらしいことも言われた」

やっぱりそうだったか……あと他にもあるのか……。

ならば！

「では支援金の請求には色を付けて申請した方がいいですね」

あ……護衛の人とか村長さんとか……引いてる。

そりゃこの世界の貴族女性が金の話をあからさまに持ち出せばそうなるか。

金にがめつい女子爵と思うならば思え、先立つものがないとね、必要なもの作れないのよ。領民だってね、守れないの！

「ここまで来て、ユーバシャールの現状はどう思う?」

「領民の安全面――集落における防壁の建設、ダーク・クロコダイルの駆逐、それと交易路の改善を今のところ優先すべきかと」

「確かに道が悪かった……だから馬車じゃなくて馬に乗ったのか?」

伯爵様がそう尋ねる。

「マクファーレン侯爵領を出てから馬車での移動、ひどい悪路というわけではありませんが整備されてなく、進むのに時間がかかりますね。資材や食料など物資輸送するには道をもう少し整えた方がよろしいかと。明日の採掘場がある村を視察して、魔石以外に採掘できる資源があればと思います」

わたしが望む物資は建築資材、セメントかアスファルト。でもアスファルト、石油がないとなーセメントなら石灰と砂利と水と砂で固められる。

これが採れれば、村の防壁も道もぐんと良くなるし、産出する量が多ければ、建築資材としても売れる。

建築資材……通気性があるとか断熱性があるとか、そういった改良もして売り込めたらと思うわけよ。

「グレースにはここにとどまって、領主館の建設予定地を見てもらいたかったんだけどね」

あーそれもあるのか……。

でもこの村から採掘する村までの道も確認したい。

伯爵様が一緒に連れてきた人の何人かはここにとどまるでしょ？　シェリルに任せる。伯爵家の領主館建設だもん。

けどヴァネッサは連れていこう。採掘事務所にある資料を転記していく可能性が高い。商会に勤めていたヴァネッサの実務能力に期待したい。

「道中、またあのダーク・クロコダイルが出るかもしれないし」

「それは承知しています。でも、ここに住む領民は――日々あの魔獣の脅威にさらされてきたのです」

頑張ってると思うのよ、ここの領民は。

あんな魔獣が現れる土地で。道が悪くて、防壁すらまともに建てられずに、農耕地も広げられなくて、でも、この地で暮らそうと日々頑張ってる。

「伯爵様の領地は、普通に農耕するのも難しく、領民は常に危険にさらされているのですから、わたし自身も危険であることを承知で対策していくのは当然です」

わたしがそう言うと、村長さんも、先にこの村に視察に来ていた人達も、はっとした表情で顔を見合わせる。

やっぱり余計なことだったかなと伯爵様を見ると、嬉《うれ》しそうな表情をしていた。


先日訪れた村と同様に、わたしとメイド二人は、屯所の一室を借りることに。この強行軍の視察ではメイド二人と常に同室。二人が寝息を立てても、わたしの目は覚めたままだった。

日中に起きたダーク・クロコダイルの襲撃を寝入りばなに思い出してしまい、目が覚めてしまったのだ。安心したら思い出す……わたしだけかしら？　あるあるだと思うんだけどな。

だって村に襲撃もあるとか言ってたし、もし夜にあの魔獣の襲撃があったらどうしてるのか……ちょっと気になって起きて実際の様子を見ようと、動きやすい乗馬服に着替え、部屋を出て外に出ようとしたら——。

「グレース？」

伯爵様に声をかけられた。

伯爵様も軍服のままだから、多分、哨戒《しょうかい》の打ち合わせの後かと思った。

「伯爵様……、なんか……目が覚めてしまって……」

「……外はやめた方がいい。おいで」

伯爵様が手を差し伸べてくれたので、その手を取る。

そのまま屯所の食堂に入って、わたしを座らせると、伯爵様はカップに何かを入れてわたしの前に置く。

伯爵様も小さいグラスに琥珀色《こはくいろ》の液体をほんの少し入れて、ご自身の前に置いた。

「どうぞ」

ホットミルクだ……でも、ミルク以外の香りがする。お酒？　ウィスキーっぽい香り。

……伯爵様が手ずからこれを⁉

「あ、ありがとうございます」

わたしはお礼を言って、カップを両手で持つ。ちょっと貴族の令嬢にあるまじき仕草だけど伯爵様は咎《とが》めたりしないで、わたしが飲むのを見守っていた。

「やっぱり日中のクロコダイルのことを思い出した？」

わあ、御慧眼《けいがん》！　わたしは頷《うなず》く。

「領民の……この村の人達は夜はどうしてるかなって……あんな魔獣がいるし……なんか気になって……」

伯爵様のフランクな雰囲気のせいか、わたしも、砕けた感じでそう呟いてしまった。

「グレースは、領民のことをすごく考えてるんだね」

そりゃ考えますって。

人生二周目とはいえ、特別なチートも持ってない状態での異世界転生ですよ。

今世は貴族に転生したけれど裕福ってわけじゃなかった――親も前世と同様に放置放任。だけど、前世にはいなかった相談する姉妹がいた。彼女達がいたから……せっかく異世界転生したんだし。チートがなくても何かできるんじゃないかって、諦《あきら》められなかった。

わたしができることで、笑顔になってくれたらいい。そのためには過ごしやすい土地に変えていきたい。

庶民が軽々に引っ越しできないのは前世も今世も同じだし。

「今年、ウィルコックス領での新たな商品は……プチアラクネの糸なんですが、これを生産商品化するにはある出来事が原因で」

「うん？」

「……ウィルコックス子爵領の空き家で、ちょっと信じられない害虫が発生したんです。その害虫に魔力はありませんでしたが……それを駆除しつつ、領地内の産業に一役買えるのではと考えた村人達がプチアラクネの飼育を直訴してきたことがきっかけでした」

ワニ型魔獣と黒くて素早いあの虫とでは……命の脅威なら断然ワニなんだけど。

「生まれた場所でずっと生活をしていると、人は何某《なにがし》かの理由や転機がなければ、移動をあまり考えない。ここもあんな脅威となる魔獣が存在して、被害だって受けてるのに。みんなどうしたらいいのかと知恵を出し合って、自分達の環境を良くしようとしてる……」

「そうだな……確かに……俺はずっと身軽だったたから。住んでいた土地を離れて暮らすことが辛《つら》いとか、考えたこともなかった。俺はあまり家族と縁がなかったから定住する拘《こだわ》りとかも感覚的にはどうもピンとこなくてね」

身軽って何？　伯爵という高位貴族なのよね？

ロックウェル伯爵家って、先代はどうだったんだろう。

成人の折に爵位を譲渡されたというお話は噂《うわさ》では聞いたけれど……。

伯爵様のことは、社交界のご令嬢達をときめかせる噂話でしか知らない。でも。

「領民の気持ちに沿いたいって気持ちは、伯爵様もお持ちではないですか。……だって、領地経営には詳しくないと仰《おつしや》っていましたが、できることをされてます。このユーバシャールをどうにかしたいって、お気持ちがあったから、社交シーズンが始まったばかりのこの時期なのに、わたしのような者が提案した強行軍の領地視察をされているじゃないですか」

「グレースは自己評価が低いよね」

はい!?

「今の『わたしのような者』って言葉が。子爵家当主代行してたのは、学生の頃からだろう？　十代でそれをするのも普通はできない。貴族の子息でも、親の代わりに事業をやれと言われたら何をどうしていいかわからないと思う」

前世は一応成人まで生きたんで、うっすらとはいえその記憶もあるし、父の頼りなさが際立って見えたし、今世で姉妹を路頭に迷わすわけにはいかなかったから、割と必死だっただけなんだけどなー。

「それは……普通の貴族家は、貴族家当主の親が、しっかりしてるから……ウィルコックス家はちょっと……もっと父がしっかりしてたら、わたしももう少し普通の令嬢っぽい感じでいたかもしれません」

「想像できないな――……普通の貴族令嬢って、どういうの？　親のいいなり？　普通にって、ドレスとアクセサリーとスイーツに頭を悩ませるのが？」

わあ……そのお言葉、意外ときっついなあ……伯爵様。

「もし、グレースの父親がしっかりしていても、グレースは父君のお手伝いと称して、やっぱり同じように、領地経営に手を出していたんじゃないかと思うけどね」

「そ、そう思われますか……？」

「そういう、小さなグレースも見たかったな……ご両親はグレース達が可愛《かわい》くて、大事にされたんだろう」

うーん……まあ、確かに、妹が生まれた直後はお父様もまだまともだった……気がする。お母様がその手綱を上手《うま》く握っていたと言っていい……。

過去を思い出しているわたしの表情を見て、伯爵様はクスクス笑う。


「……俺は庶子だったから、親が貴族だとは知らなかったんだよ」


え……？

庶子って……、伯爵様のお母さまは正式な結婚をされていなかったってこと？

え、でも、伯爵様はロックウェル伯爵ですよね？　庶子だったのに、どうやって爵位を？

そんなわたしの詮索《せんさく》する思考を中断するように、伯爵様は続ける。

「五歳の時に、とある貴族の家の庭にある噴水で水遊びをしていたんだよね。母親が乳母係としてそこに雇われていて、俺もそこの子の遊び相手としてね。そこで魔力が発現した。勤め先の雇用主がそれを偉い人にご注進したら魔導アカデミーと軍の両方から、俺の囲い込み合戦が始まって、で、俺が選んでいいって言われたから俺の身は軍部預かりになったわけ」

伯爵様……そんな小さい頃から……。

まだまだお母様と一緒にいたい時期じゃないの！

「母が女手一つで俺を育てようとしてたのはわかっていたけど、子供だったからかな……真に受けたんだよな……周りの大人の母に俺がいて大変だろうっていう言葉を。俺がいなければ、再婚の話もあるだろうって」

「はい⁉」

「だから俺がいなければ、母もそんなに苦労はしなくなるかなって」

何それ⁉

伯爵様のお母さまは、絶対に伯爵様といたかったと思いますよ⁉

ていうか、それは魔導アカデミーや軍の口実ですよ！

「正直に言うとね。グレースが土地に定住する領民のことを案じているのを知って、あ、普通はそうなんだなって……物心ついた時には親と離れて暮らした身としては、新鮮な感じだった」

う……、ダメ、泣きそう……。

小さな頃の伯爵様のことを思うとやるせない。

なのにわたしときたら、姉妹自慢とかいっぱいしてた？　してたよ！

「そんな顔しないで、グレース。普通ではできない経験とかも、今では貴重なものだし」

ダメなのよ～、周囲にたくさん人がいて、しかもわたしをあげつらう人々が、手ぐすね引いてる会合や夜会だったら、どんな人情噺《にんじょうばなし》も表情筋殺してスルーできるけど、この辺境で、ここにいるのは伯爵様とわたしだけなら、いつものポーカーフェイスなんてできないよ。

みっともない顔を見せたくなくて、わたしは俯《うつむ》く。

伯爵様……けっこうご苦労されてる……生まれながらの貴族ですっていう外見だけど、幼い頃に軍の預かりなら幼年士官学校よね。軍も魔導アカデミーも魔力発現とかの特例があれば、十歳に満たなくても入学可なんだよね……。お世話係が付くらしいけど。

庶子なのに伯爵位を持つのは……魔力の関係もあって伯爵位叙爵なのか……、あとは本当に伯爵様自身のお力で何か軍で功績をあげたとかで、今回の褒賞みたいに、若い時に爵位を受けたのかも。

そっか……。

「グレースも親の縁は薄いだろ、でも——姉妹仲が良くて羨《うらや》ましいね」

「伯爵様……わたし……」

「うん？」


「わたしが——このユーバシャールを、伯爵様の領地を、伯爵様が帰りたくなる場所にします！」


わたしがウィルコックス子爵領を家だと感じるぐらいに。

何かあった時は帰れる場所。

わたしには王都のタウンハウスもウィルコックス子爵領も、安心できる場所だ。

だからせめて伯爵様が拝領されたこの地を。

伯爵様にとってそういう場所になるように、この領地が繁栄するようにしよう。

僅《わず》かに顔を上げると、伯爵様は驚いていた。

けれど、その驚きは一瞬で、伯爵様は左肘《ひだりひじ》をついて、指先をその額に沿えてテーブルの上のグラスに視線を注ぐ。そういう仕草だから一瞬驚いた顔の後、どんな表情をしてるのか、その手で顔の半分が隠れて見えない……。

ふとわたしと目が合うと、でも僅かに嬉しそうに笑みをこぼしてた。

「グレースは本当に、すごいな。今、俺はグレースにプロポーズされたみたいだ」

ふぁああああああ！

そ、そ、そういう意味に受け取られた⁉ わ、わ、わたしはそ、そんな意味じゃなくて！

安心できる場所は大事だし！ そういう場所が一つでもあればいいかなと！

わたしがアワアワし始めたのを見て伯爵様はクスクス笑う。

「ここでグレースが張り切りすぎて、傷の一つでも負うことになったら、魔導伯爵とラッセルズ商会の若夫人と未来のウィルコックス子爵夫人にボコボコにされそうだ」

そこはまあ……うん……否定できない。

わたしだって、姉や妹に何かあったら、立ち向かうだろうし。

「明日も早いから、部屋まで送ろう」

そう言って、伯爵様はわたしを部屋までエスコートしてくれた。

部屋に入る時に、伯爵様はわたしの手にキスを落とす。

「今夜は、もう、ちゃんと休んで。怖い魔獣も、きっと来ないよ」

「……はい、伯爵様」

部屋に入り、静かにドアを閉めるけれど、閉めたドアの向こうに、伯爵様がまだいる気がして、そうすると、なんかもっと、お話ししたいこともあったなと思った。

あと……「怖い魔獣も——きっと来ないよ」って……多分、来たとしても伯爵様が処するんだろうな……。

あんな魔獣が現れるこの辺境。道が悪くて、防壁すらまともに建てられずに、農耕地を広げられなくて、でも、この地で暮らそうと領民は日々頑張ってる。

そんなこの地を治めることができるのは、伯爵様みたいな魔法を有した人がいいと、多分陛下も思ったんじゃないかな……。

伯爵様がわたしの実績を認めて必要としてくれるなら、それに応えたい。

辺境に住む人達の……笑顔をもっと増やしたい。

そんな人々がいる場所が——伯爵様の帰れる場所になればいいな……。

◇◇◇

翌日の早朝、ヴァネッサとわたしは馬車に乗り、馬車を取り囲むように伯爵様と護衛と案内役は馬で、採掘場のある村へと移動する。

シェリルも一緒に行きたいと渋ったのだけど、「領主館建設において、シェリルならば必要な設備や動線を考慮しつつセンスのいい間取りを提案できるよね？　期待してる」と言い含めたら、かなりやる気を出して村に残ってくれた。

道中、やっぱりダーク・クロコダイルに一体遭遇したけど、前回同様、伯爵様が魔法で氷漬けにして、護衛の人が首を落とし、そのまま採掘場のある村へ持っていく。

農耕できないし、食べ物も限られてそうだもの、たんぱく質は欲しいよね。

ちなみに、ダーク・クロコダイルの味って悪くない。さっぱりして、歯ごたえも肉質も、鶏《とり》むね肉に近い感じ。

から揚げにしたらいい感じに仕上がると思う。機会があれば作ってみたい。ていうかこの肉がたくさん取れれば、辺境領地の名物料理として売り出せそうじゃないの？

そしたらまた討伐してくれる人も増えそうだわ。

そろそろ採掘場のある村に到着しそう――窓から前方へ視線を走らせれば、夕闇に浮かぶ小さな明かり。

前世日本のような光源ではないけれど、村があるとわかる。人がいるとわかる明かりが遠くに見え始めた頃……わたしは気が付いた。

「ちょっと止めて！」

「グレース様⁉」

馬車を駆る御者に停止を促す。

馬車が止まったので、馬で並走していた護衛の人や伯爵様が、馬車へ集まる。

「どうした？　グレース」

わたしは扉を開けてもらい、馬車のタラップを踏んで、地面に降り立つ。

この世界じゃ、夜間照明なんてない。特にこんな僻地《へきち》なら。だから早朝からここに来るまで馬車だと一日がかり。

村と村の距離は魔獣がいる辺境だから、それぐらいの距離になる。

この馬車道の向こう側にある……村の明かりが見え始めて、しばらくしたあたりから馬車の揺れが違うことに気が付いた。

――道がちゃんとしている！

現代日本の技術とは程遠い。でも道が、それまでと違う。確かに凹凸もあるし、いびつだけど、今までの道とは明らかに違って人の手が加えられてる。

馬車の車輪のなだらかでスムーズな動き。揺れがないのは――。

――舗装されてるんだ‼

もちろん、現代日本のアスファルトとは違う。あんなに綺麗《きれい》ではないけれど、でも、道が舗装されてるっていうのは馬車の揺れ方でわかった。

村までの距離はそんなにない。むしろここも村の一部かも……集落の外れに民家の一世帯か二世帯ぐらいはあるかもしれない……。


「足止めをして申し訳ございません。ただ、確認したかったので」

お付きの人は気が付いていないけど、伯爵様は気が付いたようだ。

「グレースの疑問は村に着いたらわかるだろう。この件は俺も聞いてない」

お付きの人の一人が首を傾《かし》げていたけれど気が付いたみたいだ。

「グレース、馬車に戻りなさい。また魔獣が出るかもしれないから」

「はい」

魔石採掘だけのしかもこんな僻地で、魔獣だって出るのに。

村に着いたら聞かないと！　よく考えたねって言ってあげたい！

馬車に戻ると、ヴァネッサが首を傾げていた。

「どうかされたのですか？　いきなり馬車を止めて……」

ヴァネッサは気が付いてなかった……鈍そうには見えないけど、疲れちゃってるもんね、わからないか。

「道が良すぎるのよ」

「道……」

ヴァネッサはそう呟《つぶや》いてはっとする。

「言われてみると！　違います‼　揺れが少なくなってます‼」

「でしょう？　気になったの。誰がどうやってこうしたのか……」

ヴァネッサも首を縦に振って頷《うなず》いた。

この村に来る途中で討伐したダーク・クロコダイルがお土産《みやげ》になった。

村人全員が沸き散らかしてお祭りっぽくなっちゃうし。まあね、娯楽少ないからね。村人の脅威である魔獣が一体運ばれたら、テンション上がっちゃうでしょ。ユーバシャール村でもそうだったもん。

しかたないか。

とりあえず今回は採掘事務所で一泊。

起きてすぐに、事務所で採掘した記録資料を探して、ヴァネッサと一緒に転記する。コピー機が欲しい……。最低でも一年分の記録は欲しい。資料転記という地道な作業をしていたら、伯爵様からお声がかかる。

「採掘現場に行くんだが……グレースも……」

「行きます‼」

ガタッと立ち上がり、伯爵様に紙を渡す。

「ヴァネッサと二人でここ一年の採掘記録を転記してますが、魔石以外に、鉄や銅なんかも少量ではありますが採掘した形跡がありました。でも魔石に次いで産出量が多かったのは硝石ですが個人的に気になるのは……」

「うん。グレースも気が付いた昨日のアレか」

アレとは村近辺の道の舗装のこと。

舗装の原因は子供の悪戯《いたずら》だったのがわかった。

そりゃね、こんな僻地で遊び道具もないんだもの、子供が夢中になるの、泥遊びぐらいしかないでしょ。それで村長さんが村の出入り口付近とか、集落の一番外れの家までを遊び場にしていたわけで。

そこで子供達に大人気でもっとも使われていた泥が……水硬性セメント……コンクリートだったよ！　なんという資源をおもちゃに‼

「それとグレース、絶対に俺から離れないように」

採掘現場へ行く時に、伯爵様からきつく言い含められた。

「採掘するのは一般の村人だけではなく、強制労働者も含まれている」

服役中の罪人もいるの⁉

まあそうよね、恰好《かっこう》の服役所だもんね。脱走しても魔獣がいるから生きて王都まで戻れるかって言ったら、怪しい場所でしょ、ここ。

「俺がここを正式に拝領した時に、ほぼほぼ、ブロックルバング公爵が引き取ったっていう話だからあまり人数はいないけどね」

このユーバシャールの北隣の領地がブロックルバング公爵が有する領地……。この土地は元王族直轄領、その隣が公爵家の領地。ブロックルバング公爵は、高位貴族も高位貴族。王姉を母に持ち貴族というよりも王族に連なる人物なんだけど……。

「北に隣接するご自身の領地に労働者をですか？」

自分の領地に、王家直轄領だったところから労働者引き上げるの？

リスト山脈が連なってるから、そっちでも採掘できるんだろう。

自分の領地に労働力持っていって、採掘したいだけ？　伯爵様は領地経営に慣れていないから、強制労働者がいるのは大変だろうっていう親切心？

なんかどうみても前者っぽいわね。勘だけど。

だいたい掘って、もう何も採掘できそうもない感じがするのが第一採掘場。

村長の案内で、坑道に入るけれど、ある程度まで進むと、採掘の坑道はずうっと延びているんだけど、もうここでの採掘作業はされていない様子が見て取れる。多分資源の採掘はまだ可能だけどここが運搬の限界らしい。

ここより少し離れたところに、第二採掘場があるとか。

「実はこの第一採掘場もまだ採掘できると見込んでますが、ただ……これ以上進めると採掘現場と坑道の入り口まで運搬するには距離の問題があって、掘り進められず」

まあそうよね。採掘した資源を運べないと意味ないし。

わたしは採掘の坑道を確認する。

「運搬の問題は解決できそうです」

坑道の大きさは十分だ。これならいける。この国でようやく王都から走ってる最新のアレの小型版を設置すれば問題ないでしょ。

「ど、どうやって……」

村長さんは何を言い出すのかという感じでわたしを見る。

「お金はかかりますけど、そこは捻出《ねんしゅつ》しますし、国からも助成してもらいましょう。鉄道の小型版トロッコを走らせれば、物資と距離の問題はなくなるでしょう?」

「先の防衛戦役でも、戦地で運用していたが、ああいうやつか?」

「そう、それです。すでにどこかの領地でも鉄鉱石採掘で導入を検討しているらしいですよ。ここは魔石採掘ですもの、申請したら許可が下りるはずです」

むしろ今までケチってた感すらあるわ。

「そうだな、申請しよう」

現場を見るまではイメージも湧かなかったし、鉱山採掘事業、金がかかりそうではあるな～とは思っていた。しかしここは伯爵様の治める領地だし国からも補助金が出そうだし？　採掘事務所にあった資料をまとめて、いろいろ提案していけば、後々儲《もう》けになりそうな気配じゃなーい。魔石だって、もっと工夫して商品化していけそうよ？　そうすれば魔獣が頻出するこの土地での領民の安全を守る防壁建設とか、交易路も改善できそう！

ぶっちゃけ最初は農耕地じゃないっていう土地だから、わたしも半分自信がなかったけど、この土地開発、希望はある。

これでとにかく、目星は付いた。

さ、王都に戻って、申請許可（資金）ぶんどって、開発のスケジュール立てなきゃね！

幕間　ヴィンセント視点

採掘現場の責任者にあれこれと質問を投げかけている彼女を見て、物怖《ものお》じしないその姿勢から、社交界での噂《うわさ》がああいうものになっているのかもと思った。

グレース・ウィルコックスは、社交界で実父から領地の裁量権を奪取し、自分の好きなように領地を差配している強欲で冷淡な気質。

軍部では、魔導アカデミーに在籍する『赤毛の魔女』という二つ名を持つアビゲイル・ウィルコックスの妹という認識もあって、彼女が社交デビューした時も、興味を持つ者は少なくなかった。

デビュー当時、十六歳の成人したてのご令嬢の持つ前評判にしては衝撃的なものだ。

社交デビューの会場であるクレセント離宮に、パートナーを連れて現れた彼女へ、その場にいるほとんどの者が視線を向ける。

艶《つや》のある黒髪と印象的な金の瞳《ひとみ》。同じデビュタントのご令嬢達にはない意志の強さがその瞳の輝きでわかる。格式通りデビュタントとして白いドレスを纏《まと》っているのに、その金の瞳の輝きが成人したてのご令嬢の雰囲気を感じさせない。

まるで「為政者とはこういうものだ」と示すかのような威風堂々とした態度。

それは世間で公表されていない俺の父親や伯父《おじ》の持つ風格にも通じるものがある。若い女性が持ちえないその資質が、彼女を異端だと評したい人々の口に乗って広まったのではないのだろうか？

そんな彼女をエスコートしているパートナーは、自分が注目されていると思ったのか、一瞬、戸惑いの表情を浮かべていた。

多分婚約者なのだろう。成人したばかりの貴族の令息……。この会場にいる多くの人から浴びる視線に怖気《おじけ》づく様子は年齢相応のリアクションだが、あからさまな態度を表に出すあたり、彼女のパートナーにしては力不足、否《いな》、年齢としては相応で、『彼女』がやはり別格なのだと、その場にいる貴族達からの囁《ささや》きが耳に入る。

デビュタントとしての初めてのワルツ――パートナーの令息はおぼつかないリードをしていた。だが、曲の一小節目の間に、パートナーの様子を察した彼女は主導権を握るかのように、ステップを踏む。

なかなかない光景だ。

このラズライト王国の、クレセント離宮でのデビュタント。初めてのワルツ――普通なら夢もあるだろう。パートナーにエスコートされ、ワルツのリードをしてもらい、淑女の扱いを受けるという世間一般の若い令嬢が夢見るシチュエーション。

だが、パートナーにその技量がなかったら？　ごく普通の令嬢ならば、内心不満に思ってもおかしくない。だが、彼女はおぼつかないパートナーを逆に支えるかのように、力強いリードをしてみせた。

その様子を見ていた俺の同僚が呟く。

「ワルツもそうだが、彼女をエスコートするには、あの彼では力不足だな」

まったくもって同意だった。

曲が終わると、彼女のパートナーは不貞腐《ふてくさ》れたような表情で彼女から離れていく。そういう態度を取られても、彼女はその顔に感情を乗せることはなかった。

彼女に声をかけようとしたのだが、彼女はあっという間に年上の紳士達に囲まれる。いずれも、領地や事業を持つ者達だ。


「ウィルコックス子爵令嬢は……今年が社交デビューだったのか……いや失礼」


その紳士の発言は、どこか気安さも含まれていて、周囲も彼女も慣れているのか笑みを浮かべ、他の紳士達も成人おめでとうの言葉を彼女にかける。

しかし、そんな彼女を嫉妬《しっと》か羨望《せんぼう》なのか快く思わない者もいるようではあった。彼女と同じく、この夜会でデビュタントとして来場したご令嬢や、彼女のパートナーのように若い貴族の令息、そして「親を追い落として領地の実権を手に入れた小娘」という話を信じ切っている者達。

この夜、社交デビューした令嬢達の中で、注目度は一番で、俺は不覚にも、ずっと彼女を見つめていた。

たくさんの紳士達からの祝いの言葉を受けていた彼女は、テラス席の方へ視線を向け、自身を取り巻く貴族当主達から離れていく。どうしたのかと思って見ていると、どうやら今夜が社交デビューの令嬢が年上の紳士に強引にテラス席へと誘われているのを見て、それを阻止しようとしているのだろう。

俺は彼女の近くに移動しながら、そのやり取りを見ていた。

「キンブル男爵ではございません？　ご令嬢の社交デビューのエスコートですの？　でも男爵のご令嬢のシンシア嬢はまだ十三歳ではございませんでした？　こちらのご令嬢は？」

彼女の声に軽く舌打ちをした男を、まっすぐ見据える。

デビューしたての令嬢とは思えない、凛《りん》とした姿勢と勝気な表情。

「あら、サラじゃない！　やだ、学園で隣のクラスだったウィルコックスよ。覚えてる？　懐かしいわ。向こうに、わたし達の同窓生がいるのよ。学園を卒業すると大勢の同窓生とお話なんてこういう夜会でもなければ機会はないわよね、一緒にどうかしら？」

男に引きずられるようにテラスへ連れ込まれそうだった令嬢に手を差し伸べる。令嬢は慌ててグレースの傍《そば》に寄り、その彼女を背に庇《かば》うようにグレースは、その貴族の男性にカーテシーをしてみせた。

彼女を会場のホールへ誘《いざな》う前に、グレースはその男に声をかける。

「機会があれば奥方様とお嬢様にもご挨拶《あいさつ》をしたいところですわね。男爵」

とどめに、お前の嫁と娘にチクるぞと釘《くぎ》を刺してきた。これは強い。

思わず吹き出しそうになった。自分の婚約者よりも年上の男を、こうも軽くあしらうとは。

さすがに『赤毛の魔女』の妹だ。

男が逆上してグレースに掴《つか》みかかるかと案じ、なるだけ男とグレースの間に入りつつ、グレースの跡をつける。強いのはいいが、危なっかしい。相手が逆上し力に訴えてきたらどうするのだろうと心配にもなったからだ。

そこで聞こえたのはグレースの言葉。

「あの男は派手な女誑《たら》しなのよ。大人しく壁にいるのはいいけれど、サラは見た目がいいから、あ
あいう手合いをあしらうこともコレを機に覚えなさいな。で、本当はなんてお名前でした？」

令嬢の名前も知らなかったのに、あの男から彼女を引き離すとは。

それもまたおかしい。

「ジュ、ジュリアです……グレース・ウィルコックス様」

「あら、自己紹介したことあった？」

「いえ、……グレース・ウィルコックス様は有名だから……」

「悪名高い方でね」

「いえ、そんな！」

「そんな否定しなくてもわたしは自分をわかってる。グレースでいいわ。学園の同窓生達がいる輪があるのは本当なのよ。知り合いと再会できるかもしれないわ。ついてきてね」

彼女がそう語る横顔には、年相応の令嬢らしい、あどけなさも浮かんでいた。そのグレースに助

けてもらった令嬢も笑顔を浮かべ「はい」と答えて、二人が学園の思い出話に花を咲かせながら、同じデビューの令嬢達の輪に入っていくの見届けた。

なるほど、初見の印象とは違い、同じ年頃の令嬢に対しては存外気さく……。

彼女に悪名があるにもかかわらず、絶えず彼女の周りには人がいる。

実際に、自分よりもか弱そうなご令嬢の窮地を見捨てずに、自ら進んで救い出すことも厭《いと》わない——そんな場面を見た時に、その強さは、優しさと愛情の深さから来ているのだと察した。

こんな令嬢もいるのか——と思った。

身分に引け目を感じて、父の前からそっと離れた母とは違う。

俺自身もそんな母の重荷になりたくないと思って距離を置いてしまった。

でももし、グレースが俺の母と同じ立場になったら——手を放さない。どんな悪評にまみれようとも、家族も友人も、守ろうとするだろう。

その強さは太陽みたいに眩《まぶ》しくて、惹《ひ》かれた。

しかし、この当時、彼女は婚約者がいる身。ここで俺が声をかければ、彼女の悪評がさらに強くなりかねないと思い、声をかけることを諦《あきら》めていたのだ。

だが、そんな彼女に——ようやく声をかけることができた。

青いドレスを纏《まと》い、金のピンをその艶のある黒髪に散らして、自分の妹の社交デビューに付き添う彼女。

従来の悪名が薄れるどころか、婚約破棄されたという話が付随したにもかかわらず、四年前のデビュタントの時よりも、その金色の瞳の輝きの強さは増していて、相変わらず、たくさんの人々に囲まれていた。

彼女に声をかけるのは、この機会しかないと思ったのだ。


――この身は騎士でありますが、貴女《あなた》の王子になりたいのです。


このセリフはかつてふざけて友人達の前で披露したものだ。

三文芝居の喜劇役者のようなこのセリフはインパクトがあって面白がられた。

機知に富んで、話がわかる彼女ならば――すげなくするよりも面白がるだろう――。

実際は、元婚約者から逃げるように、俺の手を取ったみたいだが。理由はなんでもいい。

初めて彼女に会った時から――彼女が、グレースが、もし、俺の手を取ってくれたら――離さないと決めていたのだから。

彼女がフリーなら、誰に憚《はばか》ることもない。だから立て続けのワルツ三回、その直後に結婚の申し込みと畳みかけた。

婚約に至れたのは僥倖《ぎょうこう》だ。

ただ……残念なところは、領地経営という餌で婚約に至ったところか……。社交シーズンが始まったばかりで領地を見たいと言い出したのも、彼女ならそう発言するかもしれないとも予想はしていた。

婚約した相手の領地視察というよりも、仕事として領地経営のてこ入れを請け負った感が満載だったが、騒がしい噂話が耳に入ることもなく、列車や馬車での移動では彼女との距離も近づいた感じがする。

絶対馬車ではなく馬で領地視察をしたかったのもわかるし、湖を見て金色の瞳を輝かせていたのも、普段の彼女からは窺《うかが》えない無邪気さが愛らしいなと思ったし、もちろんそういう意外な一面だけではなくて、それこそ彼女が世間一般で評価されてる領主としての視点……今までの経験や実績から、この辺境領をどう変えていくか、初めて訪れる場所、しかも貴族の令嬢ならば進んで足を運ばない危険のあるこの地を、実際に目で見て体験して領地の民と触れ合って、よりよくしていこうという思いが伝わる。

領地に住む領民は、彼女が自慢し、誇り、愛する姉妹と同様に、彼女にとって惜しみない愛情と優しさを向ける家族に等しいのかもしれない。


――わたしが――このユーバシャールを、伯爵様の領地を、伯爵様が帰りたくなる場所にします！


どこが、冷徹で強欲というのだろう。

俺にそんな言葉をかけてくれるほど、優しさと愛情の深さが、こんなにも溢《あふ》れているのに。

採掘現場や村の様子を見る彼女は金色の瞳がキラキラと輝いて、この地の未来を思い巡らせているることが分かる。

俺が彼女に惹かれるのは、この強さと優しさなんだろう。

六章　王都初デート

ユーバシャール領の視察を予定通りの日程で終え、わたしは再び王都に戻り、友人であるエイダの家を訪れていた。

「グレース、例の伯爵様との件はどうなったの？　うちの社交欄担当が『また、続報』だとか騒いでいたのよ？　社交シーズン始まって、すぐさま話題になったのに、二人で夜会もお茶会も出席しなかったのは、お忍び婚前旅行だったたっていう話だけど？」

エインズワース家のメイドが淹《い》れてくれたお茶を一口飲んでいたわたしは、エイダのその言葉を聞いて盛大に咽《む》せた。

「は……はい？」

「うちの社交欄担当の記者が、例の夜会の後、二人がラズライト・セントラル駅から列車に乗り込むのを見た！　ともう、いいネタだと騒いでたわよ」

エインズワース新聞社の社交欄担当者！　出てこい‼　一度じっくり膝詰《ひざづ》めで小一時間ほど、お話が必要では⁉

「社交シーズン終わりそうで、今は別の話題が注目されているから貴女の話は下火になりつつあるけど。わたしには話してくれてもいいじゃない。手紙もスルーなんてひどいわ」

伯爵様とユーバシャールから王都へととんぼ返りしてみると、予想通りすでに社交シーズンも後半に差し掛かっていた。

王都を不在にしていた間の様子がどんなものか知りたくて、エイダの家にお邪魔してる。

「ごめん、王都にいなかったのよ。とりあえず、ロックウェル卿《きょう》とは婚約状態……なのかな……一応申し込みは受けたけど実際結婚するかどうかは……」

「婚約状態⁉　申し込みを受けたなら、結婚でしょ？」

エイダさん前のめりでわたしに迫る。そんなエイダを見てわたしは両手で落ち着くようにジェスチャーを交えながら言う。

「婚約をしても真実の愛に目覚めて破棄もありえるでしょ？」

わたしがそう言うとエイダは首を横に振った。

「グレースの例のそれは瑕疵《かし》にもならない話でしょうに」

そしてふと思い出したように、声を潜めた。

「婚約破棄と言えば、今は、高位貴族の間で戦々恐々というか……第一王子の婚約者を差し置いて、第一王子と懇意にしているとの噂《うわさ》があるキャサリン・ブロックルバング令嬢の話題が旬なのよねえ。うちの社交欄担当者が追っかけてるネタよ」

なるほど、こういうゴシップ系の話題は時間が経《た》てば風化していくものかとわたしは納得したけど……。

……今、ブロックルバング公爵って言った？

ちょっとご縁があるお名前……。ユーバシャールの北隣に位置する領主様。

ユーバシャールの服役中の囚人を引き取っていかれた御仁ですけど、その公爵様に娘？　えー？

娘なんていたかな……。

おまけに「キャサリン」って、どこかで聞いたような。

わりとある名前なんだけど……。

「キャサリン……」

どこで聞いたっけ？　うーん……、婚約……キャサリン……。


あー‼


あの婚約破棄を言い渡された時に、元婚約者が連れてきた令嬢の名前と同じじゃない⁉

「キャサリン・ブロックルバング令嬢。なんでもブロックルバング公爵が養女として迎え入れた縁《えん》戚《せき》の令嬢らしいけれど、スタンフィルド公爵令嬢のアンドレア様を差し置いて、王子がとにかくご執心らしいわね。第一王子の側近候補の貴族のご令息も第二王子も彼女をちやほやしてるって、若いご令嬢方には評判がよろしくないようよ？」

……まさかとは思うけど……。

「その……王太子がご執心とか言われているキャサリン様って、ストロベリーブロンドで薄いグリーンの瞳じゃない？」

「なあに、知ってるの？」

え、そうなの？

ストロベリーブロンドに薄いグリーンの瞳。

キャサリンという名前、婚約者がいる男性に親しく寄り添う令嬢。

まさか同一人物とかではないよね？

名前が同じだからって、髪色や瞳の色が似ているからって、そんなことはあるはずがない。

あの日、わたしに婚約破棄を突き付けたクロードは見事に落ちぶれたものだが、その傍《そば》にいた令嬢は、落ちぶれるどころか、養女とはいえ高位貴族の一員になっていて、今や第一王子の婚約者を退けようとしているなんてありえないでしょ。

顔立ちは綺麗《きれい》な子だったけど。

でも……あれ、三年前の話よ？　あの時のあのご令嬢、未成年だったってこと？　それともすでにわたしと同じぐらいだった？

「どうしたのよ、グレース」

「あのね……昔の話なんだけど、わたし婚約破棄されたでしょ？」

「だから――それは――……」

「あの時、クロードが真実の愛に気づいて婚約するって相手の令嬢を連れてきたのよ。その傍にいた令嬢って……名前がキャサリンで、ストロベリーブロンドに、薄いグリーンの瞳だったの」

エイダは慌ててカップを置いて、わたしをじっと見つめる。

「それ本当？」

「ええ、覚えているから、間違いないわ。でも、キャサリンなんて名前はありふれているし、ストロベリーブロンドも、薄いグリーンの瞳も偶然同じなだけかもしれないけれど……」

「何それ、気になるわ……だって、王太子と同年代で学園でも婚約者のアンドレア様を差し置いて、お傍にいたらしいって噂よ？　だとしたら、貴女の妹と同い年じゃない！　あのちょっとアレなグレースの元婚約者が、成人前のご令嬢と恋に落ちたってこと？　一体どこでよ？　社交デビューしてないのに？　どこで知り合ったのよ」

エイダの言う通りなのよ。

一体いつ知り合ったのか。

クロードは愛らしいとしか言ってなかったし、こっちとしてもいきなり婚約破棄する宣言で、相手の令嬢に関してはあまり興味はなかったというか。

だから別人だとは思うんだけど。

「できるだけ調べてみたいわね」

え、でもなんか大丈夫なの？　相手は公爵家だよ？

以前、エイダがやってくれた調査では、男爵家から子爵家へ養女に出されたって最後に締めくくられていたのよね。

エイダは自分の侍女にファイルを持ってくるように伝えると、ほどなくしてファイルを抱えた侍女が戻ってきた。

ぱらぱらと紙をめくり、指を止める。

「なんかありそうだけど、相手は公爵家だから、本当に気を付けないと。名前や外見的特徴が同じってだけの、他人かもしれないし」

好奇心猫を殺すって言うよ？

「ううん……写真の一枚もあればよかったんだけど、それもないから……」

エイダが考え込んでいたけれど、わたしを見てパンッと手を打つ。

「グレースはロックウェル卿と婚約したのよね？」

「い、一応？」

「この社交シーズンの高位貴族主催の夜会で、キャサリン嬢を見ることができるんじゃないの？」

……なるほど……。

「高位貴族の夜会か……」

確かに。夜会の出席とかもパートナーとして随伴してほしいという話もあったわ。

けど、相手は臣籍降下したとはいえ元王族。

公爵様のお隣の領地に来ました～よろしくお願いします～ぐらいは何とか言えたとしてもよ？

おたくのご令嬢、わたしの元婚約者といい仲でしたけど？　なんて言おうものなら消されてしまうわ！

子爵家当主風情を公爵様が相手するとも思えないのよねえ……。

だって、現在婚約者が決まってる王太子に言い寄ってるんでしょ？

これはもう、現状の王太子の婚約を白紙撤回させて、養女にしたご令嬢を王太子妃に推す気満々じゃないの？

「伯爵様の領地関係の挨拶《あいさつ》にかこつけて近づくことができるかな……って気もしなくもないけれど……」

王家直轄領だったユーバシャール領地の、管理されてたアレコレについて質問が～って突撃したいけど、鼻先で笑われて「よく勉強して偉いね」なんて、軽くあしらわれる状態が容易に予想できる。

養女にされたキャサリン嬢についても、ユーバシャール領地についても、尋ねたいことは盛りだくさんなのに、下手《へた》に尋ねられない。

どうしたものか～。

「グレース……伯爵様の領地って……何？　うちの社交欄担当が騒いでたことと、何か関係してるの？」

「うん。お忍び旅行どころか、領地視察ですよ。お忍びだったらもっとこそこそしてるでしょ。堂々とした仕事ですから。だからエイダの手紙もこっちに戻ってきてから確認したのよ」

「仕事？」

「婚約の件だって、領地経営がらみで、わたしの実績を伯爵様が買ってくださったというだけなのよ」

「なにそれ！　三年ぶりに規模の大きな夜会に現れた美女に、あのロックウェル卿が三度もダンスをして結婚の申し込み！　おまけに社交シーズン中に王都を離れてお忍び旅行‼　その真相がそれなの⁉」

エイダ……貴女《あなた》……何をどこまで期待したのよ……。

「ロマンス……夢を壊すようで、申し訳ないけれど——それが真相なのよね。辺境のユーバシャール地方は国境沿いのリスト山脈を有する土地なんだけれど、エイダは知ってる？」

「魔石が産出されるってお話で、誰に下賜されるだろうって言われていたけれど、ロックウェル卿だったのね」

「伯爵様は、領地拝領に戸惑っていたご様子だったから……それでわたしの実績を買ってもらったとなれば、現地に一度足を運んでみないと話にならないじゃない？　魔石以外にもいろいろ掘削できるかもしれないし、農耕地に適した土地が本当にないかとかいろいろ見てきたってわけよ」

「え、待って、何それ。それが本当に真相なの？　嘘でしょ⁉」

「ざっくり見てきただけなんだけど、方向性は決まったかな。エイダ、鉱山系とか辺境領地の詳細資料とか扱ってない？　あと高位貴族名鑑もあれば嬉《うれ》しい」

ごめん、なんか華やかな貴族令嬢らしいお話ではなくて。

「なにその仕事の虫は……三年も子爵家当主をしてればそうなっちゃうの？　普通そこは、『あたくしの美しさをもってすれば、当然の事よ』とか、ならないの？　グレースのことを知らない人は、冷酷尊大傲慢《ごうまん》とか囁《ささや》くけど、単純に貴女はワーカホリックな気がするわ」

エイダの芝居がかった『あたくしの美しさ～』の件《くだり》でちょっと笑う。

こういうユニークさをエイダは持ってるからわたしは好きだ。

「どこの姫君のお話よ。貧乏子爵家から、普通の子爵家まで盛り返したわたしの領地経営の実績が、お眼鏡《めがね》にかなった――この理由の方が個人的に納得できるわ。周囲も同様でしょう。可愛《かわい》げがないのは自他ともに認めるところですから」

「いいえ。絶対にロックウェル卿は、グレースを見て恋に落ちたからこその、ダンス三回だとわたしの勘がそう言っている」

そんなこと言われたら、あの婚約の申し込みの時の「四年待った！」とわたしを子供の様に抱き上げた伯爵様を思い出して、ちょっと顔が赤くなりそう。

いやいや、そんなことよりも大事なのは……。

「ロックウェル卿について、詳細な情報も欲しいな。多分婚約ってことで相手方はこちらを調べているけれど、こちらは一緒に視察はしたけど、相手のことは噂程度でしか知らないのよ」

なんといっても、一応、わたしは現在、伯爵様の婚約者なのだから。ちゃんと知っておかないと、後々残るシーズン中の夜会でやらかしてしまうかもしれないし。

「ヴィンセント・ロックウェル。年齢二十五歳。南西辺境陸軍戦略部所属。三年前の国境沿いの戦役に参加。国境沿いの防衛作戦に成功し、現在の階級は大佐。十六歳の成人の際にロックウェル伯爵位を継承」

エイダがすらすらと伯爵様のプロフィールを暗唱する。

「十六歳で爵位継承……」

多分……やっぱりあの魔力で、軍部で何某《なにがし》かの功績をあげられたから叙爵されたんだろう……。

「この伯爵位……謎なのよ。前々からあった家の爵位なんだけど、社交界で先代ロックウェル卿を見た人はいないわ。でも現在のロックウェル卿が継承したなら、多分、どこかの——侯爵以上の家が持っていた爵位の一つと推測されるのよね」

結構前の伯爵位……それを継承したって。やっぱ功績での叙爵かあ。

はーいろいろと実績がすごいわ！　しかし何故《なぜ》そんな人が、顔は及第点とはいえ、中身はこんな女を嫁に迎えるのか⁉　いやーよかったー仮の婚約者で‼

「まあ……それなのに一緒に領地視察なんて！　第一にわたしに言うべきよ。でもま、婚約ですものね、ちょっと待ってて、とにかくご希望の参考資料を見繕わせるわ」

とりあえず領地経営に参考になる書籍をエイダは勧めてくれた。

あと高位貴族名鑑も。

図書館並に資料が揃《そろ》うエインズワース家……素晴らしい。

わたしの希望を聞いて、後々にも追加で資料を送ってくれるそうだ。

エイダに感謝！　もちろん、いろいろわたしからも返礼は用意するわよ！

「グレース様のお迎えがいらっしゃいました」

執事の言葉に、わたしはエイダから借りた資料を抱える。

王都内だから一応は馬車を使ってきたのだ。わたしは書籍を抱えて、エントランスに向かうと、そこにいたのは伯爵様だった。

「……伯爵様……どうして……」

「婚約者を迎えに来たんだが？」

エイダはほら見ろという視線をわたしに向ける。

「ご友人のところでお茶会と伺ったので。婚約者を迎えに来るのに理由が？」

若い令嬢ならば「うん、王子様だわ！」と声を揃える笑顔で彼はそう言った。

「グレースったら……照れちゃって、可愛い～」

エイダがクスクスと笑う。

照れてるけど、表情には出てないはず。はずよ！　そうエイダに目線で訴えるも、エイダはそれをスルーした。

「ロックウェル卿《きょう》とのデートのお話、是非聞きたかったわ。だって婚約中なんですもの、デートもそうだし、これから夜会もお二人で出席されることもあるのでしょう？」

あ、エイダ……夜会出席の言葉を乗せるあたり、キャサリン嬢のことを調べたい気持ちなのね。

さりげなく誘導するとは。

「デートはこれから誘うつもりだった。エインズワース家のご令嬢ともなれば、王都で女性に人気の店もご存知だろう。できればグレースが好みそうな場所など伺いたいものだ」

「まあ！　主導権を主張する殿方が多い中、お付き合いするご令嬢の好みを優先するなんて、ロックウェル卿が若いご令嬢の憧《あこが》れになっているのも頷《うなず》けますわね」

「それは例の喜劇俳優真っ青のセリフで騒がれているだけですよ。グレース、手を」

そう言って伯爵様はわたしに手を差し伸べた。


そういえば昔……クロードとの婚約が親同士の口約束で決まった時、彼は渋々ながら、わたしをエスコートしようと手を差し伸べたことがあった。

まあその時からクロードはわたしのことはそんなに好きではなかったんだろう。

もう、いやいやな感じが見て取れた。

貴族の令息としてその所作はどうよ、子供かって思ったぐらいだ。

だから「エスコートは不要です」と断ると「可愛げがない」と返された。

それ以来、エスコートされることには忌避感があった。

まあね、無表情で拒否をすればたいていの男は引くよね。

今でこそあの態度はほんとうに可愛げがなかったと自分でも思うが、後に子爵家当主として取引先の男性からのエスコートを拒否するのにはこれが一番だと思ったことも多々ある。

下心満載の取引相手にエスコートの手を差し出されても、「結構です」と断ると、その態度に「可愛げがない」と去り際に言われるまでがお約束なのだ。

ジェシカとパーシバルにその旨を告げたら、妹はこう言った。

「あの人は、グレースお姉様をエスコートしたかったの。でも撥《は》ね付けられたからプライドが傷ついちゃったのよ」

「あの当時はいやいやながらエスコートするならそれは必要ないと思ったの」

「当時グレース義姉上《あね》もクロードさんも子供だったってことですよね。だけど、グレース義姉上が対応する商談の取引相手の中には本当にとんでもないヤツがいるからその対応でも別に……」

「そうは言っても、パトリシアお姉様やパーシバルの兄嫁様にあたるルイーゼ様なら、もっと上手《うま》くやり過ごせると思うと、わたしはなんというか洗練されてないというか」

「仕事は仕事なのに、グレースお姉様の手をいやらしく握る男にはそれで充分なの！　パーシーだってわたしがそういう男性にエスコートされたらどう思う？」

「絶対ヤダ」


そんな会話をわたしが思い出していると、伯爵はわたしの抱えている書籍を持って手を差し伸べる。

一連の動作の流れがスマートだ。

「エイダ、今日は楽しかったわ」

「わたしもよ。また遊びに来て」

そう言って、ロックウェル卿のエスコートでエントランスを出て馬車に乗り込む。

表情の幅があまりないものの、多分、わたしは照れて戸惑っているし、ロックウェル卿はそんなわたしを見て微笑《ほほえ》んでる。

それはエイダにとって見ていて心が浮き立つものだったらしい。

――ロックウェル卿、グレースに一目惚《ひとめぼ》れだったのに、グレースは気が付いていないっていう感じよ。何コレ見ていて好き！　ロマンスだと思う！

そう彼女が思っていたなんて、もちろんわたしは知らない。

◇◇◇

「……本当にアレを加工したのか？」

エイダのタウンハウスから出た馬車の中で、伯爵様からそう告げられ、わたしは頷く。

伯爵様の言うアレとはダーク・クロコダイルの革製品ですよ。

先日の領地視察の際に、やってみたいと思って買い取った皮を王都に持ち帰って、お抱えの業者に依頼してたの。

水硬性コンクリートだけではなくて人が手にする商品っていうのが、もてはやされるとわたしは思うわけ。だいたいあんな危険な魔獣でしょ、領民だって魔獣の襲撃は脅威だし、しかも軍施設だって建設予定なんだから、人は増えるし、手近な産業は必須《ひっす》！　しかも売りようによっては単価も高い。魔石も高価だけどそれだけじゃ心もとない。やっぱその土地独特の特産品って侮れないし！

新領主の施政なら今より安全で豊かな生活は望むでしょう？

「討伐対象の魔獣です。肉も皮も使えるのならば、領地の財源にしましょう」

全滅させる勢いでね‼　狩って狩って狩りまくって、領民達に安全と財源を‼

革製品あと肉！

あの肉は絶対から揚げにする。ガーリックとジンジャーはこの世界でも香辛料としてあるから、絶対作る。

「革製品は貴族向け高級商品でいけるはずです。持ち帰った素材でわたし個人で契約してる業者に作らせました。ラッセルズ商会の義兄と姉が商品化できると太鼓判を押してます。実はこのあと、ラッセルズ商会に立ち寄る予定だったのですが、馬車をそちらへ向かわせてもらってもよろしいですか？」

ダーク・クロコダイルの皮を持ち帰り、わたしが最近個人で契約した業者に依頼して、ペンケース、シガーケースとベルト、財布、書類を入れる小さめのアタッシュケースなんかを作ってもらい、仕上がった見本品をラッセルズ商会の若旦那《わかだんな》に見せたら、テンションが高かった～。

「グレース！　素晴らしい！　この素材はなんだ⁉　なんの革だ‼　艶《つや》といい硬さといい‼　それとコレは？　『コレ』がすごいじゃないか！　服飾業界に革命が起きるぞ⁉」

若旦那にそう言わしめた『コレ』というのは……ファスナーです。

異世界転生で現代知識のチートアドバンテージがファスナーか……なんてしょぼい……と言うなかれ！

わたしが記憶している中で、再現できそうな数少ないアイテムで絶対に欲しい一つがコレだったのよ。別にわたしじゃなくても今世、この時代、きっと誰かが近いうちに開発しそうな感じだったので小物の製品にちょっと付けてみました。

歯車のようなエレメントとそこを接続させるスライダーを金でね！

腕のいい職人を抱えてないと作れないと思っていたところに、これまた偶然というか奇跡というか……わたし付きのメイドとなったヴァネッサからの紹介があったのよ。

これはユーバシャール視察中に、ワニ革商品を作ることをヴァネッサに呟《つぶや》いていたら「わたしの双子の兄にお願いしましょうか？」と言い出した。

なんでもヴァネッサは上に二人の姉と三人の兄がいるんだけど、上の二人の兄は営業と製造を二人で分担して、親の店を継ぐことになってて、ヴァネッサの双子の兄ヘンリーも他所《よそ》で修業中でそろそろ独立を促されているところだと。

一度、作らせてみては……と、ウィルコックス子爵の依頼に応えられれば、兄も今後の独立や身の振り方にも弾みがつくだろうと——そんなわけでね、王都に戻ってコンタクトを取ってみたわけなんだけど。

はっはっはー、やってくれたよ！　わたしの前世の記憶通りに、これまた精密なやつをヘンリーは作ってきた。わたしもテンション上がっちゃって「こいつで大儲《おおもう》けさせてやるからついてこい‼」的なことを言ったら、めっちゃ頷いてました。

若旦那は貴族向けに売る気満々ですよ。伯爵様にも是非見てもらいたい。

とにかく。

婚約破棄された過去持ちで、次期当主の座を譲る身としては、個人的な財源は確保しておかないと……そう考えていたところだったし。

伯爵様との婚約も、領地経営が軌道に乗ったら、「はい。さよ～なら～」とか、そういうことがないとは言えないもの。

ま、まあ、上手く領地経営ができた暁には？　伯爵様ならコンサルタント料ぐらいはくれそうな気がしますけれども？


「ラッセルズ商会には立ち寄るつもりだったよ」

「あ、お買い物でしたか」

「グレースと俺の結婚準備について、ラッセルズ商会の若奥方とも相談したかったからね」

相談？

なんの？

今結婚準備とか仰《おつしや》いました？

「は、伯爵様……」

「うん？」

「結婚の準備とかを何故《なぜ》、パトリシアお姉様にご相談を……」

「何故って……それこそ何故？　俺はグレースと婚約してるんだ。ウィルコックス子爵家の奥向きは、ラッセルズ商会に嫁いだグレースの姉君が仕切ってると聞いたんだが？　何かおかしいことがある？」

うん？　確かにウィルコックス家の奥向きはパトリシアお姉様が取り仕切ってますよ？　でも結婚の準備って――……何？　表向きは婚約だけど、実質は領地経営のアドバイザーみたいな役割って……ことだったと思うんだけど……なんか本格的に表向きもそういう流れなの？　偽装というか契約というか……それにしては細部まで凝りすぎなのでは？

「は、伯爵様……あの、結婚って……その、まさかわたしと伯爵様の？」

「なんで『まさか？』と疑問形なのかわからないね、プロポーズしただろう？」

ひゅっと一瞬、呼吸が止まる。

な、ちょ、ちょっと待って、あれ、婚約って……伯爵様の領地の今後の経営方針を明確にするため、わたしの実績が買われて、婚約という体裁――……あくまでも体裁という形だったのでは？

わたしの認識、間違ってる？

「グレースの身の回りの世話をするメイドは、前回領地視察に同行させたシェリルでいいかな？近日中に子爵家へ向かわせるよ。今後の日程の相談もあるだろう。ハウスメイドとあと従僕はどうする？　従僕が必要なのは義弟になるパーシバル君だから彼にも聞いておいてくれる？」

「え……」

「子爵家当主の結婚と爵位譲渡なんだから、伯爵家の方から人員を出すものだろう？　何かおかしいところでも？」

ちょ、ちょっと待って……。いや、普通に婚約だったらありなお話だけど、今回のこれはそこまで必要かっていったらそうではないような……。

「えーと……婚約という態《てい》ではありますが……そこまで本格的に？」

わたしがそう尋ねると、伯爵様はわたしをひたと見つめ、ため息とともに綺麗《きれい》なアメジストの瞳《ひとみ》を伏せた。

「グレース……俺はキミに結婚を申し込んで、婚約したんだけど？」

「あ、はい、表向きはそういうことで、実質は領地経営のコンサルタントとしてのオファーを受けた……のでは……？」

「そうか……視察の時にもっとはっきり口説くべきだったか。グレースは領地視察を楽しんでいたし、そういうグレースを見てて俺も嬉《うれ》しかったから……一緒にいることができてすごく嬉しい気持ちの方が大きすぎたからな……」

確かに、楽しかったですよ⁉

「じゃあ、本格的に口説いていろいろ自覚してもらっていくところからか」

口説く⁉　自覚？

そう言ってこっちに向けた視線が、柔らかくて優しくて……。

いきなりそんな流し目とか、ちょっと待て、待って——！

「グレースが俺の婚約者だっていう自覚をしてもらわないとね」

じ、じ、自覚って⁉

「前から気になっていたんだけどね、まず呼び方。そこから始める？　婚約したんだ。ヴィンセントと呼んでほしいね」

ええええええ⁉

「ほら」

ほらと言われても‼　無理、いきなり無理‼

なんか……いろいろ経験値が違う気がするよ⁉　気がするじゃない、明らかに違う‼

「そうやって、内心あわあわしてるグレースは、可愛《かわい》いよね」

え、表情に出てる⁉

冷たいとか無表情とか、周囲にはそう言われてるはずなのに⁉

慌ててばっと、片手で顔を覆う。実に貴族の令嬢らしくない仕草だけども、まともに顔を合わせられないよ⁉

「大丈夫、誰が見ても、今グレースが動揺してるなんて、グレースの姉妹ぐらいしかわからないと思うよ？」

じゃあなんで伯爵様にはバレてるのよおおおお。

わたしに、好きな人がいて……例えば、伯爵様みたいに、相手が素敵な人なら、ダメな自分よりも、カッコイイ自分を見せたいじゃないですか。

そういうところを素直に見せて、相手に幻滅されたりするの、怖いじゃない。

そういう計算とか何もなくただ素直に、素を出せるって勇気がいるっていうか。

それも魅力の一つに見えるならいいけど、わたしの場合はマイナスにしかならない気がする。

こういうことを無意識にできて、嫌われず好感度を上げるのって――……なかなか難しくない？

それを無意識でやってのけるのが、今世の妹ジェシカなんだけど。

伯爵様もそれ系だわ。

「グレース？」

わたしが沈黙したのを心配して声をかけてくれた伯爵様……。

心配してくれたのは嬉しい。

でも、今、伯爵様の顔を見て気が付いた。

わたしは男性と二人で馬車に乗ったとか、今世では初めてでは？

え、動く密室に男性と二人なんて、前世と今世を合わせてもなかったことだ。（前世のタクシーの乗車はノーカウントとさせてほしい）

領地の話とか、新商品の内容を考えてる時は意識しなかったのに！　ここに来て、緊張してきた‼

いつもはヴァネッサかシェリルがいたから‼

何か、会話、会話、会話――！

先日の結婚の申し込みの際は、わたしとアビゲイルお姉様とでの対応だったし、領地視察も商談みたいなものと開き直って、護衛やらお付きの人やらがたくさんいたけど、こう二人っきりだと、目の前にいる伯爵様の甘さが、甘さが‼

人生これまで、こんな風に扱われたことないわ。

わたしが、頭の中でぐるぐると思考を巡らせていると、伯爵様は微笑む。

「社交シーズンもそろそろ終盤だけど、近々、公爵家主催の夜会に出席をすることになっている。パートナーとして同伴してほしい。その時に婚約者だと紹介も兼ねたい。ラッセルズ商会に、ドレスやその他必要なものを作るように依頼をかけてある」

そうだ。社交シーズンはまだ続いている。夜会のパートナーとしてのお仕事もある。

「夜会の出席ですね。わかりました」

伯爵様の言葉を聞いて、ウィルコックス家でもちゃんとした侍女を一人ぐらいは雇用しておいた方がいいだろうなと思った。

財政面でももう一人ぐらいは雇えそうだ。

ジェシカ付きのメイドが欲しいから。

これについては、前回夜会に出席した時、家政婦長のマーサだけでは、ちょっと手が回らない感じで、パトリシアお姉様が派遣してくれたメイドさん達がいてくれてよかったなって思ったのよね。

ウィルコックス家の使用人は、少数精鋭でタウンハウスを回していたけど、そろそろ、独自に雇用を増やしてみてもいいかと。

これからジェシカも結婚して、子爵夫人として社交を開始するし、夜会、お茶会とかの出席も必《ひっ》須《す》だろうし……むしろ出席させないと。

病気がちだった子供の頃は、遊び相手がいなくて、その反動もあってか、学園に入ってから、めちゃくちゃ交友関係幅広くさせた子だもの、支度してくれるメイドをいちいち派遣するよりはもういっそ雇用した方がいいな。

「グレースは面白いな。やっぱり」

「はい？」

「動揺していたくせに、すぐに、別のことを考え始めてる。無表情の女子爵とか言われているけれど」

え？　わたし、表情筋動いてたかしら？

かも？　両手で顔を覆って俯《うつむ》く。

でも顔は上げられないわ。

なんでわかるのかな。

「本当は、普通の子なんだろうけどね、子爵家当主の肩書のせいかもしれないが、並の貴族令嬢よりも表情がわかりにくいだろうけど、俺にはわかるよ」

そう言われても……。

「泣いたり笑ったり、表情豊かな女性に、男性は惹《ひ》かれるものかと」

わたしは俯いたままそう言った。

わたしは少しだけ顔を上げて、馬車の窓に映る自分の顔を見る。

前世よりも、美人になった顔は、すごく嬉しいし大好きだ。

でも表情が乏しくて、それがまた高慢に見えて、冷たいと感じる人がいるのも知っている。

「わたしはどうやら可愛げというものがないようですから」

「可愛げがない？　……グレースは可愛いけれどね」

――リップサービスなのかな。

何せ「この身は騎士でありますが、貴女《あなた》の王子になりたいのです」なんて言える方だから。

「婚約破棄を言い渡された時に、相手から『可愛げがない』と」

わたしがそう言うと、伯爵様は目を見開く。

「なるほどね。タイミングも言った相手が婚約者だったことも――まるで、ここぞというところでかけられた呪いの言葉のようだね」

呪いの言葉か……。

「惚《ほ》れた女の笑顔は値千金だから、俺は頑張らないとね」

「はい？」

「お姫様の呪いを解かないとね」

伯爵様は窓枠に肘《ひじ》をついて、わたしを見て微笑《ほほえ》んだ。

「あ、あの、伯爵様……ちょっと確認したいのですが……、わたしとの結婚は、拝領された領地を管理する為だったんですよね？」

優しくて甘くて、勘違いしそうになるから、今一度、確認しておこう。

書類面では問題なくても、口頭で齟齬《そご》が生じたらいやだ。

「俺はね、グレースが社交デビューした時に、一目惚《ひとめぼ》れしたんだ。あの時、キミを見て、すぐに結婚を申し込みたかった」

うーん。これはその貴族的なアレですか？　一応婚約した相手にはちゃんと筋を通すと。

いや、そういうの、いりませんから。

わたしは表情筋死滅してるから、「何を考えてるかわからない」って評判は耳にするけれど、実際には、貴族的な腹の探り合いって、あまり得意じゃないのよ。

パーシバルには「嘘だろ」とか言われたけど。

「グレースが社交デビューした時に、なんて綺麗な子なんだろうと思ったんだ」

そしてすごいな今世のこの顔！

神様、この顔に産んでくれてありがとうと言うべき？

ああ、産んでくれたのは母だったか。

いやでも、感謝！　圧倒的感謝‼

「綺麗なだけじゃなくて、面倒見がいいんだよね。グレース自身もデビュタントなのに、一緒に社交デビューした令嬢が既婚の貴族に言い寄られていたのを助けていただろう？」

わたしは伯爵様の発言から当時の記憶を引っ張り出す。

うん、確かに社交デビューの時はそんなこともあった。

あれは偶然だったけれど。

やっぱり、社交デビューしたばかりの貴族の令嬢なんて世間知らずなの。

見た目が良くて爵位がある男が、ちょっと甘い言葉をかければ、ぽーっとなっちゃうのよね。

わたしの場合は子爵当主就任前で、領地の裁量権を半分以上手にして、商会の会合にも出席していたから、そのへんの社交デビューの令嬢と比較すると、情報通で世間ズレしていたし、変な男の誘いはまずなかったのよ。

ただ……わたしと領地経営関連で知り合った貴族の男性達からは。

「ウィルコックス子爵令嬢は……今年が社交デビューだったのか……いや失礼」

とか言われましたけどね。

思い出してもマジ失礼。

いやこの顔のせいでもあるんだろうけど。

それはともかく。

デビューしたての令嬢をテラスへと誘い出そうとしていた男がいたので、引き留めたのよね。

「あの一幕はね、すごく印象が強くて。グレースはデビュタントの中で、一番、堂々としていて、綺麗で、強くて、キラキラして、まるでダイヤモンドみたいだなって、それで声をかけようとしたんだが、婚約者がいるって聞いてね、当時はがっかりした」

伯爵様褒めすぎ！

でも、理由はわかりました。

人の見方や異性の好みはそれぞれではありますが、当時のわたしのそれが伯爵様の好みとは……この方、好みがちょっと変わってるんだな。

「その後、グレースは結婚したんだろうなって思っていたけど……まさか婚約解消して、先代子爵を亡くして爵位継承して——なんて、普通のご令嬢にはない状況が立て続けに起きていたとはね……本当なら俺自身がグレースの助けになりたかった」

そんなに前から……でも、貴族は貴族でも伯爵家と子爵家では身分が違いすぎますから無理じゃないかな。

「でも、ちょっとやっかいな仕事を任されたのと、家のゴタゴタもあって、すぐにグレースの傍《そば》に行けなくて、ある程度の見通しがついたのが、今年に入ってからだった」

ああ……エイダから聞いた三年前の国境防衛戦ね……。

「だから神に祈る気持ちだった。今年の夜会でグレースに会えたら、絶対に結婚を申し込もうって」

「わたしがすでに結婚しているとは思わなかったのですか？」

わたしの質問に伯爵はじっとわたしを見る。

え？　ナニ？　なんですか？

「憲兵局に友人がいてね」

ため息をこぼして、そう呟《つぶや》くように伯爵様は言う。

憲兵局？　ポリスメン？　なんで？

「王都と領地をどうやら単身、馬を駆って行き来してる貴族がいる。しかも令嬢のようだと聞いてね」

わあああああああああ！

そ、そ、それ、わたしですよね？

そんな奇特なのはわたしぐらいですよね？

荷物がない時は単身、馬で行きましたけど！

「仕事に邁進《まいしん》している様子はわかったけれど、こっちは心臓がつぶれるかと思ったよ。そんな無茶はもうしないでくれ」

ダイエットの為に頑張りましたけど、やっぱりアレはダメだったんですね……。

憲兵局にも通報されてたとか……やっちまった感……。

結婚できない理由、もしかしてこれだったか⁉

「そ、そんな噂《うわさ》がある人物に、よく、その、結婚を申し込むとか……伯爵様のご両親や親戚《しんせき》の方々の、は、反対もあったのでは……」

「親とか親戚は問題ないよ。令嬢なのに単身で王都と領地を行き来してるって話自体で、グレースの周囲に余計な虫が付かなかったけど、うちの護衛も気を揉《も》んでいたよ。それを聞いた俺も本当に驚いたけれど」

「護衛⁉」

「うん。グレースが雇っていたスミスの護衛隊。あれはうちの人材だから。だって婚約が流れてプロポーズしたかったのに、こっちの都合でできなかったし。惚れた女の身辺は守っておきたいだろ？」


困った子だよねという表情で伯爵様はわたしを見つめていた。

◇◇◇

馬車の中での情報量で、わたしのライフはガリガリと削られ、ラッセルズ商会に到着。

従業員もにこやかに伯爵様に対応している。伯爵様もラッセルズ商会を贔屓《ひいき》にされてるのか……されてるんだろうな、なんと言っても王都一の大商会ですもんね。

豪商で政商だし、軍支給品とかも取り扱ってそう……「ハンカチから銃弾まで取り揃《そろ》えてございます」とか、若旦那《わかだんな》も言ってたもんね。

ユーバシャールから持ち帰って作ってみた製品をお見せするにはいい機会なんだけど。

「なによりもまず、グレースの一番上の姉君にもご挨拶《あいさつ》しておきたい」

……ちゃんと婚約者っぽい発言をされた……。

いいのか、こんな出来物がわたしの婚約者で。

人生ここで終わるのかしら。

ラッセルズ商会の服飾部門の方へと案内されると、来店の先触れを受けていたお姉様がわたしと伯爵様を迎えてくれた。

「初めてお目にかかります。パトリシア・ラッセルズでございます」

伯爵様にそう挨拶するパトリシアお姉様は、まさに大商会の奥方様。

「堅苦しい挨拶はいいよ。ラッセルズ夫人。先日はきちんとご挨拶もできなかったからね」

「とんでもございません。ロックウェル伯爵様」

「子爵家当主としてグレースを育てたのが貴女だと言っても過言ではないと聞き及んでる。今日はグレースにドレスを贈りたくてね」

「グレースのサイズはこちらで押さえてますので、ご一緒にデザイン画などをご覧になって検討されてはいかがでしょうか」

ああ、前回の夜会からそんなに時間経《た》ってないもんね。サイズは測り直す必要はないか。

「グレースには、子爵家当主としてウィルコックス家のすべてを背負わせてしまい、婚期を逃すかと気を揉んでおりましたので一安心です」

「私としても、グレースにもっと早く結婚の申し込みをしたかったのだが、こちらも少し立て込んでしまってね。しかし考えようによっては、婚約を解消されてすぐに申し込みしていたら、グレースにあらぬ噂が立つだろうし今この時期で正解だったのかもしれないね」

「まあ、そんな以前から妹を？」

お姉様もびっくりですよね？　わたしもさっき馬車の中でそれを聞いてびっくりですよ。ええ。

「実を言えば、グレースが社交デビューをした際から注目をしていた」

伯爵様がわたしを見つめる。

アメジストみたいな綺麗《きれい》な瞳《ひとみ》と視線が合う。

「すでに婚約済みと知って、がっかりしたものだが、待てば人生いい目も出てくるということだ」

パトリシアお姉様が嬉《うれ》しそうに笑顔を浮かべる。

「夜会用にドレスを何点か注文と、あと、子爵家の方へメイドや従僕などの人員を送るので、実姉のラッセルズ夫人にも話を通しておきたくてね。結婚していても、子爵家の奥向きのことはラッセルズ夫人にご相談されている話を聞いているから」

「グレースには領地経営や、子爵家当主としての仕事を任せてしまったので、心苦しく、差し出がましいと承知しておりますが、確かに、相談を受けております。伯爵様から今回のお話を受けた時に、うちの商会からウィルコックス家へのメイドの派遣を考えておりました。すでに、グレースの侍女は一人付けさせていただいてますわ」

ヴァネッサのことですね。

領地視察が終わったらシェリルはひとまず伯爵家へ戻ったけど、ヴァネッサはラッセルズ商会に戻ることなく、そのままわたし付きとして、ウィルコックス家にいるのよ。

「ああ、先日の視察の時にもグレースを支えてくれていた子か」

わたしも頷《うなず》くが、お姉様は物足りないようだ。

「ヴァネッサは商家の出だから商会の会合などでは万事整えてくれるでしょう。しかし今期も社交シーズン終盤とはいえ、グレースもまだ夜会に出席するでしょうから、ヴァネッサ一人では心もとなくて……」

伯爵様の婚約者ともなれば、高位貴族の夜会にも出席するし、その手の夜会にも精通しているメイドを派遣したいということか。

「うちからも一人、先日の領地視察にも同行した侍女を付けます」

伯爵様の言葉に、パトリシアお姉様は安心したようだ。シェリルならヴァネッサとも顔を合わせてるし、問題なさそう。


そんな話し合いが行われている部屋にドアノックがして、従業員がドアを開けると、若旦那が入室してきた。

「ロックウェル伯爵様、ようこそお越しくださいました。グレースのドレスの仕立てでご来店とか。ですがこの機に、私からもご挨拶とグレースが作らせた商品紹介もさせていただけたらと、まかり越しました」

商人らしい慇懃《いんぎん》な口上と挨拶だけど、表情は晴れやかな若旦那。

もう伯爵様とワニ革製品について打ち合わせがしたくてたまらなかったんだろうな。わたしとしても、伯爵様に見ていただきたいと思っていたのよ。わたしのドレスよりむしろこっちを見せたいよ！

若旦那の後ろにワゴンを引いてついてくる従業員も、心なしか笑顔。

紳士向けの小物って、やっぱり需要あるな……。

若旦那が布を取り払って、ワゴンに綺麗に整列させてる商品を伯爵様にお見せする。

伯爵様もそのアメジストの綺麗な瞳を見開いて商品を見つめていた。

「どうぞ、お手に取ってお確かめください」

わたしがそう言うと、伯爵様はとても優雅に商品に触れて手に取った。

そういう仕草が洗練されているのよ。軍人って感じがしないのもすごいよね。

「すごいね……グレース」

ダーク・クロコダイルの革の質感、どうですか？　本革のしっかりした重さと表面の加工されたワニ革。

伯爵様は一つ一つ手に取って重さや、取り出し口とか確認してて、やっぱり財布のファスナーには注目よね。

「これはどうやって開けるんだい？」

「このスライダーを引くんです」

伯爵様に見えるようにスライダーを引くと伯爵様は「え、何これ？」みたいな表情をしてる。

「お試しください」

ファスナーは商品化するまで結構試行錯誤が必要かと思ったけど、ヘンリーがいい仕事してくれたからね。どうよ、いいでしょ。

伯爵様、子供みたいに何度か開け閉めしてるし。

でも子供みたいに勢いよくじゃないけども。

「スライダーでエレメント――このギザギザの歯の部分を開閉させてます。革を活《い》かして見た目よ

く金で加工してますが、このエレメント部分はクロコダイルの歯を連想させませんか？　スライダーにはチャームをつけて、個性を出すのもありかと」

「素晴らしい……、これは他の商品にも取り付けられそうじゃないか？」

「ロックウェル卿《きょう》もそう思われますよね⁉　グレースからこれを渡されて、こちらとしてもこれを付けた商品を是非増産していきたいんですよ！」

「軍支給のブーツにも良さげじゃないか？　ラッセルズ氏！」

「おお、そういう取り付けも！」

「靴紐《ひも》に苦戦する若い士官もいるんだよ！」

紳士二人が盛り上がってるので、パトリシアお姉様も商品を手にして、ファスナーに触れる。

「グレース……これ……ドレスの後ろにも……」

わたしは淑女らしからぬ仕草……サムズアップする。

今まではホックと紐だけだったからね。これで革新的に着付けが容易になるのよ。

「レティキュールの口もこれにしてみるのは？」

わたしが提案すると、傍にいた従業員の若い女の子達もぱあっと顔を明るくさせる。

「素敵……」

「グレース様！　パトリシア様！　それは是非‼」

わたしは微笑《ほほえ》んで、一つの商品を伯爵様の手にお乗せした。

「これはカフス？　なんだか象牙《ぞうげ》みたいな……もしかして牙《きば》か？」

「カフスが牙、ラペルピンは爪を加工しました」

ダーク・クロコダイルの素材……全部使う、むしろ骨までも使い切りたい気持ちよ。

「領地がどこだろうと、まるで錬金術師のごとく栄えさせる私の自慢の妹でしてよ、伯爵様」

それは褒めすぎ！

ハードル上げないで！

パトリシアお姉様が、どや顔……。

嬉しいけど……。

「知ってる」

パトリシアお姉様の言葉にその返事とかっ！　伯爵様ぁあああああ！

表情は固まっているわよね、動揺してないよね。

褒められるのは嬉しいけど、こそばゆいな。本当に。

身の置き所がないというか。

どちらかと言えば、わたしがお姉様やジェシカを褒め殺したいよ。

「じゃあ、あとは夜会のドレスだな」

「グレース、こちらに任せてもらえるかしら、前回のデザイナーが貴女《あなた》のドレスなら張り切って作るわ。デザイン画も何点か預かってるの」

「一着は急ぎでお願いしたいね」

「ええ、もちろん。色も伯爵様の瞳の色でご用意させて頂きますわ」

「嬉しいね」

あーうーん。

相手の瞳の色に合わせるのが高位貴族なのか。

婚約者の瞳が黒やブラウンだったらどうするんだ。

さし色に使うの？　琥珀《こはく》とか黒曜石とかオニキスのアクセサリー？

そっちかな。そっちだろうな。

ドレスの生地や色を決めると、候補のデザイン画を渡されて、好みのデザインを伝えるだけでいい状態って、普通ないよね？

これは、ラッセルズ商会の若奥様だからできること。

パトリシアお姉様がすごく嬉しそう。

「グレースはジェシカと違って、可愛《かわい》いより綺麗系だから、私の好みを入れやすいのよ」

「ジェシカは可愛いですよ、甘々なコンセプトでまとめやすい」

わたしがそう言うと、パトリシアお姉様は微笑む。

「グレースは人の事をよく見ているのに、自分のことに手をかけないから、私が手をかけたいの。ジェシカは自分でやるもの」

それは否定しない。

わたしは伯爵様に視線を移すと、伯爵様は笑顔でわたしを見ていた。

「本当に仲がいい姉妹なんだな」

わたし達姉妹の仲の良さは——家をとにかく守ろうで一致団結していただけなんだけどね。

◇◇◇

ラッセルズ商会でダーク・クロコダイルの皮を使った紳士用の革製品のプレゼンをしていた時……伯爵様はこう仰《おつしや》った。

「グレースの有能さのみで婚約をしたわけではないと、さっきも伝えたんだが、こうして新たな特産品のプレゼンをされるとね……。ラッセルズ夫人、夜会服だけではなく、グレースをデートに誘いたいので、そんな外出着の一式を何点か贈りたいと思うんだが」

わたしが領地経営に関わると、どういう状態になるかを知るパトリシアお姉様は、伯爵様のその一言ですべてを察したらしく何度も頷く。

「そう、ちゃんとデートをして、しっかり婚約者だと認識してもらいたいんだ」

「夜会服よりもそちらをまず先にですわね！」

その後、パトリシアお姉様が張り切って用意してくれたドレスを伯爵様から贈られた。

観劇のチケットと一緒に‼

この日は朝からジェシカとヴァネッサとマーサがめっちゃ張り切ってわたしをデート仕様のご令嬢に変身させてくれたよ！

領地視察とか、領地経営の方針ミーティングとかじゃないんだよ。

初デート！　そう、前世も今世も併せて『初めてのデート』‼

現在――わたしは、王都で一番有名な観劇ホールのロビーを伯爵様にエスコートされながら歩く……。

注目度がハンパない！　そりゃー独身のご令嬢の一番人気と言っても過言ではない『憧《あこが》れの王子様枠』である伯爵様のエスコート。

この注目のされ方は覚えがある。あれよ、ジェシカのデビュタントの時に伯爵様とワルツ三回を立て続けに踊った時と同じ視線の浴び方よ。

多分、大丈夫よね？　おかしくないよね？

わたしが伯爵様を見上げると、伯爵様は視線を感じて、微笑み返してくれた。

イケメンの笑顔エスコート、しかも、王都で人気の観劇とか！

足元おぼつかないわ！　かといって、エスコートしてくれる伯爵様の腕にすがるのもみっともなくてできませんよ！

今世に生まれて、わたし自身、やってみたかったデートだけども！

貴族社会ではベタだけど。

え、もしかして伯爵様、エイダからそんな情報とか聞き出してないよね？　ね？

だって、わたし、数か月前エイダにそれっぽい話をしていた。

——世に言う、普通のデートで行くならそれも思い出話の一つだけど。会合での会食ならせめて美味《おい》しいものが食べたかったわ。え？　デート？　誘ってくれる勇者はいないでしょ。何も高望みしてない。ベタな感じだけど話題の観劇の後にお食事の流れとか。仕事ではなく。普通にやってみたい。もう無理だけど——

とか言ったことあるけれどね⁉

その頃、特産品を抱えて、関連業者との会合で招かれたレストランが……リッチではあったけど、味がくどいメニューが多く、エイダに愚痴ってたわ……。

伯爵様が誘ってくれた観劇は、コメディタッチの喜劇で、最後は笑顔のハッピーエンド。観終わった後に、なんか気分が上がるな～って感じの内容だった。

恋愛悲劇モノではなく、こういうのを選ぶあたり、伯爵様も上流階級では変わってるのかな？それとも軍にいるから、そっち方面から、話題の観劇ならこっちと勧められたのかしら？

「楽しかった？」

「はい」

「絶対グレースはこっちの方がいいかなって。あと俺自身も得があるかと」

「得ですか？」

「グレースを笑わせたかった」

……観劇のセレクト、喜劇ハッピーエンドはそういう理由だった⁉

「グレースが家族に対して、素直になってる感じは、子爵家当主というよりも普通の令嬢って感じだから、そういう面とか見てみたいなと。グレースのそういう面を知ってるのが、家族だけっていうのが、特別感というか羨《うらや》ましい」

「善処します……い、一応、こ、婚約したのですから……」

わたしがそう言うと、伯爵様は「一応じゃなくて、ちゃんと婚約だろう？」って仰ったけど。

伯爵様が領地経営の実績ではなく……わたしのことを前から好きだったとか信じられない。好きだから婚約したということが！

鉄面皮、クールフェイスで本当に助かった。心の中では赤面して俯《うつむ》いてしまうわ。

この状態のわたしを会合でよく会う人達が見たら、「ウィルコックス子爵⁉　何かおかしなものでも食べたのか⁉」とか言われそうだ。

そして伯爵様と、そのまま食事に――の流れで連れていってもらったのが、高位貴族も御用達《ごようたし》の貴族街の商業エリアで、今、話題のお店。

通りに面した正面の外観は普通のレストランなんだけど、庭を挟んで別棟があって、小規模の晩《ばん》餐《さん》会や会合などで使用される部屋と、個室が数室あるんだよ。

庭は季節の花や灌木《かんぼく》を植えて、この時代なのに、夜にライトアップとかしてるの。

店舗のライトアップは前世では当たり前だったけれど、今世では先進的でお洒落《しやれ》な部類になる。

伯爵様とわたしが連れ立って入店したら、お客様として来店している若い令嬢達からの小さなざわめきが一瞬立った。

すぐに支配人クラスの店員が伯爵様を案内していくんだけど……別棟の個室だった！

テーブルや椅子も、室内に飾られた花器や花も、上品で、華やか。

硝子《ガラス》張りの窓から見える庭の景観の良さが、別棟の売りなのがわかる。

伯爵様に椅子を引いてもらって座る。

伯爵様も支配人に椅子を引いてもらい、わたしの対面に座った。

ウルセディア領産のスパークリングワインをグラスに注がれてるんだけど……。

ハッキリ言って美味しい……！

すっきりで爽《さわ》やかな淡い色合いのワインはグラスの中で小さな気泡を躍らせている。

この国、ラズライト王国はアーザンディア大陸の内陸に位置するんだけど、近年魔導具が進化を遂げて海産物が内陸にまで入ってきてる。

アミューズがスモークサーモンと彩り野菜のマリネ・コンソメゼリー寄せ……。スモークサーモンがバラの形になってる。彩りがまた綺麗《きれい》だ。

「この爵位も別にいらなかったんだ。俺は庶子だし、本家は周囲からいろいろ言われたくないから爵位と領地を譲渡してきたんだと思う。領地をもらっても、グレースみたいに発展させられそうもないのにね」

ご実家からの爵位と領地の譲渡なら、伯爵様は評価されてると思うんだけどな。

「国から新たに下賜されたユーバシャール辺境領地も元の領地も実家に返還しようと思ってた。ただ、ユーバシャールは俺個人の責任でやれと各方面からも言われてしまってね」

「なるほど、では元々あった領地の譲渡とか、そういった手続きなどもお手伝いできるかと。でも領地を二つお持ちであれば、ユーバシャールを活性化できる人材もいるのでは？　それを考えるともったいない気もしますけれど」

貧乏性でごめん……使えるものは使おうもったいない……。

「そうか……そういう考え方もあるのか。手に余るから手放して一つに集中しようと思ったが、グレースが協力してくれるなら」

「もちろん、お手伝いします」

わたしがそう言うと、伯爵様はぱあっと表情を明るくさせる。

……可愛い……。

わたしよりも、年上で爵位のある男性に対して使う形容詞ではないけれど。

綺麗だ。これで軍人なのか。

「今日は四年前の残念な気持ちを払拭《ふっしょく》してくれる日だったよ、グレース」

「大げさでは？」

「三年前に国防戦役に駆り出されたからね、ああ、俺もう死んだなとか思ってたし」

それを聞いて、納得した。

国防戦は……確かにそれぐらいに本格化したのよね。実質の戦闘は一年半ぐらいだけど、それでも戦争だから終結しても、その直後は現場から動けなさそうだし……。

「だから嬉《うれ》しい」

素直か……。

あーダメ、こういうストレートに弱い。

なまじ商会で社交辞令とか表面的なやり取りと、腹の内の計算とか探ること中心で生きてきて、こういう風に、飾らないで素直に言う人に弱い。

伯爵様はわたしよりも五歳年上なんだけど、こんな風に言われれば絆《ほだ》されますわ。

綺麗で可愛いなんて最強かっ。最強だな。

「あと、グレースは人気者だよね。夜会の時にも思ったし、今日だって劇場のホールで囲まれていたじゃないか」

「あれは、伯爵様の人気では？」

「みんなグレースに話しかけてただろう？」

そう言われると、そうなんだけど。

先日パーシバルの義姉であるルイーゼ様にプチアラクネのレースを贈ったら、これまた素敵なドレスを発注したらしく、「ウィルコックス領のレースだもの」と宣伝してくれたそうな。

宣伝広報、ありがとうございます！

ご令嬢の皆様、ドレスのお仕立ては是非王都のラッセルズ商会で。

「あれは領地の特産品目当てのご令嬢やご婦人方です」

「グレースは商売人だな」

「そのうち伯爵様も紳士に囲まれますよ」

伯爵様のラペルピンやカフスもお洒落ですからね！　さっそく身に着けてくださるなんて、気に入って頂けたのかな？

「社交シーズンにそれは助かるな」

「ええ。シーズン終盤でも、王都に戻れたのは僥倖《ぎょうこう》です。残りの期間は業者の選別や顔つなぎもできると思います」

「当面は建築関連だな」

「はい、防壁と交易路に携わってくださる方を探しましょう」

デートなんだけど……ビジネスディナーぽくなってきた……いえ、むしろこの方がわたしには向いてるし得意分野だし、改めてデートって言うよりも、気後れしない！　平常運転でいけそう！

よしよし。

ていうか領地事業の顔つなぎの会食――この店いいじゃない～。お酒も美味しいし、アミューズも内陸では味わえない海産物を取り入れるとか物珍しいし、この別棟の中庭ロケーションもいい。今は夜間だけど昼の景観もよさげじゃない？

「軍部の方で、訓練施設建設の打診案を投げたら好感触だった。アカデミーの方も、魔導具協会の方に打診をし、先方は魔石の運搬費を削減できるのを喜んでいるみたいだ」

おお！　そういう交渉というか打診というか、それも戻って早々にサクサク進めてくださるなんて、伯爵様やっぱり有能！

わたしも顔つなぎをお願いして打診を持ち込もうと思ってたけど、伯爵様が自らやってくださってるなんて！

ま、でも、全部が全部、八方上手《うま》く収まるとは思えないのよね～。

世の中は世知辛《せちがら》いから、施設建設費がーとか言いそう。

でも。

「ユーバシャールのコンクリートは良質であるっていうのを売りにしたいですね」

建築系の業者、どこかにいないかな……とりあえず、そういう情報を夜会で拾うところから始めようか。

七章　キャサリン・ブロックルバング公爵令嬢

ロックウェル伯爵家から従僕と、御者、メイドが数名派遣された。

執事のハンスに従僕を任せ、メイド達はマーサが対応する。

先だって伝えていたように、人数を最低限に絞ってくれたようだ。

派遣されたメイドの一人と従僕は、わたしがロックウェル家に入った後も、この子爵家に勤めるのを了承している。

年の頃もパーシバルとジェシカに近い二名をこの子爵家に残す。

そして、領地視察以降、専属となったシェリルとヴァネッサは、わたしがロックウェル伯爵家に入れば共についてくることに。

二人はこのウィルコックス子爵家のタウンハウスにいて、現在、二人の手によって夜会の準備中だ。

妹のジェシカも顔を出して、あれこれと準備を手伝ってくれている。

「もーお姉様ったら！　夜会の準備中なのにお仕事なの⁉」

ヘアメイクをされながら、書類や手紙に目を通していたらジェシカに怒られた。

「今回は高位貴族の方々が多く出席する夜会なの、覚えておいた方がいい貴族家を頭に叩《たた》き込《こ》むのよ」

そう言いながら、わたしはパーシバルに調べさせた書類に目を通している。

パーシバルもね、次期ウィルコックス子爵として商会の会合なんかにも付き合わせて、顔を覚えてもらわないと困るから、コミュ力育成とか情報精査の為にやってみてとブロックルバング公爵が持つ辺境領地について調べてもらったのよね。

やっぱり男の子だからなー、次期ウィルコックス子爵家当主の彼のことを、取引先や関連しているお家は歓迎してるのかなー。わたしと違って見た目がね、穏やかな好青年だから。

男同士の仕事の話の他にもいろいろあるだろうけど、そこから拾ってこいとオーダーしたけどやってくれたわー。

うちの婿殿、有能ね。

ブロックルバング公爵が所有してる辺境領。

そこで産出されるのってなんだと思う？　硝石なのよ。

それって火薬の原材料じゃないの。でも三年前からちょっとずつ産出量が減ってるのよねえ。

うちの国が魔法と剣だけじゃなくて銃があるのって、こういう地盤もあったからか。

確かに先日視察の時に、ユーバシャールでも産出するのは確認してた。地形的にリスト山脈続きだし。

だから服役していた坑夫を引き取ったってこと？

現場のノウハウがあるヤツに任せて、硝石の産出量を回復とか？

ユーバシャールを伯爵様に任せたのって、軍に供給されるはずだけど減少した硝石を補う為じゃないの？

これ、近いうちに、軍の上層部から硝石産出しろとかの通達がありそうでしょ？　先日も、訓練場の建設に色良い返事をいただけたって仰《おっしゃ》ってたし。これ絡んでますよね？

「しかし書類や手紙を持ちながらヘアメイクをされるご令嬢はおりません」

伯爵家から派遣されたシェリルに指摘される。

うう。

そうは言うけれど、わたしの取柄ってあんまりないし。少しでも予習復習大事なの。

領地経営に関しては、嫌な思いをしてでも積極的に情報を集める為、関連する方や関係者に話しかけてきたけれど、今回はどうなるかな……気が重い。

前世の事なかれ主義の日本人気質では、この家を守れなかったから頑張ったけどさ。

結婚相手の伯爵様にとって、わたしは元子爵家当主であるという付加価値もつけておきたいから引き続き頑張るしかないんだけど。

それにさ。

こういう情報があると、ブロックルバング公爵と伯爵様、ビジネス的な相性っていいのか悪いのか見極められそうだし。

でも相手、高位貴族だからなあ。

最悪、遠くから見る程度で面識を得る機会は訪れないかもしれない。

それにさ、王太子を巡って現在キャットファイトを繰り広げてる令嬢の親父様《おやじ》ですよ。

ていうかこれは王太子妃の座を巡っての家同士の確執が濃厚……。

怖いよ～……。

この際、ブロックルバング公爵には接触しないで、このまま再度ユーバシャールに向かう準備した方が精神的には気が楽なんだけどな～。

「グレース様は高位貴族に対応する所作や礼儀などはすでに及第点でした。なのにまだおさらいをするのですか？」

声はすれども、指の動きは変わらず、わたしのヘアメイクをしている。さすがだ。

「及第点をもらえて嬉しいわ。伯爵様の新領地に関してお話を伺いたい高位貴族の方がいるのよ、失礼がないようにしないとね」

エイダも出席できるらしいと手紙が来ていた。

心強いことではあるんだけどさ……。

「グレース様、ロックウェル伯爵がお越しです」

ドアをノックして執事のハンスの声がかかった。

鏡越しにシェリルが頷《うなず》く。準備完了ってことね。

「わかりました」

わたしが立ち上がると、ジェシカがわくわくした顔でわたしを見ている。

「わ～、グレースお姉様、やっぱり素敵！　ロックウェル伯爵様の紫の瞳《ひとみ》に合わせたドレス！　髪飾りもネックレスもイヤリングも素敵‼　メレアメジストも意匠が凝ってるし、地金のゴールドと合う～」

相も変わらず、妹の身贔屓《みびいき》に苦笑した。

褒めてくれて嬉しいけれど、内心、心臓はバクバクしている。

高位貴族の夜会出席、エスコートが伯爵様。

別に高位貴族に会うのは初めてってわけでもないんだけど緊張する。上手く伯爵様のパートナーが務まるだろうか。

ああ不安だ～わたし、先日のデート失敗してなかったよね⁉

階段を降りてエントランスホールに出ると、伯爵様がいた。

黒のフォーマルに黄色のポケットチーフは、シルクの光沢が金色にも見えて、わたしの瞳に合わせているのがわかる。

「素晴らしい……」

伯爵様がそう呟《つぶや》いた。

ちょ、ちょっと待って、それはわたしのセリフ‼

内心どぎまぎしてるけど、伯爵様が差し伸べる手を取ると、伯爵様は手にキスをしてわたしを見つめる。

「グレースのパートナーとして夜会に出るなんて、夢のようだ」

甘く囁《ささや》くようにそう呟かれて、嬉《うれ》しさと恥ずかしさで叫び出しそう。

わたしと伯爵様の様子を見て、ジェシカは、まるで小さな子供みたいに小さく飛び跳ねそうな勢いだ。

わたしの困ったような視線を感じて、ジェシカは慌てて淑女らしく大人しくなる。

「伯爵様、この子がわたしの妹、ジェシカ・ウィルコックスです」

高位貴族を前に無邪気すぎる態度だとジェシカ自身も気づいて、彼女は慌ててカーテシーをする。

妹のはしゃぎっぷりに、伯爵様は苦笑する。

「初めまして、ジェシカ嬢」

伯爵様の声かけに、ジェシカは多分……「本物だ！　人気の伯爵様がお姉様をエスコートに来た！」とでも思ってるんだろうな。

「初めまして、伯爵様……ふわぁ～パトリシアお姉様とトレバーお義兄《にい》様も素敵だけど、グレースお姉様と伯爵様が並ぶとまた違ったゴージャス感！　目の保養～！」

ジェシカは小さく呟く。

「楽しんできてください！　そのうちわたしも、パーシバルと一緒に同じ夜会に出席できるように、このウィルコックス家を盛り立てますから！」

そんな妹の言葉を受けて、伯爵様のエスコートで馬車に乗り込んだ。


夜会に出席した時に思ったのは、やはり高位貴族の夜会は規模が違う。

その様相に、気後れしているのだが、表情には出ていないはず。

エスコートをしてくれる伯爵様が「大丈夫、いざとなったら俺がダンスに誘うから逃げられるだろう」と言ってくれた。

「まさかあのセリフを仰るつもりですか？」

伯爵様の例のセリフと、先日の観劇を思い出すと、ちょっと緊張がほぐれて自然と笑顔が浮かぶ。

そんなわたしを見て、伯爵様は嬉しそうな笑顔を浮かべる。

「期待されたならば応えなければ」

お茶目な人だ。

「今のグレースの笑顔、すごく可愛《かわい》い」

え⁉

「素で笑ってくれただろ？」

確かに、素でした。

この人のストレートな物言いは、あれだ、ジェシカに通ずるものがある。

うっかり素になってしまう。

「ちょっと笑顔を浮かべただけなのに、周りの男がそわそわし始めるのだから、確かにこれはいつもの雰囲気でいてくれた方がいいのかも」

伯爵様の呟きが小さくて聞き取れない。

「はい？」

「いや。なんでもない。気後れしそうになったら、伝えてくれ。グレースが言う三文芝居なセリフをたくさん言ってみせよう」

「はい」

周囲の紳士達が下すわたしの評価は……愛想がない、酷薄そう、気が強そう。

しかしそう言われても、堂々としてこれたのは、「美人だけど」という枕詞があったからだ。

デブスで、自己評価低くて、そんな前世と比べたら、今世の評価なんてむしろ褒め言葉。

そう思って今世、二十年生きてきたけど、今回ばかりは緊張するわ。

だって、隣に立つのが伯爵様だもの！

令嬢達からの視線がきつい。

お前ごときが伯爵様にエスコートされるとは的な視線。

しかし……しかしですよ、こっちも、子爵家当主の肩書は伊達《だて》じゃないのよ！

わたしだけではなく、姉や妹の今後の立場を守る為にも、エスコートを申し出てくれた伯爵様の為にも怯《ひる》まないわよ！

大丈夫、やればできる子よ、わたし！

「噂のレディを連れてきたな。ヴィンセント」

伯爵様を呼んで、声をかける方がいた……。

「大丈夫、安心できる御仁だ」

緊張しているのがわかったかのように、伯爵様はわたしに声をかけてくれた。

「エルズバーグ侯爵、ごきげんよう」

「ご機嫌なのはお前だろう、美しい婚約者のお披露目で」

「否定しません」

エルズバーグ侯爵様を皮切りに、声をかけてくる高位貴族への挨拶回《あいさつまわ》りが始まった。

伯爵様にお声をかける方はいずれも軍閥系……レッドクライブ公爵の派閥に与《くみ》する貴族で、どうやら伯爵様の上司や同僚みたいだ。

ちなみに、レッドクライブ公爵は現国王陛下の弟君で、王太子、第二王子に次いでラズライト国の王位継承権は第三位。軍部最大派閥のお方。遠目にお見かけしたことはあるけれど、国王陛下の弟君にしてはめっちゃ強面《こわもて》だから、陛下よりも年上に見えるのよね。

次々と紹介されながら、わたしも見知った人物と顔を合わせることになる。

「まあまあ、グレース様。この度はおめでとうございます。グレース様には是非にしっかりした方をご紹介しなければと思っていたところなのよ――でもまさかロックウェル卿《きょう》とは」

パトリシアお姉様とラッセルズ商会の若旦那《わかだんな》を引き合わせたフォースター侯爵夫人。

侯爵夫人は貴族社会において、縁結びを生き甲斐《がい》としていて――わたし達の母親とは親友で、母が亡き後、女ばかりが残ったウィルコックス家の行く先を密かに案じていた人だった。

このフォースター侯爵夫人はパトリシアお姉様に、是が非でも、裕福な高位貴族との縁談をと当時、めっちゃ張り切っていた。

しかし、パトリシアお姉様は「家柄は別にして、とにかく資産があり、私の実家への干渉を大目に見てくれる御仁を希望する」とお願いして、候補としてあがったのがラッセルズ商会の若旦那だった。

ラッセルズ商会に爵位がないことでこの夫人は候補としては下にしていたのだが、パトリシアお姉様の思い切りのいい決断に、当時の侯爵夫人は目を瞠《みは》ったという。

「パトリシア様の時は驚いたけれど、グレース様にも驚いたわ」

わたしも内心驚いてます。

「でも、これで残すところはアビゲイル様ね、でも一番難しい方かもしれませんわ」

「姉は何もかも自分の手で掴《つか》み取る女性ですから」

「そうね、これからの時代はそういう生き方も一つよね。ああ、でも、のらりくらりとわたしの話を躱《かわ》していたロックウェル卿がグレース様に密《ひそ》かに想《おも》いを寄せていたなんて、素敵」

え？　そうなの？

ご令嬢達からはモッテモテなんだろうなとはわかるけれど。このご夫人からの打診もあったんですね。

「こうなると、ロックウェル卿は候補から外しますのでご安心くださいな」

このご夫人の頭の中には、彼に見合う爵位も人柄も良い令嬢はかなりの数でリストアップされていたに違いない。

わたしがそれとなく伯爵様に視線を向けると、伯爵様は侯爵夫人に微笑《ほほえ》む。

「侯爵夫人にお心を砕いてほしいと願うお若い方は、まだまだこの夜会に参加されていると思われますが？」

「それよねえ」

その時、若いご令嬢の金切り声が、ホールに響く。

侯爵夫人もわたし達もその声のする方へ視線を向けた。

視線の先にはある青年と令嬢に対して、一人の若い令嬢がモノ申すといった雰囲気。

高位貴族が夜会で言い争い？

言い争ってるというか、金切り声を上げてる令嬢は、なんだか若い。

社交デビューしたて？　うちのジェシカぐらいかな？　そのぐらい若い。

わたしの視線がそちらに向かったままなので、フォースター侯爵夫人はため息をつく。

「エステル様も……大人になられたのだから、少しは落ち着くと思っていたのですけれど、まだまだなのねえ……」

わたしが無言でフォースター夫人に視線を戻すと、彼女は肩をすくめる。

「グレース様は、初めてなのかしら……。妹さんに聞くと答えてくださるとは思うけれど」

んん？　ジェシカが知ってる？

ジェシカの年代で有名って言ったら、王太子とその婚約者……と……あとその間に割って入ってるキャサリン嬢……。

「ああもあからさまだと、スタンフィルド公爵令嬢が自分のご友人を御せない方だと思われてしまうわ。困ったこと」

スタンフィルド公爵令嬢って……王太子の婚約者のご令嬢ですよね？

それのご友人。何家のご令嬢かは知らないけれど、何某《なにがし》家のエステル嬢が噛《か》みついている相手って……もしかしてまさかの。

「王太子殿下もブロックルバング公爵令嬢も、こういう場なのですから控えるべきなのですよ。その点では、エステル様の肩を持ちたいのですが……」

何某家エステル嬢が噛みついてる相手って、ブロックルバング公爵令嬢！

縁戚《えんせき》から養女に上がったキャサリンなの⁉

わたしはそつなく侯爵夫人に挨拶を終えて伯爵様と一緒にその場から少し離れる。

わたしの元婚約者が夢中になった男爵令嬢本人なの⁉

ちょっと近くで見てみたい！　本人かどうか確かめたい！

騒ぎの傍《そば》に寄ると、声も明瞭《めいりよう》に聞こえてくる。

「以前から、アンドレア様とお約束されていると伺いましたのに、キャサリン嬢をエスコートするとはどういったことなのです⁉」

おおう。

乙女《おとめ》ゲー展開キタコレ！

いえ、この世界は多分、乙女ゲーでもなんでもないと思うけれどね。

義に溢《あふ》れたエステル嬢の糾弾の声。

相手が王太子だろうと、不誠実は不誠実！　と言わんばかりだ。

「今回は高位貴族の夜会に慣れていないキャサリン嬢をエスコートするとアンドレアにも伝えていた。エステル嬢にとやかく言われる筋合いはない」

「婚約者のアンドレア様のご了承を取らずに、伝えるだけ伝えてとは、学園の時と同じではありませんか！」

ほほう。

すでに学園時でそういう状態っていうと……それって、最低でも一年、学園入学時からだと長くて三年ほどはそういう状況が続いてるってことよね。

卒業パーティーで「婚約破棄宣言」はなかったから。やっぱりこの世界は乙女ゲーの世界とは違う？

わたしは遠くから王太子がご執心のキャサリン嬢に視線を向ける。

ストロベリーブロンドに、薄い緑色の瞳《ひとみ》。

いきり立って、喚《わめ》いていた元婚約者の記憶は鮮明だけど、その傍にいたご令嬢の記憶は、曖昧《あいまい》だが、多分本人だ。

元婚約者が「愛らしい」と言った通りに、確かに可愛《かわい》い感じではあった。その可愛い感じはわたしより、ジェシカと同年だから、年齢からくる愛らしさだったのか――。

なんで気が付かなかったんだろ。

理由はわかる。

アレな婚約者の方が強烈な印象だったから。そして、彼女が沈黙を通していたから。

それこそ前世で読み漁《あさ》ったコミックやWEB小説に出てくる脳内花畑ヒロイン発言が、キャサリン嬢にはなかった。

三年前の婚約破棄の時、わたし自身が元婚約者の好みではなかったと、婚約者に罵《のの》しられただけで、傍にいた令嬢は何も発言していなかった。

クロードの荒唐無稽《こうとうむけい》な婚約破棄の内容に追従するようなセリフも――、彼の尻馬《しりうま》に乗って、わたしを糾弾することも煽《あお》ったりすることもなかった。

ただ、髪の色と目の色、そして顔立ちが綺麗《きれい》な子だなということだけしか思い出せない。

微笑みもなければ悪意に染まった表情もなかった。

そして恋する熱に浮かされたような表情もなかった。

まるで人形のように立って、その場の様子をじっと見つめていた。

ものすごく冷静に、傍にいる男が引き起こした愁嘆場を、まるで現実と捉《とら》えてないような感じ。

そう、今、この場にいる時と全く同じだった――。

◇◇◇

現状は高位貴族主催の夜会。

王太子とキャサリン、その状態にモノ申す的な何某家のエステル嬢。正義は我にあり的な感じで完全に頭に血が上ってるでしょ。

高位貴族の夜会でキャットファイトが始まるか？　ぐらいで、年上の方々は集まりもせずに遠巻きに見守っている。

わたし自身もそうすべきなんだろう。

けど、目に入ってしまったのよ。

一方的に糾弾をしてるエステル嬢の近くに給仕が向かってるのを。

おい！　そこの給仕！　止まれ！　お前は近くでそのキャットファイト見たいだけと違う？

エステル嬢が給仕のトレイからグラスをひっつかんで中身ぶちまけるの、予想できるんですけど!?

「伯爵様、失礼」

わたしはそう言うと、伯爵様から離れて、給仕の後を追うように、騒ぎの中心へと向かう。

野次馬多すぎだよ！

見てるだけじゃなくて止めようよ！

わたしは人込みをかき分けて、エステル嬢の方へ向かうと、会話がより明瞭に聞こえてくる。

「だいたい――、今の身分がどうであれ、元は男爵令嬢じゃない！　お前のような者がこの夜会に出ているって事自体がおかしいのよ！」

わあああああ！　おちつけえええええ‼

完全にヒートアップしたエステル嬢が横切る給仕のトレイからグラスをひっ掴んだところで、わたしはエステル嬢の前に立つ。

いきなり言い争いの間に割り込んできたわたしを見て、エステル嬢も輪になっていた者達も驚く。

そりゃー、ハイヒールでの素早い移動で割り込みなんて、この場ではなかなかお目にかかれないでしょう。

前世のわたしなら、まず無理な反射と運動神経だ。

今世、体型維持に頑張ってきた成果がこういうところで発揮できるとは。

それにしたって、視線が痛い。

これだけ注目を浴びているのに、エステル嬢本人、気が付かないのか。

あとさ、殿下とキャサリン嬢の周りに、なんか殿下の側近と思《おぼ》しき青年達がいるけど、キミ達は一体なんなの。

もう乙女ゲーのヒロインとそのメイン攻略者とその他攻略者達みたいなイケメン揃《ぞろ》いだけど、ぽけーっとしてるのはどういうことよ。

身を挺《てい》して殿下を守ってこその側近じゃないの？

「少々、御酒を召しすぎでは？」

エステル嬢を見下ろす感じでそう言ってみた。

今世のわたしは身長あるのよ。エステル嬢より目線少し上だからね。

マナーがなっていない子供を叱るガヴァネスのように、エステル嬢を一瞬睥睨《へいげい》するとエステル嬢は怯《ひる》む。

その隙をついてエステル嬢から視線を外して、周囲に視線を向けて言ってみた。

「このレディのシャペロンかエスコートの者は？　ご友人の方でも構わないわ。この方を控室の方で休ませてあげてくださらない？」

ご友人と思しき令嬢達がエステル嬢を取り囲んで、傍に寄る。

「それと、そのグラスを預かりますわ」

エステル嬢ががっちり握ったグラスを、近くに寄ってきたご友人達が取り上げてわたしに渡してくれた。

「ありがとう」

わたしがグラスを受け取り礼を言うと、渡した名も知らないご令嬢はわたしに礼を言ってくれた。

「いいえ、こちらこそ、ありがとうございます。ウィルコックス子爵」

あら、こんな高位貴族主催の夜会なのに、わたしを知ってる子もいるのね。

「付き添ってあげてね。彼女が落ち着いたら今夜は家に帰すといいわ」

お姉さんぶってわたしがそう小さく告げると、彼女は頷《うなず》いてエステル嬢を囲んで会場を出ていった。

よかったよ……。

何家のエステル様だかわからないけれど。このグラスをキャサリン嬢にぶちまけたら、絶対に王太子殿下にも被害は及んでいた。

こっわ！

王族にワインひっかけるなんて、お家の信用丸つぶれでヘタしたら、降爵とかだってありだし！

行動に移す前に、ちょっとは想像しよーよ。

この状況の騒ぎで収まったら、エステルちゃんはおうちで両親にこってり絞られて、もしかしたら婚約が延びたり解消されたりするかもだけど、いきなり修道院行きとかにはならないでしょ……ならないよね？　ギリギリセーフだよね？


「そなた。礼を言う」

わたしの背後からお声がかかる。

声の主は王太子殿下。振り返り、その姿を拝謁する。

柔らかな金髪に、国王陛下と同じ王族特有の菫色《すみれいろ》の瞳をしていた……。

王族の方なんて雲上人だから、今回こんな間近で拝謁とかは初めてだけど。

王太子殿下の後ろには、第二王子殿下もいらっしゃるし、将来の殿下の側近候補のご令息達もいずれも各方面で有力な貴族家当主を父に持つご令息ばかり……有能という噂《うわさ》だったはずなのに、この場をどうして収めなかった。

わたしはさりげなく殿下にエスコートされている令嬢キャサリンに視線を落とす。

うん……三年前の婚約破棄の時と同じ人物だ。

当時はやはり未成年だったってことか……。

あの時は幼いって感じも……しなかった気がするけれど……そこはメイクでなんとでもなるし。

雰囲気から察するに、三年前に付き合った男が、婚約破棄を言い渡した相手を、覚えてないみたい？

でも、貴女《あなた》は今、三年前と同じことやらかしてますよね？

覚えてるでしょ？　覚えているよね？

悪役令嬢系のこの顔は記憶に残りやすいはずなんだけどね。

心の中で詰め寄ってるけど、実際は視線を合わせて双方睨《にら》み合う……まではいかないか、視線が合うだけで。

それでもって、キャサリン嬢にはなんの表情も窺《うかが》えない。

恋に恋する熱っぽい視線を王太子に向けることもない。

婚約者のいる男性からエスコートを受けて、困惑しているという様子もない。

「名前は？」

殿下から声をかけられる。

「グレース・ウィルコックス子爵。私の婚約者です」

答えたのは伯爵様だった。

いつの間にかわたしの隣に立って、肩を抱く。

伯爵様――！　近距離すぎる！

「ロックウェル卿《きょう》の？」

王太子が目を見開く。

「婚約したらしいとは聞いていたけれど、そうか、おめでとう。それと、ウィルコックス子爵令嬢、改めて礼を言う、ありがとう」

いや、子爵令嬢ではなく子爵なんですよ、殿下。

いちいち訂正することもないか。

「とんでもないことでございます。まだお若いご令嬢とお見受けした故、御酒と雰囲気に酔われてのことかと案じました」

エステル嬢の噛《か》みつき具合はさすがに場を考えろと思う貴族も多いだろう。

しかし、義憤を表に出して上にモノ申すという勇気、わたしは嫌いじゃない。

だからちょっと庇《かば》うような発言もしちゃったよ。

わたしがそう言うと、伯爵様がわたしが持ってるグラスを取って、会場内を回っている給仕に渡す。

仕草がな……ほんとこういう場慣れしてるって感じ。

「ウィルコックス子爵ですよ、殿下。若く美しく、領地経営においては才能の塊」

伯爵様！　訂正してくださったが、なんか褒めすぎでは⁉

内心あわわ状態だが、再びキャサリン嬢に視線を移すと、整った可愛らしい顔にそぐわない瞳《ひとみ》をしていた。

けれど、それは一瞬で、キャサリン嬢はまた、王太子を見つめている。

やっぱりそこには、恋に浮かれる熱はない。


「でも、少し怖かった……」


甘えるように呟《つぶや》くキャサリン嬢だが、これは嘘だろう。

声も表情も、その顔面の良さというアドバンテージでの演技っていうのがわかる。

なぜか。

わたしが今世でそうやって生きてきたからだよ！

冷酷、尊大、傲慢《ごうまん》な子爵家当主っていうイメージの固定は、この顔面でブーストかかっていたからね。

キャサリン嬢は愛らしく儚《はかな》く、たおやかな感じを出している。

でも演技だ。

瞳の奥が――暗いのに、ギラギラしている。

「大丈夫だよ、キャサリン、僕がいるから。気分が悪いなら送ろう」

恋してる王太子はキャサリンにひたすら甘くそう囁《ささや》く。

キャサリン嬢が頷くと「ではロックウェル卿、ウィルコックス子爵、楽しんでくれ」と王太子殿下はそう言い捨てて、キャサリンの腰を抱いて、ホールの出口へと向かっていった。

◇◇◇

キャサリンが会場のホールを出ていくのを見送ると、伯爵様がわたしの手を取る。

そこで自分がやった行動を顧みて、「申し訳ございませんでした。伯爵様」と謝罪。

ほんとごめんなさい。

勝手に動いて、悪目立ちしちゃったよ。

でも、これで注目浴びたからなのか、エイダがこちらに来るのが見えた。

「ごきげんよう、グレース。ロックウェル卿」

「エイダ」

「もうっ！　ひやひやしたわ。で、どうだった？　本人だった？」

エイダさん好奇心隠さずわたしに詰め寄る。

「何が本人？」

伯爵様の言葉に、わたしとエイダは顔を見合わせる。

この場所は注目が集まりやすいな。

エイダとアイコンタクトを交わし、当たり障りない会話——友人とこの会場で会ったわよ的な雰囲気で場所を移動する。

ちょっと出入り口に近いテラスの近くまで移動して、周囲の聞き耳がないかを確認した。

「ロックウェル卿は、グレースが婚約を破棄されたのをご存知ですよね？　その元婚約者、グレースを振る時に、自分が付き合っている令嬢をその場に伴っていたお話はご存知ですか？」

エイダの発言を聞いた伯爵様はわたしを見る。

「ああ、相手の女性まで伴って、グレースに婚約の解消を申し出たと聞いたが」

伯爵様も眉《まゆ》をひそめた。

常識的に言って、ありえないですよね？　婚約破棄を宣言するその場に相手の女性を連れてくるとか。

婚約者よりも素敵な女性を見つけた。この人と結婚する！　とか喚《わめ》かれて、納得する女がいるとは思えないし、人によっては逆上するんじゃないの？

前世でだってリアルでお目にかかってないわ。

……まあ、わたしの場合は、対人関係がアレだったから、前世では二次元でしかお目にかかってません。

もしも、そんな真実の愛だか運命の女だかを伴っていて、わたしに攻撃的な感じで詰め寄られたらどうすんだろ。

エキセントリックな性格の人なら、その場で大乱闘だよね？　もしかしてそれを期待してたのか？

今でもそれは疑問に思う。

でも三年前、元婚約者はそれをやったんだよね。

「それで、その場に連れてきていたのが、キャサリンっていう名のご令嬢だったんです」

わたしがそう言うと、伯爵様は考え込む。

「わたしはエイダに頼んでキャサリン嬢のことを調べてもらおうと思って……。名前と外見的特徴が一致するからといって、三年前のご令嬢ではないかもしれませんから」

「それで先ほどの対応だったわけか……それで、どうだった？」

エイダも伯爵様と同様に、どうだった？　と目線で問いかけてくる。


「同一人物でした」


二人とも考え込んだ感じ？

うん、わたしもこの場合は、どうしていいやら。

「そ、それで。キャサリン嬢はグレースのことを覚えている感じだった？」

エイダは尋ねてくる。

「全然。当時の子爵家の令嬢だったわたしのことなんて記憶になさそうな感じだった。わたしは覚えてるのに。それよりも、なんか変な感じがしたの」

「変な感じ？」

「王太子殿下に大切にされているんだろうって、自覚してもおかしくないはずなのに、無反応というか、周囲全般に、怒りをぶつけたいのを抑えているというか、敵意を隠しているというか……でも彼女自身からはそういう言葉があったわけじゃないから、わたしの個人的な主観なんだけど」

変じゃない？

シンデレラストーリーの主役になれる子だよ？

乙女《おとめ》ゲーで言うならヒロイン枠だよ？

もっと婚約者であるアンドレア様を貶《おとし》めても脅かしてもおかしくはないのに。

攻略対象者である王太子や側近たちにも媚《こ》びてもいいはずなのに、そんな仕草も様子も見られない。

あと元下位貴族だったという印象もない。

ジェシカを見てるとわかるように、下位貴族の若い令嬢だったら、もっと舞い上がっていてもとは思う。

ちやほやされている状況は揃《そろ》ってるからね。

なのに、暗い雰囲気。

性格か？

「ここだけの話なんだけど――……」

エイダは声を潜める。

「キャサリン嬢は元は平民だったらしいわ。男爵家の養女になって、そこからあれよあれよと公爵家養女にね。最初の男爵家がブロックルバング公爵の寄り子だったの」

「おかしくない？　本当に平民だったのかしら？」

わたしがエイダにそう呟く。

だっておかしい。

なんで平民の子を養子に迎えるの？

ブロックルバング公爵家が養子に迎えるならば、寄り子の貴族の中から、見目のいい女子を養女にするでしょ。

「何故《なぜ》、キャサリン嬢だったのかしらね」

わたしの呟きに伯爵様は告げる。

「グレース、エインズワース嬢もそこまでだ。この件は私の方で調べる。エインズワースの方でもそう言われてるはずだ」

わたしがエイダの顔を見ると、どうやら親にも言われたらしいな……そんな感じがするわ。

仕方ない。

相手は公爵家だもんねえ。エイダに何かあったらわたしも嫌だし。

もやもやするけれど、ここまでか……。

養女になった高位貴族のご令嬢の過去なんて……調べられないか……。

ちょっと嫌だけど、クロードに話を聞くって手段もあるんだよねえ。

問題はアレと会話が通じる気がしないということと、婚約が決まったのに元婚約者に会おうなんて外聞悪いってところよ……。

わたしは伯爵様を見上げると、伯爵様はにっこりと笑ってる。

はあ……言うこと聞かないとダメってことか。

やっぱり怒られたくないもんね……。最初から好感度ある人から好感度下がるの怖いし。

そーゆーところ、わたしの……ずるいところだな。

幕間　ヴィンセント視点

「婚約おめでとう。ヴィンセント。ところで一昨日の夜、お前どこにいた？」

夜会から二日後、憲兵局王都治安部に配属されている友人ライナス・アークライトに呼び出された。

久々にランチでもどうだと言われ、この男がランチとか……どういう風の吹き回しだと思ったが――仕事がらみなのはライナスの開口一番の言葉ですぐにわかった。

「オルグレン侯爵主催のクレセント離宮の夜会、婚約者グレースのお披露目だが？」

事前に何度も言っていたから知っているだろうに、何を言い出すやら。

「だよなあ。ウィルコックス子爵はどうだった？」

「高位貴族主催の夜会は初めてらしくて、緊張していたのが可愛《かわい》くてね」

「あの女子爵が緊張……」

世間の噂《うわさ》と現実の彼女との乖離《かいり》が激しい。世間の噂同様に、事業者として優秀だし、隙がないが、家族思いで優しい。笑うと年相応で可愛いんだが。

「夜会が終わる頃合いで彼女を送り届けたが？」

「もちろんお前がだよな？」

当たり前だ。何を言ってるんだ。

ライナスはまああと両手を広げて振る。

「いや、気を悪くするな、形式上尋ねただけだ。実は昨日の朝、変死体が発見された。場所は王都の娼館街の裏道で。被害者はクロード・オートレッド。勘当されたオートレッド子爵家の長男だ」

グレースが気にしていることを探るには、クロード・オートレッドに当たった方がいいだろうと思っていたが、その矢先にこれか。

「憲兵局はグレースを疑うのか？」

「怒るなよ、だから、非公式でヴィンセントに尋ねてるんだ」

「クロード・オートレッドは――アビゲイル・ウィルコックス魔導伯爵に脅されてからウィルコックス家には近づいてないだろ」

「脅されたって何？」

「俺が婚約の申し込みをする直前に、グレースに復縁を言い寄ったらしい。グレースの姉妹を罵倒《ばとう》してな。魔導伯爵が私兵に取り押さえさせて脅したら逃げたとか」

「あー……赤毛の魔女の血族を罵倒するとか、なんて命知らずな」

「命知らずというよりも、世間知らずの馬鹿だろう……だから殺されたんじゃないのか？」

俺がそう言うと、ライナスは詰め寄る。

「何か知ってるのか？」

「お前の部署じゃない案件になるかもしれない――ぐらいかな。俺の推測だと。被害者の過去の動向を探ったら……すぐに上から待ったが掛かるんじゃないのか？」

「どういうことだ」

「クロード・オートレッドは、三年前にグレースに婚約破棄を突き付けた。そんな勝手をしでかしたクロードをオートレッド家は勘当。縁戚《えんせき》の牧場を任せてみたが、貴族生まれの貴族育ち、甘やかされたボンボンに労働とか無理だったのだろう。勘当された三年間、あいつは何してたんだろうね」

「……まあ、なんだ、そういう男なら……仕事しねーな」

「ともかくその牧場に嫌気が差したか、追い出されたかはわからないが、王都に戻れば前と同じように華やかで刺激のある生活ができそうだと思ってそうだ」

「確かに」

「クロードが王都に戻ってきたところでヤツが何をしていたか——そこは調べたか？」

「これからだ」

「王都に戻ってきたクロードがアテにしていたのは、実家と元婚約者のウィルコックス家、それ以外いなかったか調べてみた方がいい」

「うん？」

「グレースに婚約破棄を言い渡した時に、キャサリンという名の令嬢を伴っていたそうだ。現在のブロックルバング公爵令嬢だ。グレースが覚えていた。先日の夜会で間近で見て確認した」

「なんだと⁉」

ライナスは慌てて立ち上がる。

お前から誘っといてランチどころじゃなくなるな。これは。

「キャサリン嬢の出自は男爵令嬢だが――」

「元は平民じゃないかって噂もある……今王太子殿下が婚約者そっちのけでご執心のか⁉」

「だから上から待ったが掛かるかもしれんと言った。時間勝負だぞ」

「ありがとう！　ヴィンセント‼　恩に着る‼」

「礼は調査の結果でいいぞ」

「げ、そ、それはちょっと……」

立ち上がってじりじりと歩道へと後退《あとずさ》るライナスが躊躇《ためら》う。

だが、それぐらいは融通しろ。

「グレースは可愛いんだけど、ちょっと好奇心旺盛《おうせい》な猫みたいな子だから、猫パンチが繰り出される前に片付けておきたいから言ったんだ」

「ええ～～⁉　オレのツケでそこの飯食うのだけじゃダメ～⁉」

困惑したライナスの声はすでに店舗前にあるテーブル席から離れて、大通りを走り出していくので遠くから聞こえてくる。

「ダメに決まってるだろ」

貴族監査部が出張ってブロックルバング公爵家を叩《たた》けば埃《ほこり》も出てくるだろうが、その前に金を掴《つか》まされて調査中断もありえるからな――……。

いや、もうすでに動いてるのかもしれないな……。

コーヒーのお代わりとメニューを持ってきたウェイトレスに代金とチップを渡して俺は店を後にした。

グレースの元婚約者、クロード・オートレッドの変死。

グレースの婚約破棄に関しては、俺は王都を離れていたから知らないいし、婚約中がどうだったのかも知らない。

ただ……記憶にあるグレースのデビュタントの時のエスコートをしていた彼は彼女を大事にしているとは言い難い態度だった。

婚約破棄の件も、貴族の令息としてどうかと思うところだ。

グレースに自己評価の低さを植え付けた男なんて、どこでどう野垂れ死のうが知ったことではないが、だけど……グレースはどうか。

彼女は自分の懐に入れた人間には情けをかける傾向がある。ああいう婚約破棄を言い渡し、彼女に自己評価の低さを植え付けた相手でも、変死したとなれば気になるだろう。

先日、婚約破棄に関わっていた令嬢とブロックルバング公が養女にしたキャサリン嬢が同一人物だと判明し、彼女が独自で調べようとしたのを止めることができた。

相手が公爵家なら、いくらグレースでも危険だ。

グレースの身辺には護衛を付けているが、心もとない。

腕はいいんだが、人数が少ない。公爵家の湯水のような財力と人材で捻《ね》じ伏せられたらこちらも手が出ない……。

ブロックルバング公爵令嬢の件は、俺に預けてくれたが、今回の元婚約者の変死……持ち前の行動力を発揮してもおかしくない……。

父親を退けて自ら子爵家当主を名乗り、その傲慢《ごうまん》さと冷徹さで婚約破棄をされた。その噂は彼女の実情とは異なるのに、彼女はその悪名さえも自分の武器にして、子爵家当主として采配《さいはい》を奮う。

でも、本当は、違う。

そんな世間の評価だけが目立つが、彼女の本質は——姉妹を守り、領民を守る。困ってる同い年の令嬢に手を差し伸べる。お人よしなぐらい優しくて愛情が深い。

プロポーズをした時に抱き上げた彼女の身体《からだ》は、普通の令嬢よりも、幾分軽いぐらいで、その華奢《きゃしゃ》な身体でどうやって、領地まで馬を駆り、領内を馬で駆けるのか不思議なぐらいだ。

グレースは女性で、物理的に力はない。

生き生きとして、芯《しん》が強くて、愛情が深いグレース。

照れた顔も、家族の前ではしゃぐ姿も俺は知ってる。

——わたしが——このユーバシャールを、伯爵様の領地を、伯爵様が帰りたくなる場所にします！

あの時の言葉は……単純に、俺の領地を思ってくれてのことだろうけど、でも、グレースがいてくれるなら、グレースの傍《そば》が……俺の帰る場所だ。

だからグレース。

俺が守るよ。

そんなことを考えながら、王都を巡る乗り合い馬車の停留所で馬車待ちをしているところで声が

かかる。

「ヴィンセント様」

「……これはアボット子爵、こんなところで」

子爵位だが、彼は高位貴族のお抱え執事だ。

貴族街の商業エリアとはいえ、彼自身がここにいて買い物や食事をすることはない。

彼が仕えている主人と同様の待遇で、あの邸宅にいるだけですべての用が足りるはずだ。

「お迎えに参りました。旦那《だんな》様がお呼びでございます」

俺を呼び出す為だけに、この執事が現れるとはな……。

思い当たることは結婚の件か、ライナスが探っている事件の裏にいると思われる大元の件か。

執事のアボット子爵は俺がごねずに後をついてくるものと思って、乗り合い馬車の停留所から離れ、貴族の馬車を街で留める専用の停留所へと歩き出していく。

俺もその場から離れ、執事の後ろを歩き始めた。


何度か訪れたことのあるこの館に入り、俺を呼び出した人物と対面する。

直接的な上官ではないが、階位が離れすぎているので敬礼をする。が、「それはやめなさい」と言われ、貴族的な礼をすれば、ため息をつかれた。

解せん。

「結婚するそうだな」

「はい」

この人がどんな相手を薦めようと、この件だけは俺の意思で決めたかった。

「しかも子爵令嬢とか」

「訂正をお願いします。子爵家当主ですよ」

「相手は過去に婚約破棄されたという話じゃないか」

なんだ。調べてるのか？　それとも噂《うわさ》だけを鵜呑《うの》みにしてるのか？

あからさまにそんな脛《すね》に傷を持つような娘をと言いたいのかな？

「有能な女性ですから妬《ねた》みも嫉《そね》みも多い。閣下には通り一遍の噂話しかお耳に入らないかと思われます」

「有能？　父親の裁量権をぶんどって、自ら当主を名乗る娘がか？」

「普通の令嬢だったら、そのまま家の没落を黙って指を咥《くわ》えて見て嘆くだけでしょうから」

「……なるほど」

「話はそれだけで？」

「いや、少し調べてほしい。キャサリン・ブロックルバング公爵令嬢についてな」

本当にいやなことを押し付けてくるな……。

こっちは婚約者と信頼関係を築こうとしている真っ最中だっていうのに。

「王太子が熱を上げている令嬢を調査？　それともブロックルバング家自体についての内偵ですか？　監査部がすでに動いてると思っておりましたが？」

この人も。表情が読めないと言われがちだけど、グレースに比べればわかりやすい。

やっぱり監査部がもう動いてるのか……。

「何か知ってるのか?」

「グレースが教えてくれたんですよね。ブロックルバング公所有の辺境領での硝石の産出量がここ三年ほど減少傾向にあると。ブロックルバング公は三年前の国防戦役を率先して進めたタカ派です。平和条約が結ばれた途端に、硝石の産出量が減って、公は自身の派閥から養女を取り、王太子殿下に近づけている。ブロックルバング公は閣下と同様、臣籍降下してますが、閣下と違って王位に未練たらたらですからね」

　王太子に養女を近づけた時点で、陛下が黙ってるわけないだろう。

「お前の婚約者が調べたのか?」

「御意」

「だから、それはやめろと言っている」

「ちなみに、ブロックルバング令嬢は——三年前は男爵家の令嬢で、とある子爵家の男と結婚する予定だったそうですよ。その男がグレースの元婚約者だったんですがね」

「……十三歳でか?」

「女性はメイクで年齢をごまかせますよ。当時すでに十六歳とサバを読んでいたのかもしれません。出自が本当に男爵家なのかとの噂はお耳に届いてるでしょう?　三年前のキャサリン嬢を知る子爵家を勘当された元嫡男は、昨日の朝、貴族ご用達《ようたし》の娼館街の裏道で変死体で発見された——国の事を憂うならば、王太子殿下とブロックルバング公爵令嬢は引き離した方がいいでしょうね。陛下もそんなことを閣下に頼むほど、王家の方では大騒ぎなんですか？」

「王太子殿下の熱の入れ方がな……王太子の側近候補も第二王子もだ」

「私は婚約者に誤解されたくないのですが」

「婚約者ならば信じて待ってくれるだろう？」

おいおい、貴方《あなた》の奥方、同じ立場なら信じてくれるんですか？　信じちゃうか。あの方なら。

「一度婚約者を奪われた女が二度も婚約者を奪われるとか普通の女性ならば修道院へ行きそうですよ、責任取ってくれるんですか？」

「お前が選んだのは、普通じゃないとお前自身が先ほど言わなかったか？」

普通じゃないのは仕事面で有能ってことであって、色恋沙汰《ざた》にはとんと初心《うぶ》なんですがうちのグレース……そこも可愛《かわい》くて好きなんだけど。

「誤解される前に、事情を説明しても？」

「秘密裡《ひみつり》に遂行しろ」

これはひどい……無茶ぶりだな。

グレースに言い訳せずに黙ってやれってことか。

王家が関わっているからか。

やけくそで、俺がグレースのところへ婿入りしたっていいけど。グレースが爵位返上で貴族位を捨てるなら俺もそうしていいし。

そんな気持ちが強くて言葉に出していた。

「彼女は口が堅いので、事情をちゃんと説明します。下手《へた》に動かれたら大変なことになります。ご存知でしょうが、アビゲイル・ウィルコックス魔導伯爵の妹なのです。閣下の仕事にも少なからず支障が出るかもしれません。でなければこの案件は別の人に任せてください」

俺が結婚したいのは、その辺のご令嬢とは違う。

俺は内心しぶしぶながらも、見た目は綺麗《きれい》な敬礼して部屋を出た。

もうこの件が終わったら、即、婚約式をして、グレースを家に迎え入れてしまおう。

俺は心にそう誓った。


閣下の館を辞して俺はまっすぐにグレースの家に向かう。

貴族街のウィルコックス家のタウンハウスは――俺が育った家を思い出す。

貴族の持ち家の一つなのに、狭小で、だけどどこか温かで。

グレースは意外にも外出しておらず、家にいた。

エントランスの前に出て俺を応接室へ招き入れようとする彼女が、笑顔を見せてくれた。

その笑顔は取り繕ったものじゃない。彼女の姉妹に対する笑顔と同じだ。

特別に想《おも》ってくれてるのかな？

俺が彼女を想うぐらいに――とはいかなくても、少しは俺のことを想ってくれているからこそその笑顔だと信じたい。

差し伸べてくれる手を取って、俺は彼女を抱きしめた。

「は、……伯爵様っ⁉」

彼女が動揺している様子が表情を見ないでもわかる。

「グレース、上からブロックルバング家の調査を命じられた。これは仕事だから。俺を信じてほしい」

腕を緩めて、彼女の両肩に手を置いて彼女の顔を見つめると、金色の瞳《ひとみ》が俺を映す。

「この仕事が終わったら——婚約式をあげて、すぐに、キミを家に迎え入れる。結婚まで待たずに一緒に暮らそう」

強くて優しい婚約者、どうか俺を信じてくれ。

八章　殺された元婚約者

伯爵様が先触れもなしにウィルコックス家のタウンハウスに現れてから、数日経過していた。

それまで小さな花束とかお手紙があったのに、それが一切なくなった。

でも彼が社交界に顔を出しているのは知っている。

エイダの実家エインズワース新聞の社交欄では「ロックウェル伯爵、ブロックルバング公爵令嬢と接近⁉」の記事をでかでかと見出しを付けて、貴族の若いご令嬢達の悲鳴を上げさせている。

パーシバルの実家メイフィールド家や、わたしの引継ぎで顔を出す商会相手からも話を聞いてご注進に来る。

そんな状況を見て声を上げたのは妹ジェシカだった。

「どーゆーことよ⁉　伯爵様‼」

激おこか。激おこなのね。

わたしが手にしているエインズワース新聞を取り上げて、わなわなと震えている。

「アビゲイルお姉様に連絡して、切り刻んでもらうわ！」

おいおい。過激だなあ。

「お姉様は腹が立たないの⁉　堂々とした浮気よ⁉　この間なんていきなり先触れもなしで訪れたじゃない！」

ジェシカの言葉に、いきなりぎゅうっとされたのを思い出して、片手で顔を覆う。

領地視察の時も、ダーク・クロコダイルに襲撃されそうになった時に、守ってくださって、そのあと、ぎゅうされましたけど、あれは身辺警護のぎゅうだったから……この間のタウンハウスのぎゅうとはまた違うというか……。

ぎゅうされながら『信じて』なんて言われたから、信じちゃうの？

チョロすぎるわー自分自身で呆《あき》れるわー。

上のお姉様二人が説教するはずだ。

ワルツ三回のだまし討ちのことも、いきなりのプロポーズも、伯爵様に対して懐疑的だったのに、今回のこの件については何故《なぜ》か疑惑を持てないとか。

仕事と言った伯爵様のその言葉は嘘じゃない……そう思っている自分に驚いているんだよね。

じゃあ、わたしが伯爵様のことを絶対的に信じていて、こんな風に他人からいろいろ聞かされてもなんとも思ってないのか？　と言われると否だ。

怒りはしないけど、もやもやしますよ。

たださ……。

なんか見た目がいいと、こういう仕事もやらなきゃいけないとは……同情するというか、これ、わたしが男だったとして、同じことをやれと言われたらちょっとヤダなー……。

所謂《いわゆる》これって、ハニートラップ要員で駆り出されてるってことでしょ？

伯爵様は見た目がいい。華やかだ。

例の「この身は騎士でありますが～」のセリフも最初は洒落《しゃれ》のつもりだったけれど、それが若い令嬢に受けた。それを知った伯爵様の寄り親だか軍上層部だかが持ち込んでくる案件を請け負ったんじゃないだろうか？

憶測だけど、伯爵様はその見た目で、結構利用されてきたんじゃないの？

――これは仕事だから。俺を信じてほしい。

って言葉がもうそういうことを考えさせるわ。

もうこの時点で、結構、伯爵様への好感度上がってるなー自分……。

「ジェシカ」

「はい！」

「キャサリン公爵令嬢について何か知ってる？　同学年だったわよね？」

「高位貴族令嬢だったからお話する機会もなくて、為人《ひととなり》はわからないの。……だいたい王太子殿下が夢中なキャサリン嬢に声をかけるとか伯爵様も――……」

「学園入学時にはすでに公爵令嬢だったということね」

ジェシカの言葉を遮る。

「うん」

「いつから王太子殿下はキャサリン嬢に夢中なのかしらね」

「それは高位貴族サロンのお茶会の時からです！」

ああ、高位貴族の令嬢子息が学園内で年三回ほど催すお茶会ね。

学園内でも一応あるんだよね。

主催は高位貴族だけど、準備はわたし達みたいな下位貴族にさせるアレね。

上手《うま》く準備した者が高位貴族に取り立てられ、顔を覚えられるってことで、家同士のつながりとか寄り親寄り子の関係強化とかにつながるイベントよ。

わたし？　在学中に全サロンの準備に関わりましたわ。クソほど忙しかったのに、みんな準備慣れしてないんだもん。一回やったら結構頼られたのよね。二年時は家のことで、もうそれどころじゃないって断ったのに、領地経営についていろいろ手伝うから～とか言われて、結局三年間やったわよ。

「ジェシカが一年の時の？」

「はい。キャサリン嬢は高位貴族として出席するはずだったんですけれど、気後れしたのか逃げるように出ていく姿を王太子殿下が見て、彼女を追いかけてから、それ以来ずっと王太子殿下はキャサリン嬢に夢中っていうか……」

……ほほう。

そこは乙女《おとめ》ゲーヒロイン的なテクニックで王太子殿下を惹《ひ》きつけたってことか。

けどそれさ……。

「めっちゃテクニックっていうかーあざとい感じよねー」

ジェシカが言うのか。それほどだったのか。

「っていうのがスタンフィルド公爵令嬢派閥の方々のご意見だったわ」

……キミの意見ではないのか。

「ジェシカはどう思った？」

「えー、パーシーと学園で一緒にいられる一年だったから、ずっとパーシーと一緒だったもの、王太子殿下を巡る高位貴族のご令嬢のさや当てとか、あんまり興味なかったです」

そうか……。

「でも、やっぱり狙ったでしょ、サロンの逃げ出しは。出自はいろいろ噂《うわさ》もあるご令嬢だけど、マナーも所作も完璧《かんぺき》で、他の伯爵位や侯爵位のご令嬢にだって劣らない感じでしたよ」

そんなご令嬢とクロードはどうやって出会ったんだか……。

嫌だけど、やっぱクロードに訊《き》いてみるかな。

わたしがそんなことを考えていたら、パーシバルが来たことをハンスが知らせてくれた。

そのまま執務室にジェシカも一緒に向かうと、パーシバルは顔を青ざめさせている。

「パーシー」

婚約者の腕に自分の腕を絡めるジェシカ。

微笑《ほほえ》ましい若いカップルのいつもの姿なのだが、パーシーは片手にエインズワース新聞を手にしている。

あちゃー、お前も見たのか、その新聞。

「グレース義姉上《あね》」

はいはい、お前も見たのね、その社交欄。

「ちょっと耳に挟んだのですが……この記事を見てください」

イヤ見たけども。

「社交欄でしょー、伯爵様の裏切者ー！　さっきお姉様も見たわ！」

ジェシカがパーシバルの腕に掴《つか》まりながらも、ぷんぷんしている。

「そこじゃない。こっちです」

社交欄の隅の方にある記事を示す。

伯爵様の艶聞《えんぶん》で大部分を占めている紙面の下の方の小さな記事。

貴族男性の変死体発見の記事だ。

「名前は伏せられてますが、この変死体で発見されたのは、クロード・オートレッドです」

◇◇◇

別に元婚約者だからって特別な感情とかはないけれども、むしろ、その存在はわたしの中では過去のものだけど。

でも死んだ？　変死体？

いきなりすぎないか？　放蕩《ほうとう》を尽くして野垂れ死ぬとしてもあと十年ぐらいは生きててもおかしくないでしょ。

「確かなの？」

「義姉上の代理で出席した商会の会合で、この話が持ち上がりました。娼館街の裏道で発見されたそうです」

「変死体って、どういうの？　死因が判明していないの？」

「はい」

何それ、原因不明の突然死？

「え～あの考えが足りなさそうな人だから、アノ人の傍若無人な振る舞いが、同じように短慮な人を怒らせて撲殺なり刺殺なり絞殺なり銃殺なりされたんじゃないの？」

ジェシカがとんでもないツッコミを入れてくる。

「発見したのが実は商会の会合で顔を合わせる御仁で」

「……娼館街の裏道で発見なんでしょ、いやっ！　発見者の方も不潔っ！」

ははは、ジェシカちゃん、もうツッコミはいいよ、話が進まないから。

パーシバルもそう思ったのかジェシカの口を手で塞《ふさ》ぐ。そしてどさくさに紛れてジェシカを抱きしめてるし、この次期当主。

「ジェシカ。退室するか、無言でいるか選びなさい」

わたしがそう言うと、ジェシカはコクコクと首を縦に振る。

よし、沈黙を選んだな。

口を塞いでいたパーシバルの手を取ってまたマスコット人形のようにパーシバルの腕に自分の腕を絡めている。

執務室に設《しつら》えている、やや小さめな応接用のソファにそれぞれ腰をかけて、わたしはパーシバルの報告を促した。

「発見者の方が言うには、外的死因は見受けられなかったそうです」

つまり先ほどジェシカが挙げた死因ではないということか。

「毒殺？」

「その線で死因を調べているでしょうね。ただ、発見者は、魔力の痕跡《こんせき》が見受けられたと」

「王都で魔法や魔術、魔力を用いるのはご法度でしょ」

例外は魔導アカデミーだけで、あそこは施設と自分の邸宅での研究以外使用されないはず。

魔力は貴族が有するもの。

三世代前は内乱というか——戦国時代的な乱世で……そういう力のある者が上に立って現在のラズライト王国をまとめていって現在に至る。

だから魔力を持つ者=貴族で、政略結婚があるんだけど。残念ながらわたしにはありませんでした!

ウィルコックス家でそれを持つのはアビゲイルお姉様だけ!

まあうちだけじゃないけど……今はそういった魔力を持つ者とかはあまりいない。

あっても軍や騎士団みたいなところでの身体強化ぐらいか。

外傷なし死因不明、魔力痕跡ありだと、あきらかに犯人は貴族だ。それに死因調査は憲兵局の法医監察担当じゃなくて、魔導アカデミーに依頼が入る案件だ。

わたしはソファから立ち上がり執務用のデスクに座ると、アビゲイルお姉様宛《あて》に手紙をしたためる。

お姉様からヤツの死因の情報を得たい。

多分魔法使ってるから貴族なんだろうけど。

「で、死んだクロードだけど、娼館街に出入りするからには、羽振りが良かったんでしょ?」

金がないと女は買えないはず。

「そこのところはまだ情報が入らないですね、遺体も憲兵局に回されているし。引き続き調べますが、現状でわかっているのはグレース義姉上に復縁を迫った後、アビゲイル義姉上に脅されてあの場から逃げ出したにもかかわらず羽振りが良かったようです。彼が遊興で散財していた金銭の出どころは実家ではないのは確かです」

「でしょうね」

オートレッド家自体は領地を持たない法衣貴族だ。

あのバカが遊び歩いて使いつぶす金を渡す資産はないだろう。

そもそも勘当しているし。

「そうなると、クロードはどこから遊ぶ金を手にしたのかしらね」

そう言いながら、アビゲイルお姉様宛の手紙を書いて、ハンスを呼んで手紙の配送を依頼する。

そしてそのまま山と積まれた茶会や夜会の招待状の選別を始める。

こういった場から情報が出てくることもある。

ここ最近のクロードの行動を知る人物は絶対にいる。

平民落ちなくせに、羽振りが良かったのだから。

なんでクロードが金を持っていたのか。

どんな様子だったのか。

別に未練じゃないよ。わたしをぞんざいに扱って、婚約破棄とか宣言してくれたヤツが死にましたざまあ！　って感じになることもない。

今現在、そんな強く興味も関心もすでにない人間だったし。

アレは確かにおバカだったけど殺されるほどか？　ってぐらいだ。

じゃあなんでこんなことしようとするのかって？

決まってるじゃない。

キャサリン嬢に関わってた男が死んでいる。上の命令だとは思うけど、伯爵様が一人で疑惑のあるキャサリン嬢の調査なんかしてるからでしょ。

婚約者、誰だと思ってんの？

わたしだよ、わたし！　ウィルコックス子爵家当主のわたし！

そんな危ないコト、一人でとか！

伯爵様の方がわたしの何倍も強いだろうし、地位も金もある。そんなことはわかってる。でも、伯爵様が危ないことをするなら、わたしだって助けたいよ！

「わたしは伯爵様の結婚の申し込みを受けました。わたし自身の力の限り、協力は惜しまないの」

◇◇◇

そんなわけで、わたしはここ連日、積極的に夜会にお茶会に、そしてパーシバルを次期子爵家当主として推す商会の会合（これもほぼ夜会）に出席している。

「お姉様……今夜も完璧です！」

夜会の為のフル武装、深紅のドレスに身を包んで、髪を結い上げてもらい、黒いシルクとサファイアのチョーカー。

鏡に映る自分の姿、まさにザ・悪役令嬢ってところだ。

シェリルとヴァネッサに髪を結い上げてもらった。

クラウン・ブレイドにね！

チョロかろうがなんだろうが、生まれてこの方、前世でも今世でも、結婚を申し込まれなかったわたしですよ。

見た目も良くて明るくて、真摯《しんし》に結婚してくださいなんて言われたら、うっかりときめいちゃう。今世での強欲で冷淡な婚約破棄された女っていう噂を気にもせずに、それどころか、『家族思いで優しい。領民に対しても同様だな』なんて言われたら――……。

一緒に領地を見た時も楽しくて、ずっとわたしを守ってくれた……。

そりゃ絆《ほだ》されますって。

そんな人がですよ？　一度はわたしの婚約破棄に関わった女と一緒にいる。仕事だからって言われて大人しくできるかー！　手伝うよ！

「ジェシカ様も素敵です」

シェリルもヴァネッサも満足そうに頷《うなず》く。

「いいわね、ジェシカ、なるべくキャサリン嬢の話題を拾ってくるのよ」

「お任せください！」

伯爵様とキャサリン嬢の接近は伯爵様がお仕事で請け負っている旨をちゃんとジェシカには説明し、とにかくキャサリン嬢の噂を他のご令嬢やご夫人から今夜の夜会で拾ってくるように指示を出した。

「なんかスパイみたい！　どきどきしちゃう‼　わたし、がんばります！」

令嬢相手だとジェシカの方が話しやすいだろう。

頼むよー。

「シェリル」

「はい」

「貴女《あなた》の主《あるじ》である伯爵様はわたしが守ります」

「……グレース様……」

やるわよ、前世の反動で今世で培ってきた持てるコミュ力を全振りしてやる。

パーシバルもジェシカのエスコートに訪れて、いつものようにいちゃいちゃするかと思いきや、わたしの悪役令嬢スタイルで沈黙していた。

「グレース義姉上に変な虫が付かないようにするには……僕の紙のような防御力では無理かもしれない……」

わたしは扇をぱしっと掌《てのひら》で掴《つか》み、パーシバルを見る。

「パーシバル。貴方《あなた》はジェシカに群がる虫を排除してればいいわ。わたしの心配はいりません。攻撃は最大の防御なの。よく覚えておきなさい」

「婿入り先の義姉上達がかっこよすぎる件……」

お前はラノベの主人公かよ、なんだそのタイトル的発言。

まあいいや。リップサービスでもいい、褒めてくれ。褒めて伸びる子よわたし。

とにかく三人で本日の夜会会場へと向かう為に馬車に乗り込んだ。

アビゲイルお姉様に宛てた手紙——それについては先日返信が届いた。

さすが仕事が早い。うちのお姉様有能。さすがお姉様、さす姉。

クロードの死因は魔法による脳機能停止らしい。

なんらかの精神系の魔法を一定期間かけられていて、それで脳に負荷がかかって死んだそうだ。

これはね、クロードが発見された場所では数十年前ならわりと頻繁にあったそうだ。

娼館街。

精神系の魔法の攻撃ではないけれど、魅了を持つ娼婦《しょうふ》が客を引く為に長期間にわたってその魔法をかけることもある。

魅了に取《と》り憑《つ》かれて、なんども足繁く店に通う客が、その精神系の関与で脳へのダメージが蓄積されて突然死する。

現在、娼館街でも結果的には客を殺す——金づるを殺すことになるから、規制をかけているとか。

この内容を知って、わたしはため息をついた。

これじゃあ憲兵当局は娼館街の規制遵守してる店の捜査で終わりだ。

死因がそれじゃあ、クロードがキャサリンを強請《ゆす》ってた（推測）——もしくはブロックルバング家から口止め料をもらっていた（これも想像）とか出てこないだろうな。

疑わしいのはブロックルバング公爵令嬢キャサリンなんだけど、クロード程度のごく潰《つぶ》しに金を強請られて身代傾けるほどブロックルバング家の資産力は脆弱《ぜいじゃく》じゃないはず。

もちろん、金持ちほどケチっていうのもあるから、金持たせてぶらぶらさせてるなんてつもりもなかっただろうけど。

脅して王都追放なりさせることもできただろうに。

いきなり殺すとか、まるで前世のマフィア並じゃない。

勘当されても放蕩《ほうとう》息子は実家から金をもらって娼館通いして、そこの娼婦に入れあげて魅了にかかって死にました～はい解決。

遊んでた金の出どころまでは調べないだろう。

それにしても、娼婦の魅了が死因とかさ、どんだけ女好きなんだか。


ジェシカはここ数日、主に下位貴族の夜会に出席してたけど、キャサリン嬢の過去について、周囲が知るありきたりな情報しか仕入れられてない。

妹にあまり危険なことはさせられないから、わたしもほどほどでいいと言っている。

しかしジェシカちゃん、自分の働きと成果に今一納得できていない様子。

「でもお、今夜はマクファーレン侯爵主催の夜会だから～同学年の子も多いと思うんだ～」

いや、ほどほどでいいのよ？

普通に社交するついででいいんだよ？

だが、妹は次期、ウィルコックス子爵夫人だ。

わたしを上回るコミュ力を発揮して、もう今シーズンの夜会の招待状をゲットしてきている。

中には高位貴族主催の夜会もね。

ジェシカちゃん……恐ろしい子っ‼

そんなわけで本日、招待された場所はクレセント離宮。

高位貴族は招待客が多い夜会を開く時にこのクレセント離宮をよく使う。

そして招待状を送ってくれたのがマクファーレン侯爵家です。

ユーバシャール領地へ行く際に、列車を下車したミルテラ駅を有する領主様！　その件もあって、今シーズン中に一度はご挨拶《あいさつ》したいと思っていた方ですよ！

なんと、先日キャサリンに夜会で噛《か》みついたエステル嬢を速やかに引き取った子のおうちだった。ほら、ワイングラスをエステル嬢から取り上げて、わたしにお礼を言ってくれたご令嬢。その子がマクファーレン侯爵令嬢のフィーリア様。

ジェシカが言うには、とにかく学園在学当時、高位貴族からも下位貴族からも好感度ナンバーワンの侯爵令嬢、フィーリア様。

なんでも、フィーリア様も王太子殿下の婚約者候補として名前が挙がったこともあるとか。

フィーリア様のお父様は、王家とのつながりよりも、貴族とのつながりに重きを置いて、領地特産品とか他家との共同事業などで、侯爵家の中では群を抜いての派閥を持っている。公爵家も一目置いているお家なの。

マクファーレン侯爵様はわたしが伯爵様と婚約したのもご存知なのかな？　とりあえずウィルコックス子爵当主のわたし宛に招待状と、次期当主パーシバルにも招待状を送ってくれたのよね。

招待状の内容は、先日うちの娘もお世話になったようだし、寄り子とは言わないまでも、まあとりあえず世間話でも～。てなお誘いのお手紙だった。

フィーリア様は、お父様に友人のエステル嬢がやらかした顚末《てんまつ》をお話ししたんだろうな。

「初めまして、ウィルコックス子爵」

「お招きありがとうございます。マクファーレン侯爵様」

マクファーレン侯爵、なかなか渋いおじ様です。

ロマンスグレーってこういうの？

「先日の夜会で子爵が、スコールズ伯爵家のエステル嬢を宥《なだ》めたというお話を、うちの娘から聞かされましてね」

「いえ、わたしにも同じ年の妹がおりますので、つい心配になってしまいました」

マクファーレン侯爵様の後ろに、エステル嬢を連れていったフィーリア様が上品に微笑《ほほえ》んでわたしを見ている。

「紡績関連で今、飛ぶ鳥を落とす勢いのメイフィールド子爵家と並んで、注目のウィルコックス子爵には以前から是非、お話をしてみたいと思っていたところです」

上手《うま》い口上だな淀《よど》みない……さすが高位貴族。そして前情報を頭に叩《たた》き込《こ》んでる記憶力ぱねえ。

この侯爵様できるお方だな。

「はい実は、このシーズン中に侯爵様の領地に、偶然にも訪れる機会を得まして、わたしとしても是非お話をお伺いしたいと思っていた次第ですわ」

「このシーズン中に？　こうして王都に戻るとは、お忙しくしておいでだね」

「はい。婚約したロックウェル卿《きょう》の新たな領地を視察させていただく為に、侯爵様の有する領地に立ち寄らせて頂きました。国鉄道の駅を擁するミルテラの街は活気があって素晴らしかったですわ」

「おお、ご婚約されたと噂《うわさ》を耳にしたのですが……最近は別のお話も聞き及んでおります」

んん――、伯爵様との一件かー。

これは他言するべきか否か。伯爵様は仕事だと言った。ここはあえてアルカイック・スマイルを浮かべる。

「殿方の思うところは、また別のことでしょう。なに、わたし自身、一度は婚約破棄されておりますので、二度も三度も同じこと。当家との事業提携を破棄されることに比べればなにほどのことでもございません」

強心臓、強メンタル、でなければ実父から裁量権とって、家を盛り返せないだろうと言外に匂わせる。

「素敵……ウィルコックス子爵様ぐらいの強さを、アンドレア様もお持ちでしたら……」

父親の後ろに控えていたフィーリア様も両手を組んでそんなことを呟《つぶや》く。

わたしは彼女を見てカーテシーをする。

「先日はありがとうございました。フィーリア様」

「とんでもございませんわ。あの場を収めてくださった、ウィルコックス子爵はとても素敵でした」

「娘は、ウィルコックス子爵にどうも憧《あこが》れを持ったようで、今夜も誘ってくれとねだられましてな」

仲良し親子だな。ちょっと羨《うらや》ましい。

いやうちも仲良し姉妹だけど、父親は母に愛情全振りだったから、頼もしい父親像とかには憧れちゃうんだ。前世も今世も良くも悪くも放任すぎたからさー。カッコイイお父さん羨ましいな。

「でも今夜はちょっと心配しておりました。ご気分が悪くなってしまったら遠慮なく仰《おっしゃ》ってくださいね」

うん？

言い辛《づら》そうなフィーリア嬢から聞き出すと、伯爵様がキャサリン嬢をエスコートして今夜この夜会に出席しているとか。

今までの夜会と比較すると今夜の夜会は最大級規模だから、それはあるだろう。

なるべく伯爵様の邪魔はしないように、クロードのことについて知ってる人物を探そう。

◇◇◇

クレセント離宮は広いから伯爵様とキャサリン嬢がいても、まずどこにいるかわからない。高位貴族と下位貴族、その派閥を超えての事業者関連、ご夫人やご令嬢方にも派閥があって、あとダンススペースと、立食スペースとに分かれている。

ジェシカは今パーシバルと一緒にダンスを楽しんでる。あの子はダンスを楽しみながら、次に話を聞きに行くご令嬢達の集まりを選別しているようだ。

わたしですか？

事業関連の紳士達に囲まれております。

「まったくもって、全然関係ない軍人のロックウェル卿との婚約とか、驚きましたよ」

「いやいや、婚約だろう？　結婚したわけではない。ウィルコックス子爵、今からでも考え直してみませんか？」

「然《しか》り、子爵のその優秀な手腕を求める若い独身の事業者も多い、私の息子はどうだね」

遠目から見る、ご夫人やご令嬢達からの視線が痛い！

伯爵様と婚約しておいて何をその他大勢の殿方とキャッキャウフフしてんのよ！　的なのと、ウィルコックス子爵はロックウェル卿との婚約を破棄するつもりなのかと。

しかし視線で人は殺せないよ。

扇越しにそういったご夫人や令嬢達を見ると、視線が合った方々はさっと目を逸《そ》らす。

わたしのこの悪役令嬢面を目の前にして下手《へた》なことを言って自分が声をかけられたらヤバイと思ってるんだろう。

悪役令嬢面でよかった……。

陰口のマウント合戦だって、わたしが進み出て「何か？」と言ってみたら絶対彼女達、半泣き状態になるから。

そこで「ウソ泣きもお上手《じょうず》、見習わなければ」とか付け加えたら、腰抜かしてパートナーの紳士が慌ててやってきて、わたしの怒りを取りなそうと必死になる。

ここ数日の夜会でそういうことをやってきたからね。

「しかし、ロックウェル卿と婚約ですか——実家を勘当されたオートレッド家の元嫡男と比べれば、むしろこちらの方が運命的だと思いますね」

「確かに、そういえば、元嫡男は一体どうしてるんだろうね？」

「先日、とある場所で亡くなったのを発見されたそうですが……」

ちらちらとわたしを慮《おもんぱか》る視線が入るが、わたしは頷《うなず》く。

「原因不明の死因で発見されたとのことですね」

そう言ってやると、紳士達も「うわー知ってんだー」的な表情をしている。

「死因不明だったので、魔導アカデミーが死因調査に入ったとか。姉のアビゲイル・ウィルコックス魔導伯爵から詳細を聞き及んでおります。死因も判明したようですよ。皆様もお気を付けあそばせ？」

そう言うと、紳士達は苦笑いを浮かべる。子爵家当主とはいえ一応独身で、婚期がぎりぎりのわたしが言えば反応に困るだろうな。普通の令嬢なら発言しないもんね。

「病気などではなかったのですか？」

「場所が場所ですからなあ」

まあそっちもきっと持っていたんじゃないかな。もげてしまえと心の中で毒づくけれど、それは心の中に置いておく。

そして上手く相槌《あいづち》を打ってくれた紳士達はわたしを女性と見ていない節があるね。それはそれでいいけれど。

「魔力干渉があったそうですよ、魅了に長期間かかって脳内に負荷がかかっての突然死だそうです。しかし不思議に思ってます。その場所に足繁く通う金銭を、あの元婚約者が持っているとは思えないのです」

「そう言われると……」

「ご実家は法衣貴族でしたな。我々のように領地を持って事業をしているわけでもない」

「ご当主が勘当を言い渡しても、支援したのは母親であるご夫人では？」

「いやー、さすがに息子とはいえ、勘当を言い渡しているのだ。子供可愛《かわい》さから、遊興の為に支援はせんだろう」

「でしょう？　不思議ですの。どこの誰が、これと言って才覚もない彼を支援していたのかしらね」

「ですな」

「あ、あいつなら知ってるかもしれませんね」

え？　誰々？

「キンブル男爵ですよ、今日も来てるんじゃないかな」

キンブル男爵ってあのスケベ親父《おやじ》か？

わたしの同級生をこのクレセント離宮のテラスに引っ張り込んでセクハラかまそうとしていたあの男か。

女好きだが、事業の才覚だけはあるからな、男爵家にしては金持ってるし。

しかし、遊ぶ金をクロードに奢《おご》るほどではないだろう。

ちょっと聞いてくるか。

わたしがその場を離れようとすると、紳士達の輪から声がかかる。

「ウィルコックス子爵、まさかキンブル男爵に会うおつもりか？」

「あの男は酒が入るとちょっと見境ないぞ」

あ、心配してくれてるのかな？

「元貴族の青年を支援できるなんて、気になるのですよ」

そう返事をして、キンブル男爵を探すことにした。

生前のクロードとつるんでいたなら、あの調子のいいクロードが男爵にうっかり何か口を滑らせているかもしれない。

どうせ、また何も知らない若いご令嬢に粉かけてる可能性は高いな。

見晴らしがいいテラス席から庭園を見渡していると――見つけたわ。

キンブル男爵。

案の定、若いご令嬢を誘っている。

ほんと、ご令嬢、ビシッと断れ。若いから無理か。

わたしはキンブル男爵と、男爵に引っ張られていくご令嬢の後を追う。

テラス席から庭園に降りると、ご令嬢の拒絶する声が聞えた。

だから～顔がいいからってほいほいついていかないように。

◇◇◇

「誰か！」

「そんな声を上げて、この場を見られれば、困るのは貴女《あなた》ですよ」

ほんと、男爵、お前は脳内ピンクすぎだろ。

「キンブル男爵」

わたしの声かけに、キンブル男爵の動きが止まる。ご令嬢はわたしの姿を見て、ほっとした様子だ。

「お話がございますの」

「ウィルコックス子爵――……」

ご令嬢は慌ててわたしの傍《そば》に走り寄る。

わたしは人気《ひとけ》のない場所に連れ出されそうになったご令嬢に「会場に妹とその婚約者がいるので知らせてきてほしい」と伝えると、ご令嬢は涙を浮かべて何度も小さく頷《うなず》き去っていく。

目的失敗ですね。男爵。

「相変わらずですわね、キンブル男爵。そんな艶福家《えんぷくか》の貴方《あなた》にお尋ねしたいことがございます。あなたと仲良しのお友達だったクロード・オートレッドについてですわ」

「はっ、社交界きっての色男と婚約したのに、元婚約者について聞きたいなどと、ウィルコックス子爵は見た目とは違って情が厚くていらっしゃる。以前もこうやって貴女に邪魔されましたな、ウィルコックス子爵。もしかして子爵は私のことを想《おも》ってくださっていた？　ならば期待に応えなければなりませんね」

そう言って手を伸ばすキンブル男爵の手を畳んだ扇で容赦なく叩《たた》く。

キモイ、キモすぎるっ！

「誤解ですわ男爵。あの男の死因はご存知？　男爵もあまり女性にいらぬちょっかいをかけていると、同様の目に遭いますわよ？　男爵は亡くなったクロード・オートレッドと最近までお付き合いがあったとか？」

扇で叩かれた手をさすりながら男爵はわたしを見る。

「なんだ、聞きたいこととは」

「あの男、クロードに支援をしていたのですか？」

「なぜ、俺があんなボンクラに金を渡さねばならん」

ふんぞり返って偉そうに言うけど、一緒につるんで遊んでいたら同じ穴のムジナでしょうよ。

「わたしは、あの男がなぜ貴方と連れ立って遊べるほどの金を持っていたのか……解せないのですよ」

「ふん、守銭奴め……さすが実の父親から裁量権を取り上げた女だな！　目の付け所は金の出どころか！　あの男はどこかの金持ちと懇意にしていたそうだ。大方手籠《てご》めにした女の家に脅しでもかけたんじゃないのか？　『さる金持ちの秘密を握っているんだ』と嘯《うそぶ》いていたからな！」

やっぱり強請《ゆす》りか……。

わたしがそう考え込むと、キンブル男爵はわたしの腕を掴《つか》み歩き出す。

「何を！」

「お前が代わりだ、顔は好みから外れるが、身体《からだ》は悪くなさそうだ」

わたしはぎょっとする。

「放しなさい！」

「うるさい、黙れ！」

バシッと頬に痛みが走る。

叩かれた……。

「だいたい以前から気に入らなかった！　しかし、子爵も女だからな、女に言うことを聞かせる方法があるのを、知らないわけではないだろう」

ギャー！　ちょっと、さっき逃がしたご令嬢‼

ちゃんとジェシカとパーシバルに伝えてる⁉

頼むよ！　ヘルプミー‼　お姉ちゃん大ピンチですよ‼

◇◇◇

しかし、この男、平気で女をぶつのか⁉

今世で男に殴られたのは初めてだ。顔面の左側、めちゃくちゃ痛い。口の中で血の味がする。歯で頬の内側が切れたんだ……。

だけど、暴力になんか屈しないわよ？　手にした扇を振り上げるけれど、ガッツと右手首を掴まれた。

握力が違う！　握り締めた扇が落ちると、目の前の男がニヤリと嗤《わら》う。

「来い」

「誰がお前の言うことを聞くか！」

乗馬服だったら蹴《け》り上げてやるところだ。ドレスだと衝撃が半減する。

腕を掴まれて引きずられる。ヤダ！　顔が近い！　めっちゃ酒臭い！　極めつけに鼻息荒い‼

腕を振り払おうとするんだけど、手首をギリギリと締められる。グイッと引き寄せられて、密着してくる。普段なら出てくる声がなかなか出てこない。怖い！

「放しなさい！」

それでもなんとか声を張り上げてみた。

「大声を上げたら、醜聞になるのがわかっていないようだな！」

「わたしに手を上げた上に無礼を働くお前こそ、わかっていないようね‼」

「うるさい女だな！」

力では負けるが気迫で負けるもんかと言い返すと、キンブル男爵も言い返してくる。が、その動きが止まる。

お、いろいろ常識が残っていたのかこの男——と思ったけどそうではなかった。

男爵の動きが止まり、わたしを掴んでいた腕の力が弱まった隙をついて手を振り払い、男爵から距離を取ると背中に何か当たる……人が来てくれてたのか！


「何をしている」


頭上からすごい重低音が聞えてきた。

「どこからどう見ても、このレディに無体を働いているようにしか見えないが」

「ひっ！」

キンブル男爵は逃げようと立ち去っていくが、ちょっと丈のある灌木《かんぼく》から二人の軍服を着た人物が男爵の逃げ道を塞《ふさ》ぎ、男爵を挟み込んで連れていった。

た、助かった〜……。

安心したら泣きそう。泣いてる場合じゃないいや、お礼を言って、もう今日はこの夜会を引き上げょう。助けてくれる人がいなかったら腰抜かしてるわ。

「危ないところでした。ありがとうございます」

振り返った時に助けに入ってくれた人と距離を取って、カーテシーをしてお礼を伝えた。

顔を見上げると、ぎょっとする。

ネイビーブラック系の夜の闇と同じ髪色。わたしを見るその瞳《ひとみ》は王族特有の紫がかった菫色《すみれいろ》。

そして軍服を着てる……。

ただの軍服じゃない。飾緒がついている。

肩章と、胸の階級章の一番右端には太陽を二つに三日月。この並び……この人……もしかしてまさかの……。

軍のトップオブトップ、軍務尚書、アイザック・レッドグライブ・ラズライト公爵閣下‼

現国王陛下が即位されたと同時に臣籍降下されているけれど、元王弟殿下――‼

な、な、な、なんでこんな大物がっ‼

そりゃキンブル男爵も逃げ出しますわ。容貌魁偉《ようぼうかいい》、鬼気森然でガチ強面《こわもて》。

「無事か、ウィルコックス子爵」

「は、はい！」

ちょ、なんでわたしの名前をご存知で⁉

一介の子爵ごときの名前と顔とか、普通は知らんでしょ？

けど……。伯爵様なら軍のトップからの覚えもいいはずよね。

その伯爵様の婚約者になったわたしのことは、頭の片隅には置いているのか……。

「そんな状態の其方《そなた》をこのまま帰すわけにはいかんな。ついてきなさい」

「あ、あの……」

大丈夫です。と続きが言えなかった。こっわ！「なんじゃお前、口答えするんかワレェ」的な視線。この人視線で人殺せるんじゃね？

殺人ビーム？

国のトップに近い人……しかも武力だけで言ったら、国王陛下だって黙るわ。

「貴殿の連れには私から連絡を取っておく」

だからついてこいと？

有無を言わさないとはこのことか。

ごめんなさい。お姉様、ジェシカ、パーシバル……そして伯爵様。

グレース・ウィルコックスの命日は今日ですよ。

なんて思ったりもしたんだけど、やっぱりあれですかね、元王族、臣籍降下した公爵家当主高位貴族は伊達《だて》じゃないというか。

クレセント離宮の設計図、頭の中にあるの？　この人。

これだけ大勢招待されている夜会を開催している会場から、馬車に乗るまで誰一人としてすれ違わなかったよ。

閣下の周囲には護衛の気配は感じられるけど、その姿すら見えない。

閣下にエスコートされて乗った馬車も見た目は派手じゃない。

黒い塗装はあれよ、前世の反社会の人が使用するような黒塗りのごついクルマを連想させるわ。

おまけに内装もそれよ、座席のクッション性といい、高級仕様だね。

乗り込んだらすぐに出発するかと思いきや、ドアノックがされて馬車の扉がまた開く。

「すまないな、アンジェリーナ」

わたしと同じ年ぐらいにしか見えない淡いブルーのドレスに身を包んだ金髪碧眼《へきがん》の美少女が開かれたドアの外に立っていた。

亡くなった母親と同じ名前。

まあこの国では珍しくない名前なんだけど、ドキッとするよね。

顔だけだったらめっちゃロリだよ。

アンジェリーナ様。

おいくつなんだろうか……娘さんか？　王弟殿下に娘とかいた？

「マクファーレン侯爵の夜会はセンスがいいし、招待されている方も楽しい方ばかりでしたから少し残念でしたけれど、でも……」

美少女はわたしを見て、その大きな碧眼を見開く。

「閣下の言うように、これは緊急事態ですわ」

美少女アンジェリーナ様はご自身の侍女を呼びつけて、わたしの頬の手当てをするように指示を出す。

「どこのどなたです！　こんなお綺麗《きれい》なレディの頬を！」

キリッと閣下を睨《にら》みつける。

「閣下も彼女をこのままで移動させたのですか！　気の利かない‼」

「すまない」

強面の閣下が小さな娘に叱られてるような……いやでも、アンジェリーナ様、この公爵閣下を謝らせるとは……。

それと、侍女さんがひんやりした布をわたしの頬にくっつける。

アンジェリーナ様が閣下のエスコートで乗り込んで、わたしが手当てをされ始めると、馬車は動き始めた。

揺れが少ない！　ナニこれ！　絶対サスペンション入ってるよねこの馬車！

「大丈夫？　お嬢さん」

アンジェリーナ様が心配そうに尋ねられた。

「見た目はお見苦しいかもしれませんが、痛みはさほどではございません。このような場でご挨拶《あいさつ》する旨をお許しください。わたしはグレース・ウィルコックス子爵でございます」

アンジェリーナ様は隣に座る閣下を見上げてからわたしに視線を移し、にっこりと微笑《ほほえ》む。まるで成人前の少女のような微笑み。

「閣下の妻のアンジェリーナ・レッドグライブ・ラズライトよ。よろしくね」

娘じゃなくて、レッドグライブ公爵夫人だったのですね。

って、前世だったら事案っっ‼

九章　「この身はしがない子爵家当主の身ではありますが、心は伯爵様を守る騎士でありたいのです」

レッドグライブ公爵邸に何故《なぜ》か滞在しているわたし、グレース・ウィルコックスです。

あのあと「夜も遅いし、手当てもしなくちゃだから、うちに泊まっていってね！」なんてアンジェリーナ様が無邪気に仰《おつしや》って、翌朝、帰ろうとしたら、「まあ！　子爵家当主とはいえ……いいえ、子爵家当主ならば、余計にですわ！　そんな腫《は》れ上がった顔でうろうろしてはダメですよ！」とか言われて。

二、三日もすると、顔の腫れは引いたんですけどね。

その二、三日の間にアンジェリーナ様は「お茶会の準備をするので手伝って～女の子がいたら～って前々から思っていたのよ～」とか仰られて。

いや、わたしはそんなお茶会とかしたことないから手伝いにもならないです的なことを丁寧に上品に伝えつつ、お暇《いとま》しようとしたら、必殺の涙目うるうる攻撃を繰り出して、「そんな……ウィルコックス子爵、学生時代、お茶会を仕切ってたことで有名なのに……」とか、なんでそのイベント知ってるのか……侍女や執事から「ウィルコックス子爵、どうか、奥方様の気の済むまで、どうか」とか平謝り気味に押しとどめられて。

だってこの館、王都の貴族街でも王城に近い。

多分、何代か前は王城離宮だったんじゃないかな？　この館。

一人でこっそり帰ろうとした夜会の翌朝には執事の人に捕まったからね。広くて迷うよ。城でしょ、これ館じゃないでしょ。

一人で移動できないってどんだけよ。

お茶会の打ち合わせが終わったと思ったら、今度は、公爵閣下からのお呼び出し。

執務室なんだとわかるまで数秒かかったわ。部屋のスペース広い！　手招きされてデスクの近くまで行くと、なんか変な書類渡されて、忌憚《きたん》ない意見を述べよとか言われたけど、なんか領地の資料っぽい？　興味はあるけど、でもこれ受け取ったらダメなやつだ。

絶対にまたずるずると滞在を引き延ばされる。

だって公爵邸に連れてこられて今日で三日目ですよ。三日‼

家の方には連絡してくれてるわよね？　夜会の日から連絡なしで三日不在なんて、ジェシカもパーシバルも心配しているよね？　あー末っ子の心配が上の姉二人に伝播《でんぱ》したらどうしよう……そうなるとラッセルズ商会も魔導アカデミーも動くよ？　でも何もないってことは、多分連絡行ってる……はず。

「公爵閣下……無礼を承知でお尋ね致しますが、わたしごとき一介の子爵風情を引き留める理由をお聞かせください」

公爵閣下がどんな強面だろうが、悪役面ならわたしも負けてませんよ！

帰りますとも。

長居はしてられないんですよ！

不退転の決意で閣下から渡された書類を机にそっと戻す。

公爵閣下は机に肘《ひじ》をついて、ゲン◯ウポーズでわたしを見上げる。

「ウィルコックス子爵、卿《きょう》の安全の為に、この屋敷に滞在してほしい」

「は？」

「卿はブロックルバング公爵についてどこまで知っている？」

重低音でそう尋ねられて、息を呑《の》む。

ちょっと菫色に近い紫の瞳が、王族なんだなと思わせる。

これがこの人じゃなかったら、知らんがな！　と絶叫して猛ダッシュでこの館から逃げ出してる。

ブロックルバング公爵は、この閣下の従兄《いとこ》。

先代の王姉を母に持ち、公爵位で、閣下同様、臣籍降下したけど何かあったら王位継承権が転がり込んでくるんだよね。

「先代国王の王姉のご嫡男で、王族の方としか……」

「ブロックルバング公爵令嬢については？」

「三年前に元婚約者がわたしに婚約破棄を突き付けた時に連れてきていた、彼の真実の愛の相手でした――その時は公爵令嬢ではありませんでしたが」

閣下は強面の顔で続けろと目線で訴える。

妹の社交デビューから現在王太子殿下と噂《うわさ》があることを知って、驚いたと説明する。

「三年前と同様に、婚約者から相手を奪う――それが今回は王族となれば気になりました。一介の子爵家当主風情、しかも女に何ができるわけでもございませんが……」

「憲兵局並に情報が早いな」

「元婚約者が、親から勘当を言い渡されていたのに、王都内で遊興にふけっていたことも不思議でした。そこで元婚約者を知る男に接触を試みて、危ういところを閣下に助けられたということです……」

全部言いましたけど……閣下はまだ何か考え込んでいる様子。

「ブロックルバング公爵は私と同様、臣籍降下した元王族。王位継承権もある。夢をもう一度ならば、血のつながりも定かではない娘を養女に取り立てるのは、歴史でもありがちだが……そうなると、こっちはどう思う？」

閣下がさっき差し出したファイルを、わたしに今一度突き付ける。

「いえ、ですから……」

「領地経営で才覚がある卿の意見を聞きたい」

むう。

ファイルに視線を落とす。

ソファに座って落ち着いて見ろと言われたのでお言葉に甘えて、執務室内のソファに座って渡されたファイルを捲《めく》る。

硝石を取り扱う領地……？

これ、伯爵様の領地の隣、ブロックルバング公爵家の持つ領地のやつじゃないの？

ブロックルバング公と閣下は血縁だから入手できるかもだけど……できるもんなの？

確かパーシバルに調べてもらった情報ではブロックルバング公爵領ではリスト山脈から硝石が発

掘されていて、でも三年前から採掘量が減ってるってことだった。

やっぱり三年前からちょっとずつ差が出ている。

ブロックルバング公爵の領地から硝石が産出されていたけど、その産出量が心もとなくなり、リスト山脈続きになってるユーバシャール領で魔石以外にも硝石採掘の打診が伯爵様にもあったから、軍施設建設とかの費用の目途が立ったんじゃないかと推測してた。

けど、ブロックルバング公爵領は、相も変わらず硝石の採掘費用に変動はない。硝石を軍に流してるから軍との関係は強いと思っていたんだけど……。

ここにいる閣下は軍のトップ。

ブロックルバング領での硝石産出量減少とかは、絶対気になるよね。

時間経過で産出量が減っている――が、それにかかる費用はそれまでと変わらないんだもん。むしろ採掘にかかる費用は増えてるし。

産出されないからあれこれ試してるにしては……金があるなあ……。

わたしなら、別の産業に切り替えてそっちで儲《もう》けを考えるけど……。

ちょっとヤな感じがする……言ってもいいのかな……これ。

「どう思う?」

「隠してるでしょうね、硝石は産出されてるかと――……」

ブロックルバング公爵は普通に硝石を採掘させてる。

けど、ここ三年……激減してるように見せてる。

そしてそれは……つまり火薬とか弾薬とか……を内々に貯《た》め込んでるって……ことで……。

そこまで思って閣下の方を見た。

憶測で言っていいコトと悪いコトがあるからね。

「産出されてるか――……それを自分で持つなら、何に使う？」

「わたしなら金に換えます。なので自分で抱え込むことはありません。商品ですよね？」

「そうだな……それが正しい。まっとうだ。まして元王族なら国の為に金を回す」

ソウデスネ。

でもブロックルバング公爵は違う。

ひたすら貯め込んでる。

明らかに、これ、戦争準備でしょ。

わたしはてっきりキャサリン嬢を使って彼女を王妃に据えて――国母の父を狙ってると思ってたけど、王家簒奪《さんだつ》クーデターの準備もしてるってこと？

人の流れも物資の流れも、誰がどう見ても怪しいでしょ。

……ていうかさ、一介の子爵家当主風情が見ていい情報じゃないよねコレ。


あれ、わたし、コレ見ちゃダメなやつだったんじゃね？


「それが意味することはわかってるって感じだな。しばらくここにいなさい」

やられたー！

こんな情報知ったら監視が付くよ、普通に！

なんでコレを見せた⁉

執事のアボットさんがドアノックしてやってくる。「お見えになりました」とか言ってるからお客様だよね、失礼して部屋から出ようとすると手を上げて、まだ座ってろと指示される。

ええ――……もう、これ以上情報いらないんですけど！

執事のアボットさんが執務室に連れてきた客人を見て思わず立ち上がる。

「伯爵様！」

思わずそう呼びかけてしまった。

そして伯爵様に駆け寄る。

会えて嬉《うれ》しいというよりも、一体何をされていたのか。

白皙《はくせき》の顔が、真っ青じゃないですか！

◇◇◇

「伯爵様！」

わたしが声を上げると同時に、伯爵様の身体《からだ》は後ろ向きにグラッと傾き、執事のアボットさんが慌てて支えなければ、そのままだと後頭部を床に打ち付けかねないところだった。

やだ！　どうして⁉

アボットさんが従僕や近侍達に担架を持ってくるように指示を出す。

これには閣下も驚いたようだ。

立ち上がって伯爵様に声をかける。

でも伯爵様は意識がない。

担架で客室に運ばせて、お医者様を呼んだんだけど、お医者様は首を横に振り、魔力に違和感があるので、そこから体調を崩されたと説明された。

「姉を呼んでください！　アビゲイル・ウィルコックス魔導伯爵を！」

わたしがそう叫ぶと、さっそく魔導アカデミーに連絡が入り、日が沈む前にはアビゲイルお姉様がやってきた。

場所が場所なだけに、連絡早い！

いつもの魔導アカデミーの制服にローブを纏《まと》ったアビゲイルお姉様は、わたしの頭をくしゃくしゃと撫《な》でて、伯爵様が運ばれたお部屋へ姿を消した。

どうしよう、伯爵様は大丈夫だよね？

お医者様が診断した時間と同じぐらいの時間が経過すると、お姉様がドア越しに声をかけてくる。

「もういいですよ」

アビゲイルお姉様の言葉に、アボットさんも閣下もわたしも伯爵様が休まれている部屋に入る。

「めちゃくちゃ強力な精神干渉系の魔法だった。危なかったよ、グレース。よく呼んでくれたね」

「精神干渉系……」

「ま、『魅了』だな。ロックウェル卿《きょう》も相当な魔力を持つから、一気に来る精神干渉系なんて相当な負荷が脳にかかったんだろう。隙をつかれて急激に流し込まれた感じだね」

「伯爵様は、伯爵様は大丈夫なのですか？」

「診たのはあたしだよ？　大丈夫に決まってるでしょ」

お姉様――‼

わたしはアビゲイルお姉様に抱き着くと、お姉様は嬉しそうにクスクスと笑う。

「でも。安静だよね。念の為。できればリラックスして――、数日過ごせばいいだろう。きっと頭割れそうなぐらいの頭痛だったはずだし」

そんな状態でここに来たんだ⁉

お仕事だからって……。

わたしがベッドに横たわる伯爵様を見ているとアビゲイルお姉様はにやにやしてる。

「しかし……この堅物のグレースを、普通に恋する女の子にするとは……さすが王都一の色男だよねーロックウェル卿」

「はい⁉」

「照れない照れない。婚約者なんだろう？」

こ、婚約者ですけど！　ですけども‼

執事のアボットさんも閣下もアビゲイルお姉様同様に、生温《なまぬる》い視線寄こしてくるし！

やめて！　まじで！

慣れてないから！　ほんとこういう煽《あお》りには照れちゃって慣れてないから！

結局……。

執事のアボットさんが「婚約者であるロックウェル卿のお傍《そば》におられますか？」と尋ねたのでわたしは素直に頷《うなず》いて、伯爵様の横たわる寝台の傍に椅子を用意してもらい、そこで伯爵様を看病することに。

看病といっても見守ることしかできないけど。

時折、侍女さんが用意してくれた冷たい布を額に当てるくらいだけど、伯爵様の顔を見つめてた。

目が覚めて起きたら、お水欲しがるかも。お水も用意してもらって伯爵様の傍にいた。

――急激な精神干渉の魅了……。

アビゲイルお姉様の言葉。

前世のサブカル知識で魅了とか知っているけれど、実際はこんな風になっちゃうんだ。

脳に負荷がかかるとか……。

クロードの死因もそうだったけど、アノ人は別に伯爵様ほど魔力はなかったはず。

そして長期間でかけられていたらしい。

……証拠もないけど、クロードや伯爵様をこんな風にしたのはキャサリンでしょ。

クロードなんかは発見された場所が場所だけに、キャサリンじゃなく娼婦《しょうふ》かもと思ったけど、やっぱりキャサリンでしょ。

だって閣下の執務室に入ってきた時の伯爵様は、夜会で王太子殿下を取り巻いていた側近の貴族の子弟と同じように、表情が抜け落ちた感じだったもの。

アビゲイルお姉様は、もう大丈夫って言っていたけど、今ここで伯爵様が目を覚まして、

「俺は真実の愛を見つけた。キャサリンは、キミと違って素直で愛らしい。この婚約は破棄させてもらう。このキャサリンこそ俺の運命の女性なんだ」

とか言い出したらどうするよ。

キャサリンの魅了のせいだったとしても、伯爵様から想《おも》われているって、わたしに自信ないもんな――……。

絶対ショック受ける。

わたしでこうなら、現在王太子殿下の婚約者であるスタンフィルド公爵令嬢はもう日々泣き暮らしているだろう。取り巻きのエステル嬢が血気盛んに王太子殿下に言い募るのもわかるわ。そりゃ、キャサリンにワインぶっかけようとするでしょ。

あと……キャサリンの魅了。

これバランスとかどうなってんの？

魅了をかけた相手によって差が出てくるの？

クロードは蓄積された脳の負荷って言われてるし、王太子殿下なんて学園在学時からロックオンされて、魅了にはかかっているはず。魅了の精神干渉、蓄積されてんじゃないの？　脳死までカウントダウンなわけ？　王太子殿下、キャサリンから離した方がいいよ。

それに……ブロックルバング公爵……。

キャサリンを国母に据えるだけでなく、自分で王位を握らんとするとは……。

王位継承権持ちだからって、いくらなんでも野心がすごすぎでしょ。

いや、もしかして、ブロックルバング公爵もキャサリンの『魅了』にかかってる可能性だってありそうじゃない？

わたしがそんなことをつらつらと考えていたら、伯爵様が目を覚ました。

アメジストみたいな瞳《ひとみ》が、うす暗い魔導間接照明に包まれた室内の明かりで光る。

「……グレース」

よかった意識が戻った。

「ここは――……ああ、ここか……」

記憶の方もしっかりしてるのかな？　ここがどこかわかってる感じだ。

「伯爵様……お身体に不調はございませんか？」

なるだけ声を潜めて尋ねた。

「大丈夫……グレースを連れてこの場から家に帰るぐらいはできるよ」

「でも、安静が必要だと姉が言ってました」

「ああ……ウィルコックス魔導伯爵か……グレースが呼んでくれたんだな。助かったよ」

ご自身でも精神干渉の魔法を受けたと理解されてるのね。だから、普通の医者じゃないって、察している。

アビゲイルお姉様が今研究している分野が人体関連なのもご存知なんだ。

わたしは水差しからグラスに水を酌んで伯爵様に尋ねる。

「お水は飲まれますか？」

「うん」

うんとか、小さい子供みたい。可愛《かわい》い。

上半身を起こして、渡したグラスを手にしている。よかった。意識もしっかりしてるみたい。

グラスをベッドサイドのテーブルに置くと、伯爵様はポンポンとベッドの端を叩《たた》いてわたしにそこに座るように促す。

わたしは素直にベッドに腰かけて、伯爵様を見る。

うん、顔色もこの館に来た時と比べるといい。

わたしは手を伸ばして伯爵様の頬に手を添える。

額は冷やしていたから、頬ね。うーん……ちょっと熱っぽいかな……。

「何かお召し上がりになりますか？」

「いらない」

伯爵様はそう言って、わたしの手を取って唇に当てる。

「ではもう少しお休みください」

「グレースも一緒に寝よう」

「はい⁉」

うっかりいつもの声量に戻ってしまったよ。

◇◇◇

やっぱりキャサリンのせいで頭がおかしくなったんだ！

伯爵様がそんなことを言うなんて！

婚約者ですけれど、一気にそんなっ……。

わたしが伯爵様の顔をじっと見てると、伯爵様はため息をつく。

「グレースを想って頑張ったのにな……あの女の魅了で頭が割れるかと思ったのにな」

か、可愛く言っても、ダメなんだからね！

「グレース成分が足りない……具合悪いのに」

「では、大人しくお休み――……」

くださいと締めくくるはずの言葉は、伯爵様が左腕でわたしの胴を抱えてベッドに引き倒されたことで言えなかった。

「大丈夫、何もしないよ、本当に。部屋は寒いから、布団の中の方があったかいだろ？」

伯爵様はぱっと羽根布団を整えて、わたしと一緒に横になる。

社交シーズンも終盤で、朝晩寒くはなってきたけど、この館はうちのタウンハウスと違って、室温とか空調とかは完璧《かんぺき》、別に寒くない。

寒いでしょとか言うなんて……伯爵様ご自身が寒いのかな。

「寒いのですか？」

目の前で倒れた伯爵様を見ただけに、体調の方が気になってしまって、伯爵様の顔をじっと見る。

わたしが慌てて起き上がったり、ベッドから出ていかないので、伯爵様はなんかほっとした感じでわたしを見る。

「うん。ちょっとね。だからグレース一緒に寝て。何もしない。本当に、一緒に寝るだけ」

そうは言うけれど、この現状を許していいんだろうか。

「あーあ。本当についてないなー婚約者と一緒にベッドの中なのに、俺、具合悪すぎ」

むむ……具合が悪くなかったら、大ピンチだったのでは？　段階というものがあると思うのよ。

それをすっ飛ばす人じゃないと思いたい。

「万全の態勢じゃないのにヤってもつまらないだろ」

「ば、ば、ば、万全の態勢って何⁉　ナニをしようというのですか⁉」

わたしの言葉に、伯爵様はぷっと吹き出す。

「誰かに見られたら大問題ですよ」

「婚約者だから問題ない」

こんな風に、二人で布団にくるまって、こそこそ話みたいに小さい声で会話してるの、子供の時に、ジェシカやパトリシアお姉様と一緒に過ごした夜みたいだ。

伯爵様と同衾《どうきん》してる状態で、最初こそは心臓バクバクしてたけど、伯爵様のアメジストみたいな瞳を見つめていると、彼が言うように、今わたしにそういった感じで手を出さないのはわかった。

「頭……痛いですか？」

「グレースがいれば平気」

「わたし……大人しく、待ってましたよ」

「嘘だろ、大人しく待ってなかっただろ。あちこちの夜会に出て。マクファーレン侯爵の夜会なんか、もう、ひどい。事業者関連の貴族達がみんな鼻の下伸ばしてグレースを囲んで。あんな綺麗《きれい》なグレースの傍《そば》にいられないとか……俺がエスコートしたかった」

「……伯爵様……」

「でも、あのドレス似合ってた……またああいうドレス着てよ」

ザ・悪役令嬢的なアレ、伯爵様の好みなんだ……。

わたしはどっちかって言ったら、ジェシカとか、アンジェリーナ様みたいな感じの女性が、女の子っぽくていいなあとか思うんだけどな。

ま、まあ、前世に比べれば、わたしのこれはこれで悪くないですが。

っていうか、あのマクファーレン侯爵主催の夜会……、規模が大きくて招待客も結構いたのに、伯爵様はわたしを見つけてくれたんだ……。

すごい……。

わたしは情報収集頑張っちゃってたけど。

「それにさ、グレースがここにいる時点で、大人しく待ってたはないだろ……」

うぐ……そ、それを言われると……。

「閣下に保護されたってことだろ？　何をやんちゃしたんだ？」

子供みたいに甘えていたのに、こうやってわたしに尋ねる伯爵様はちゃんと年上に見える。

「そ、その……不審死で発見されたクロードが金もないのに、遊び歩いていたから、その金の出どころはどこかなって……一緒に遊び歩いていたキンブル男爵を問い詰めたら……まあ、いろいろあって……」

あ、伯爵様の眉間《みけん》に皺《しわ》が……。

危うく手籠《てご》めにされそうだったことは言わない方がいいだろうな。うん。

絶対に怒られる。

「顔を張られただけですよ。閣下がそれを見てわたしをここに……」

「だからこの仕事受けたくなかったんだよ……ちょっと目を離すと、グレースは好奇心で危ないことも平気でするから」

伯爵様が舌打ちをする。

「ごめんなさい」

だって気になったんだもん……。

伯爵様は仕事で、ブロックルバング公爵の養女、キャサリンに近づいてるのはわかってるけど……。

普通にキャサリンじゃなくても、もやもやするけど……。

「クロードが死んだから……伯爵様もとか……」

心配だったし……。

そんなわたしの言葉を遮るように伯爵様は言う。

「それもヤダ」

それもヤダって何？

「なんで俺が伯爵様で、グレースの元婚約者は名前呼びなの、俺が今、グレースの婚約者なのに」

その顔で弱った感じで甘えて拗《す》ねた言い方にきゅんってきた。

伯爵様ずるい。甘え上手《じょうず》！

「俺だってグレースに名前で呼ばれたい……」

「ヴィンセント様……」

「様もヤダ」

「だって、伯爵様の方が年上だし……」

「また『伯爵様』に戻ってるよ……グレース」

拗ねても、「もういい」なんて、子供みたいなことを言わないところが、やっぱり大人だな。

ちゃんと待ってくれてる。

「ヴィンセント」

わたしがそう呼びかけると、伯爵様はふふっと笑う。

「やっぱり嬉《うれ》しいね」

そうなんだ。

わたしも、あなたに、結婚を申し込まれた時、嬉しかったよ。

あなたに会うたびに、照れくさいけど、嬉しい気持ち。

キャサリンをエスコートする話を聞くと、もやもやしたし、大丈夫かなって心配したし。

「ヴィンセント」

もしも、お仕事がこのまま続行されて、またキャサリンの魅了にかかって、お仕事じゃなくても近い未来に、伯爵様の好みが変わって、伯爵様の気持ちがわたしからなくなったとしても……。あの時みたいに、クロードの時みたいに「婚約破棄する」とか言われても。

きっと。

「ずっと好き」

わたしがそう言うと、伯爵様がわたしの手を取って指にキスをする。

「具合が悪くて、ほんと残念だよ、俺」

あんまりしみじみ言うので、思わず笑ってしまった。

◇◇◇

伯爵様が寝付くまでは、添い寝しててもいいかな……のはずだった。

伯爵様と一緒だと温かくて、うとうとして結局ガチ寝してしまったよ。

起きなきゃと思うけど、身体《からだ》が動かない。

浅い眠りなのに身体が動かない状態。思考だけはめちゃくちゃ捗《はかど》るけれど、身体が動かない。

こういう時って、変な夢をよく見る。

例えば、会合に遅刻しそうになるとか、やけにリアルな夢。

ウィルコックスのタウンハウスの自室じゃないのはわかる……。

ああ……ジェシカやパーシバル、ラッセルズ商会のパトリシアお姉様には連絡が行ってるのかな……。アビゲイルお姉様が連絡しておいてくれるといいんだけど。

パラパラッと紙を捲《めく》る音がする。

「財務監査部もグレースと同じ意見か……閣下。これ、グレースに見せたんですか？　ブロックルバング公爵家の非公式財務調査書」

伯爵様の声だ……。

「その娘は財務省に入れてもやっていけそうだな。ヤツが何を貯《た》め込んでるのかすぐに言い当てたぞ。お前が言うように、普通の貴族の娘ではないな、これなら凡庸以下な親を退けて爵位を手にするのも頷《うなず》ける」

「有能だって言ったでしょう。でも領地経営の方がグレースは好きみたいですよ。俺もグレースの本領が発揮されるのは領地経営かもしれないと思いますけど？　で、陛下はなんと？」

「お優しい方だ……裁きを下す前に話をしたいと。そういう顔をするな」

「危ないですよ」

「それは陛下も承知の上だ」

「召喚《しょうかん》に応じるでしょうかね……」

「応じなければ、我々が出張るしかないだろう」

「殿下は？」

「王太子殿下も第二王子と共に、魅了を解く為にプチフォンティーヌ離宮で現在治療中。一、二年はかかるだろうという見解だな。スタンフィルド公爵令嬢との結婚は一度保留。王太子妃教育も終了しているんだ……スタンフィルド公爵家はアンドレア嬢と近隣国の王族との婚姻を視野に入れるだろう」

スタンフィルド公爵は、アンドレア嬢のお気持ちを汲《く》んでくれる方なのかな……三年もキャサリンに気持ちが傾いた王太子殿下を目の当たりにした彼女が、「すべて魅了のせいでした」という理由に納得するとは思えない。

　別の縁談を考えるのは当たり前か。

「お前は、魅了の魔法を一気に受けたみたいだが、よくここまで戻れたな」

「一気に受けたから逆に自分が状態異常になったのがわかったんです。俺がグレースをどうでもいいとか思うなんて、ないですからね。この子は、有能なだけじゃない。馬で単身領地との行き来もする男勝りなところもあるけれど、姉妹思いで、友人もたくさんいて、自分の周囲にいる人間を大事にする。それが深い」

「惚気《のろけ》か」

「キャサリンの魅了は、本当に洗脳というか……呪いかな。彼女は誰も信じることはないし、周囲を憎んでいる。この国の滅亡すらも望んでると言っていい。出自が出自だから仕方ないかもしれません。親の遺伝もあるかもしれないですね。あれは人を支配するための魔法だ」

　親の遺伝？

「キャサリンの出自、閣下が調べていた通りでしたよ。その話をしたらいきなりくらいました」

「では、やはりそうか……」

「……彼女が言うには。先代陛下が、あの娘の母親を――まるでおもちゃのように扱った。キャサリンの話から推測するに、二十年前の現王即位の直前に起きたことだそうですよ。先代陛下の命で彼女の母親に関わった貴族達を調べたら全員不審死している。例の魅了でキャサリンが手を下したんでしょう」

　……それって、キャサリンが先代国王陛下のご落胤《らくいん》ってこと？

夢の中の会話だとしても、すごいな……。

「じゃあ、ブロックルバング公爵だって、危ういですよね」

……あ、声が出てる？

わたしは夢の中の会話だと思っていた。

伯爵様と閣下の声がピタリと止まった。

「グレース、起きてる？」

伯爵様がそっと囁《ささや》くみたいに声をかけてくる。

瞼《まぶた》が重くて、でも自分の発言で、覚醒《かくせい》する。

自分の寝言で目が覚めるあの感じだ。

「……伯爵様……？」

「起きたの？」

「夢を……見ていた……んですけど……伯爵様と閣下がお話ししている夢……伯爵様、具合悪くないですか？」

伯爵様の指がわたしの目元を拭《ぬぐ》う。

げ、目やに？　ヤメテ、ヤメテ、ていうか化粧したまま寝てた？　自分の手の甲で自分の唇を押さえると、口紅がついていないのがわかって、これも逆に動揺する。

すっぴん⁉

いや、すっぴんでも、前世の顔の造形に比べれば全然平気なんだけど……。

伯爵様がメイクを落としてくれたのかな？

気が付かないってどんだけ寝てたのよ。

うたた寝程度と思っていたのに。

「だいぶいいよ。グレースがいてくれるから。でも、伯爵様はやめてくれたんじゃないのか？」

えへへ。

夢かな。でも、現実でも伯爵様はこのぐらい甘いこと言う人だよね。

わたしの頬を伯爵様は大きな手で、なでなでしてくる。

「キャサリンを養女にした時点で、ブロックルバング公爵は、すでに魅了にかかっているか支配下なのでは？　ブロックルバング公爵とキャサリンの目的は一致してますけど、キャサリンなら、公爵だって自分の配下にするでしょうね」

わたしの言葉に伯爵様は頷く。

「その可能性は高いと見ていいね」

「陛下が公爵にお会いになるなら状態異常を感知できる魔導具が必要では？　キャサリンを連れてくる可能性もあります。王位簒奪《さんだつ》が目的ならば、その場で陛下に狙いをつけるつもりかもしれません……」

「現在王城の謁見室を魔導アカデミー主体で耐魔法エリアに改造している」

伯爵様のすぐ上から重低音の声がする……。

え……夢じゃない……？　閣下がいる……の？

眠気がすっ飛んで、バチッと重い瞼が開く。

わたしのその顔を見てクスクスと伯爵様は笑う。

いや、笑いごと⁉

がばあっと、半身を慌てて起こすと、閣下がやっぱりいる‼

こ、婚約者だけど！　ナニも致してませんけども‼　この状況はよろしくない‼

いきなり上半身を起こしたのでくらりとする。それを見た伯爵様は左腕でわたしを抱き込んで掌《てのひら》で安心させるように、わたしの腕を軽くとんとんと叩《たた》く。

ゆっくりなリズムと振動と温かさに、わたしは伯爵様に背を預けてしまう。

閣下も別にこの状態を気にされていないご様子だった。

そのままでいいと、閣下は手で制する。

「ウィルコックス卿《きょう》、すまなかったな。ヴィンセントの傍《そば》にいてやってくれ。しばらくヴィンセントとここに滞在するといい。あとはこちらで片付ける」

閣下はそう言った。

いますけれど、本当に伯爵様をもうキャサリンに会わせないですか？

「片付けなければ、卿が独断でまた何かしでかしそうだとヴィンセントも気が気じゃないだろう」

だって……。

「この身はしがない子爵家当主の身ではありますが、心は伯爵様を守る騎士でありたいのです」

わたしはそう閣下に伝えた。

◇◇◇

伯爵様は二、三日もすると、なんとなく体調が戻ったかな？　って感じ。

でも、油断はできないので、今日もお見舞いです。

伯爵様が滞在しているお部屋に案内してもらって、顔を出すと伯爵様は嬉しそうにわたしを見る。

もし今日の様子を見て大丈夫そうなら、じゃ、そろそろ、わたしもおうちに帰ろうかな……というところなんですが、明日はブロックルバング公爵が登城する。それと同時に、軍部の方ではブロックルバング公爵邸に捜査隊が入るそうだ。

……こういう情報を知っていて、おうちに帰れるわけがない。

一介のしがない子爵家当主なら、お国の一大事に関わるなんてことはできませんし、この情報を知ってるだけでも隔離軟禁ものですよ、ええ。

それがこの世界の世間一般の常識ってやつだわ。

ああ、家はどうなってるかな……ほんとそこが心配。

「パーシバル君が上手《うま》く回してるみたいだよ」

え？　声が出てました？

「次期ウィルコックス子爵家当主は、できる子だね」

「まあ……彼が王都学園在学時からいろいろと教えてきましたから……」

メイフィールド子爵からもくれぐれもよろしくと言われていたからね。

「ちょっと羨《うらや》ましいな。彼は家族なんだ？」

「出来のいい義弟ですよ、無邪気な妹にベタ惚《ぼ》れの」

「そうか……なら、グレースは安心して、俺のところに来なさい」

伯爵様のその言葉に、以前なら動揺していたけれど、今のわたしはなんか落ち着いてる。

「そうですね……家に戻れたら、準備をします」

スルッとそんな返事ができてしまうぐらいに。

この一件が片付いたら、もう、ジェシカとパーシバルの結婚式を挙げてしまおう。

まだまだ若いけれど、あの二人なら上手くやってくれるはずだ。

「伯爵様も、ブロックルバング公爵邸に向かわれますか？」

「いや……止められている」

止められているのか。

ここに滞在して思ったのは、閣下と伯爵様は同じ軍部だけど階級が離れている。

なのに、今回は本当に極秘で依頼されたお仕事だった。

伯爵様が、若手で軍部でも有能だから抜擢《ばってき》されたっていうのはあるんだろうけど、それだけじゃない気がするのよね。あまり考えたくないんだけど。

そこでドアノックがされたのでわたしがドアを開けると、執事のアボットさんが立っていた。

「ウィルコックス卿もこちらでしたか……突然ではございますが、お客様が……」

先触れもなしに伯爵様にお客？

やな予感がする。

アボットさんの歯切れの悪さ。

「伯爵様に？　どなたです？」

「キャサリン・ブロックルバング公爵令嬢です」

——ぎゃー！　閣下の不在時にラスボス乱入⁉

まじで⁉

現在、公爵邸は厳戒態勢のはずだけど⁉

まだ突入はしていないから、キャサリンは自由にさせてるの？

一番マークしておかないとダメな人物がキャサリンだけど、軍部には通達できてないのか⁉

「閣下もご一緒です」

……そ、それって、よくある真犯人が自首前に、ちょっと立ち寄って的なアレですか⁉

それとも閣下も魅了にかかっちゃった⁉

わたしは伯爵様に振り返る。

「伯爵様……」

「グレースもおいで」

伯爵様、わたしをエスコートして歩き出す。

「大丈夫、閣下が一緒だということは、『魅了』を抑え込める人材も一緒だ」

そ、そうですよね、そこはちゃんと対策されてますよね……。

キャサリンを通した応接室へ向かう途中、わたしは思わず呟《つぶや》いてしまった。

「クロードに魅了をかけたのは、何故《なぜ》なのかしら……」

伯爵様は笑顔なんだけど、面白くなさそうな……。

ああ、また元婚約者を名前呼びだからとかそういうことかな？

でも、話してくれた。

キャサリンとクロードが会ったのは街中で、やっぱり年上のキンブル男爵と遊び歩いてた時、店で見かけた子が男爵家の令嬢になっていたことに目を付け、出自が定かではないのに貴族を名乗るか弱そうな女の子の弱味を握っていい気になったらしい。

ゲスでクズすぎる。

そっか、キャサリンは娼館にいたのか……孫に近い歳のメイドをいいようにして娼館に捨てるとか、先代陛下は鬼か。実家に帰さなかったのか。それともそこでまだお楽しみでしたねとかしたかったのか。

先代の時代じゃなくてよかった……。

普通にメイドの実家に帰してやれよ。

実家に帰したところで、そのメイドも嫁にはいけないし、修道院一択だけど、でもそういうのはやっぱり傷も深いし、俗世から切った方が逆に幸せだったかもしれないじゃない。

「家の保護も大きな力の前には役に立たなかったってだけだろう」

「子供が生まれても王城勤務とかさせないことに決めました」

仮令《たとえ》女の子だったとしても、この世界で生きづらいけど、手に職を持たせたいぞ。それがまたメイドだったら……ううって感じではあるけど。

一人で内心アップダウンを繰り返してると、伯爵様はご機嫌そうだ。

「グレースは何人子供欲しいの」

そう言われて、自分の発言にはっとした。

「そ、そこまで、ま、まだ考えてません‼」

「そっか。グレース達みたいに姉妹仲良くしてくれるなら、何人いてもいいかな」

「わ、わたし達は、その――親がやっぱりしっかりしていなかったから、自立するしかなかった結果と言いますか……親がしっかりしていたら、もっとこうダメダメだったんでは……」

「そうかな、グレースはいい意味で先進的だからダメではないでしょ。それにグレースの子供は絶対可愛《かわい》いよ」

ま、まあ前世に比べれば顔の造形はいい方ですが……伯爵様の子供か……やばい、可愛いでしょ、甘やかしてしまうよ！

アボットさん、何も聞かなかったことにして！　お願い！

キャサリンを通した部屋の前まで、わたしにそんなことを言ってくれてる伯爵様。

あんなにふざけたことを言っていたのは、わたしが抱くだろう恐怖や緊張を、取り払ってくれていたんだろう……。

うん。大丈夫。わたしが伯爵様を守る。

キャサリンの出自は可哀《かわい》そうだとも思うけど、伯爵様は渡せないから。

アボットさんがドアを開けると、そこには、閣下をはじめ、二人の魔導アカデミーの職員と、護衛の方が付いていた。

そして、キャサリンがいた。

ちゃんとカーテシーをするあたりは公爵令嬢ですね。

王城勤めだった亡くなったお母さん仕込みの所作だったんだな……これは。

「どうして……魅了が効かなかったんですか？」

キャサリン嬢が口を開く。自分の魔法に絶対の自信があったんだな。

クロードも王太子殿下も意のままだったんだもの。

きっと他にもそう。

今だって魔導アカデミーの職員が着ているローブのブローチ、魔石が光ってるということは、防御の魔法が展開されているんだ。

「いや、普通にくらったよ。でも閣下に報告に行くのは仕事として最優先だったからね。グレースが魔導伯爵を呼んでくれて、アフターケアがばっちりだっただけ」

「残念です。貴方《あなた》ならわかってくれると思ったのに……」

伯爵様はキャサリンを見ないで横にいるわたしに視線を向ける。

「わからないね」

顔は優しくて、わたしを見る目は甘いのに、キャサリンに対する声には冷たさしかなかった。

「キャサリン嬢、キミはその魅了で愛を強請《ねだ》るが、愛を与えることはしないからね」

伯爵様の言葉にキャサリンは激昂《げきこう》する。

「貴方だって、庶子のクセに！　親に愛されることなんてなかったくせに！」

キャサリンは、男性から向けられる愛を自分の思いのままにしてきた。

クロードも王太子殿下も、第二王子も、殿下の側近たちも。

愛されたい愛されたいの渇望が、彼女の『魅了』になったんだろう……。

そうなってしまった経緯には同情する。

でも、だからってわたしも二度も奪われる気はない。

「キャサリン嬢、間違ってますよ。伯爵様はちゃんと愛されてますよ」

伯爵様は庶子だから――自由だから、なんて言ってたけれど。

ちゃんと見守られていた。

「大事にされてます。口に出したり態度に出したりあからさまでなくても……そうでしょう？　レッドグライブ公爵閣下」

伯爵様は目を見開く。

「え、これまだ、グレースに言ってなかったけど……知ってたの？」

伯爵様、驚いている。まだ言ってなかったってことは、言うつもりはあったってことね。

……だっておかしいでしょ、いくら伯爵様が有能だからって。

軍部トップから直々のお仕事なんて。

伯爵様と閣下の会話も、上司と部下って感じよりもより親しい雰囲気だったし、ただの部下をこのレッドグライブ邸で療養させるとかしないでしょ。わたしがここに連れてこられたことも、伯爵様の婚約者だからじゃないのかって、ずっと思っていたんだよね。

多分そうじゃないかなって。

「家族仲がいいあなたになんか、わたしの気持ちがわかるわけないでしょ！　親から愛されてきたくせに！」

うーん。

そりゃキャサリン嬢ほど、親が鬼畜ってわけでもなかったけれど、今世の親は良くて放任、悪くて放置だったよ。

でもあまり寂しくなかったけど。

愛すべき人はたくさんいた。

前世に比べて、この世界では愛されていた。

だから幸せなんだよ。いつも。いつだってそうだった。

「いや……親がちゃんといても愛されるかどうかはわからんよ？　グレースはそれでも惜しみなく周囲に与えてる。自分の力を奮いながら、守るんだよ。だから俺はグレースに惹《ひ》かれた。俺が彼女を守りたいと思ったんだ」

伯爵様にそう言われてしまうと照れちゃうけれど、まあ、実際にはそうですよ。わたしはわたしのやりたいことをやりつつ、できる限りわたしの周囲にいる姉や妹は大事にしてきたから。

相手が誰だって——その気持ちには変わりはないの。

伯爵様がわたしの手を持って、その甲にキスを落とす。

そして言った。

「グレース。この身は王位継承権を持つ王族となるけれど、俺はキミを守る騎士でいたい」

ちょっといいセリフ。

ずっと考えていたでしょ、伯爵様。

わたしは破顔した。

悪役令嬢の顔だけど、今、この瞬間の笑顔は、伯爵様に可愛いって思ってもらえる笑顔だといいな。

エピローグ

キャサリン嬢は、閣下の護衛と魔導アカデミー職員と一緒にレッドクライブ公爵邸を辞した。

明日のガサ入れはブロックルバング公にも告知されたから、その時にキャサリンは自首みたいな形で身柄を確保されたんだとか。

前世の刑事ものドラマでよくある、捕まった犯人がちょっと会いたい人がいるって、感じだったみたい。

キャサリンからすると王族の庶子っていう立場は共感だものね。

彼女は魔導アカデミーの預かりになるそうだ。

処刑もそこで行われるとか。

そりゃ王家簒奪《さんだつ》の主犯と言ってもいいので、死罪は確定だと閣下は言っていた。

そして明日、陛下との会見で、ブロックルバング公爵はキャサリンと同じ沙汰《さた》が下されるはずだ。

そうなると忙しくなるからと、レッドグライブ公爵邸でアンジェリーナ様と閣下と伯爵様と晩餐《ばんさん》を頂いて、サロンで食後のお茶を勧められた。

「でも、グレース様。よくわかったわねえ。ヴィンセントが閣下の子だって」

「伯爵様は目が、王族の色ですから。あと、耳の形が閣下と似てます」

「私なんて、閣下と結婚してしばらくはわからなかったのにな」

アンジェリーナ様は後妻なんだよね。

美魔女とか心の中で言っててごめんなさい。

正真正銘のばりばり二十代でしたよ！

伯爵様と同い年とか。

閣下‼　犯罪‼　犯罪ですよ！

しかも結婚したのがアンジェリーナ様が十五歳の時ってどーゆーことよ。

何歳差？　公爵閣下は王族だから結婚を若い時にしてて、伯爵様のお父様ならえっと、えっと。

「まあ、女だてらに子爵位を持つグレース様なのに堅いわ！　十三歳の時にはわたし、結婚するなら閣下とって思ったんだもん。わたしの一目惚《ひとめぼ》れです！」

「アンジェリーナ様は押しかけ女房だから」

「だって、閣下かっこよかったんだもん。今もかっこいいです！」

アンジェリーナ様……。

そのノリ、うちの妹に似てますわ。

それにしても、思いきり良すぎではないですか？

レッドクライブ公爵閣下の初婚は、さる侯爵家のご令嬢。

結婚したんだけど、逃げられたんだよね。

ここだけの話で聞かされた。

自分の家の庭師と恋仲で、閣下と結婚して翌日にはその庭師と手に手を取って駆け落ちしたんだって。

そりゃ、外聞悪いよね。閣下から事態を告げられて、ご実家の侯爵家はもう平謝りよ。

結婚後すぐに体調崩し、領地で療養という名目でカモフラージュするのにも全面協力して、駆け落ちしたご令嬢を探したらしい。

で、庭師との間に子ができたんだけど、侯爵令嬢は産後の肥立ちが悪くて亡くなって、庭師もほどなく流行《はや》り病で亡くなって、公爵閣下はとりあえず、籍は入れたままだったから、そのお子さんを引き取った。

これが伯爵様のお兄様に当たる人。

この方は現在、閣下の最初の奥方様のご実家の方の爵位を継いでて、レッドクライブ家から籍は抜けている。

伯爵様自身もお兄さん（？）に当たる方が次期レッドクライブ家当主になるだろうって思ってたらしいけど、やっぱり閣下のお血筋でないこともあって、そういう状況なのを最近になって知ったとか。

で、話は戻るけど、閣下が結婚して初日で、そんな状態になったのを同情して励ましたりしたのが伯爵様の実のお母様。

レッドクライブ公爵家に仕える侍女だったんだけど、伯爵様を身ごもってそのまま公爵邸から姿を消したとか。

公爵閣下は結婚も考えたぐらいだったのにね。

伯爵様のお母様は、下位貴族のご出身。やっぱり身分が高すぎる相手だから気後れしたらしい。

一人で貴族の乳母《うば》係を生業《なりわい》にして、伯爵様を育てて、働きすぎて亡くなった。

公爵様はずっと伯爵様のお母様をお探ししていたけれど、見つかったのは亡くなった後だった。

伯爵様は、当時、士官学校に入っていて、天涯孤独なんだなと思っていたら、父親がレッドクライブ公爵だとお母様の葬儀の時に知ったんだとか。

閣下は当時、伯爵様を引き取ろうとしたけれど、伯爵様は言ったそうだ。

「母が、貴方の名を言わなかったのは、やはりその身に合わなかったからだと思います」

そう言って、レッドクライブ公爵家に入らなかった。

でも成人の時にね、閣下がお持ちの伯爵位を譲られたんだって。

それだけ聞くと、伯爵様だけではなく、閣下もご苦労されたんだな……いや最終的には若い嫁をもらって（しかもめっちゃ惚《ほ》れられてる）現在勝ち組なんだろうけど。


「……グレース？」

「聞きたくないですけれど、聞かないとアレなんで。伯爵様の王位継承順位、もしかして一桁《ひとけた》台ではないですか？」

伯爵様は閣下と視線を合わせる。

「暫定なんだよね。王太子殿下と第二王子殿下が、キャサリンの魅了から解かれたら、元に戻るけど、治療が長引いたり何かあったりしたら、そうなるってだけで……」

伯爵様はVサインを作ってわたしに見せる。

「閣下についで二位かな」

殿下！　頼む！　早く快癒して‼　早く良くなって‼

いや待て……。

「アンジェリーナ様」

「はい？」

「頑張ってください」

「何を？」

わかんないならいいです。ごめんなさい。

まだまだ全然若いし、イケるはず。閣下も頑張ってください。

お二人にお子が生まれたら、伯爵様の継承順位下がるでしょ。

殿下の快癒と一緒に祈っておこう。

タウンハウスに戻ったら、教会に行こう。

マジで神様お願いします。

そんなわたしを見て伯爵様はクスクス笑う。

「さて、明日の夕方には帰宅できますよね」

「えー帰っちゃうの？」

「はい、お世話になりました」

「もっといてほしいー……そうよ、ヴィンセントがここに住めばー」

パンッと掌《てのひら》を叩《たた》いて、アンジェリーナ様がさもいいことを思いついた！　っていう感じで話し出す言葉を伯爵様は素早く遮る。

「却下です」

伯爵様の言葉にわたしも頷《うなず》く。

「えっと、じゃあ、その、お茶会とかには来てほしいな……。夜会の時は声をかけてね」

「ヴィンセントが結婚すれば、そういうのはなくても大丈夫だろう」

黙っていた閣下がアンジェリーナ様にそう言うと、アンジェリーナ様は嬉《うれ》しそうに閣下に微笑《ほほえ》みかけた。

「そうね、ヴィンセント、はやく結婚してね！　遊びに行くわ！」

突撃は勘弁してくださいね、アンジェリーナ様。

きっとわたしは伯爵様の領地経営のお手伝いをしてると思いますよ。


そして翌日――。

ブロックルバング公爵は王位簒奪の首謀者として捕まり、この事件は収束した。

ラズライト王国内、特に王都ではエインズワース新聞の号外が飛び交い、わたしはウィルコックス子爵家のタウンハウスに帰宅することができたのだった。

◇◇◇

国中を騒がせたブロックルバング公爵、王位簒奪未遂事件から一か月後――……。

自分達の領地へと戻る貴族の姿が見える貴族のタウンハウス街。去年ならこの行き交う貴族達の移動の中、護衛を連れて単身でウィルコックス領に戻っていたのだが、今年は違う。

領地へ戻る以上の慌ただしさが、ウィルコックス家のタウンハウス内で起きていた。

明日は伯爵様とわたしの婚約式が行われる……。前世の日本で言えば結納みたいなものだ。

爵位のない庶民やお金のない貴族はあまりしない。だって教会で婚約のサインと宣誓とか婚約指輪の交換とかお披露目とか、結婚式二回するのと変わらないじゃない？　だから主に財力ある貴族家や、財力のある商家なんかで跡取りが婚約した時なんかは行われる。パトリシアお姉様の時なんかはすごかった……まじで結婚式？　え？　婚約式だよね？　ぐらいの規模だったな……あれは……。

この国では社交シーズンの終わりとか始めあたりにこういった婚約式は行われる。次の社交シーズンには堂々と婚約者ですってご紹介できるし、社交シーズン中に婚約したのは本当だったというお披露目の意味とかもある。

「結婚式ならわかるけれど、婚約式で教会はないと思うのよ。人前式でよくない？」

わたしがこんな発言ができるのも。このラズライト国が宗教に厳しくない風潮だからよね。最近、庶民の間でも人気だし。人前婚約式。

この世界――この国は多神教崇拝に近い。勉学の神様、商売の神様、農耕の神様、漁業の神様、豊穣《ほうじょう》の神様、子宝の神様……とかまあいろいろ？　自分達の生活に身近にある神を信仰する風潮がある。各々で信仰する神の像や絵や紋章なんかを家や店なんかでは祀《まつ》っている。

けど、神々には頂点に立ってる全能神がいて、冠婚葬祭で関わるのはその全能神を崇《あが》める信徒達だ。

全能神ナルディアディス女神様――女神様信仰なのよね。

生み出されるすべてに幸多かれ――っていうのが根底の教義っぽい。ざっくりしたこの教義を信仰してるだけあって、信者も懐が深いというか、多神教国家故なのか、こだわりが強くない。

どの神を信仰していても神父様が挙式に立ち会うので、庶民からは「結婚の神様」とか言われてる。一番国で信者が多い神様かもしれない。神頼みなんかの場合で口にする神様仏様～っていうのが、自分が信仰する○○の神様～全能神様～になるみたいな。

だから教会といえばこの女神を信仰する教会、修道院や孤児院なんかも、この全能神信者によって運営がされている……。


「婚約式を明日に控えてダメ出しとか、ウィルコックス子爵家当主、厳しい～。いいじゃない！教会で挙げて参加者限定のお食事会なんだから」

ジェシカちゃんが細い腰に両手を当てて天を仰ぐ。

「でもドレスの色が白とか……」

「純白じゃなくてオフホワイト！　白に近いけど、クリーム色！」

次期ウィルコックス子爵夫人ジェシカちゃんが、断言する。

「なんかデビュタントみたいな……心なしかデザインもそれっぽい……」

シルクとレースの組み合わせで、心なしかわたしの趣味に合わせてパニエの広がりを抑えているシックなデザインだけどAラインドレス。夜会やデビュタントの令嬢がよく着用しているデザインだ。

爵位のある淑女が普段着るドレスは、バッスルドレスが主流なんだけどね。わたしも事業関連の方々と会合する時は色味を抑えたバッスルドレスを着ている。Aラインやプリンセスライン系はやっぱり夜会とか高位貴族主催のお茶会とかで着用されるフォーマル。

わたしが呟《つぶや》くと、ジェシカがじっとわたしを見上げる。

「ウィルコックス家が貧乏な時に――社交デビューしたグレースお姉様は、パトリシアお姉様のおさがりのドレスをリメイクしてのデビューだったって聞きました。わたしは婚約式もデビュタントも、グレースお姉様がバリバリ働いて、子爵家令嬢らしい衣裳《いしょう》を整えてもらったのに……だからお姉様の婚約式や結婚式は、ちゃんとしたドレスを着てほしいの……」

緑金の大きな瞳《ひとみ》を潤ませてそう言い募ってくる……。

うぐ……ジェシカ……情に訴えてくるとは……。

「義姉《あね》上の相手は伯爵家です。相手の家格があります。こういった場合は相手の伯爵家から贈呈されるはずだったのに、ジェシカが止めて、服飾職人に声をかけて作らせたのだから」

パーシバル……お前もか……そう言われてしまうと断れないじゃないの。

婚約式には互いの家から婚約の印としての贈呈品の目録が交わされるのが、この国の習慣だ。伯爵様の方からは馬車や人材と、花嫁衣裳や婚約式のドレスも含まれていたんだけど、衣裳に関しては次期ウィルコックス子爵夫人からの待ったがかかった。

「グレースお姉様のドレスはわたしが手掛けます！」

その鶴の一声で、伯爵様は婚約式費用にドレス代を上乗せしたという経緯がある。

で、従来、結婚の時に花嫁が持参金を持つことになるけれど、わたしの場合は、ウィルコックス領で産出される小麦や食品加工物、あと紡績類など〇・二％ほどユーバシャールに三年間譲渡することになった。

金銭より物品よ。ユーバシャールはこれから開発されるんだから、その方がいいだろうって思ったんだよね。

目録の取り決めの時にも当然両家の当主同士で事前打ち合わせをする。本当は父親が当主ならこれは父と伯爵様が話し合いをするところなんだけど、わたしが当主なので、これも互いに手紙や直接会って、すぐに決まった。

「それに伯爵様のお立場もございますよ、ご当主様」

わたし付きメイドのヴァネッサがそう言う。ちなみにシェリルはすでに伯爵家の方に戻って、わたしの部屋なんかを整えてくれてる。

「ヴァネッサの言う通りだから。グレースお姉様だけが主催するイベントじゃないからね！」

それを言われるとなー。伯爵様も将校だし、伯爵様はよくても周囲の人は、婚約者のお披露目はもっと格式張ってやりたい人もいるかもしれないんだよな。それを思えばかなり譲歩してもらってる状態だ……。

「それに、グレース義姉上にもウィルコックス子爵家当主という肩書が最後になるのですから、取引関係者へのお披露目の意味も強いですし」

そっちもかー。パーシバルに爵位譲渡しますよって意味も今回の社交シーズンではほぼ知らせてるけれど、ここでわたしが婚約式を挙げていれば、次のシーズンはパーシバルがウィルコックス子爵当主だってことが決定だから、予想よりも規模が大きいのはまあ、仕方ないな。これからウィルコックス領でガンガン働いてもらわないといけないんだし。

「て、ゆーことで、みなさーん、お願いしまーす！」

「え？」

「婚約式前日なんだから磨かないとね！」

めっちゃ既視感……そうだ……これは伯爵様の婚約申し込みの前日でもあった。

自分をスルーされてメイドさん達に全身もみくちゃにされたアレ再び⁉

「頭の先からつま先まで、よろしくね！」

ギャー‼　明日の為に仕方ないこととはいえっ‼　メイドさんに磨かれるってメチャクチャ恥ずかしいから‼　わたしは子爵家当主だけど王族の姫君とは違うから――‼　そんなわたしの心の絶叫はジェシカとヴァネッサをはじめとするメイドさん達には届かなかった。


そして当日――……。

「やっぱり可愛《かわい》すぎかな……」

伯爵様がわたしを見て固まった。

「いや……最高だ」

綺麗《きれい》なアメジストの瞳を眩《まぶ》しそうに眇《すが》めて笑う。

教会の神父様の祝福と、婚約誓約書へのサインを終えて、婚約指輪の交換をする。式自体は簡単だ、讃美歌《さんびか》もないし、ただ、指輪交換後、神父様の「婚約おめでとう、女神の祝福を二人に、とこしえに結ばれる良き日を迎えますように」という言葉と女神様への印を結んで終わり。

むしろお披露目のお食事会の方が、気を張る感じすらある。

婚約式は衣裳替えもしなくていいのはいいんだけどね。

お祝いに参列してくれた人を、ホワイトバーチホールに向かうのを送り出し、婚約者となったわたしと伯爵様は最後に会場入りするのだ。

最後の一人をお見送りして、用意された馬車へと歩きながらわたしは伯爵様から贈られた婚約指輪を見つめる。

金の地金に石はアメジスト——……とか思ってたんだけど、紫のファンシーカラーダイヤだったよ‼　いくらだよ⁉　とんでもない金額じゃない⁉　わたしは身を飾る宝飾品よりも、ユーバシャールの建築資材の石灰産出量とか硝石とかそっちに興味があったけどさ！　伯爵様がはめてくれた左の薬指のこのファンシーカラーダイヤ、めっちゃ綺麗だし、デザインが華美すぎないのもすごく気に入ってしまった。

「綺麗……」

うっかり子供っぽい仕草で、晩秋の陽光に指輪をかざし、これまた子供っぽい口調になって呟いてしまった。

「気に入ってくれた？」

「とても」

「よかった」

伯爵様はわたしの左手を取って、指を絡める。これはいわゆる恋人つなぎというやつでは⁉

それだけでもドキドキするのに、伯爵様の顔が近くて、アップに耐えられる顔面美とかすごいなとか思っていたら、唇に感触が……。

今のは……え？　今のは……。

「グレースが綺麗で可愛くて、我慢できなかった。名実ともに、婚約者だから問題ないよね？」

伯爵様っ‼　心臓に悪い‼　ここ外‼　外だから‼　こ、婚約したけど‼　婚約したてのほやほやですから‼　ありかなしかだったらありだけど‼

「末永く、よろしくグレース。俺の婚約者様」

そう言って、伯爵様はわたしのこめかみにもその柔らかい唇を押し当てる。

「はー夢みたいだ」

それはわたしのセリフです。


まるで夢のようなお話……でも、つないだ手の温かさは現実。

こうして……転生して子爵家当主となったわたしは——名実ともに、伯爵様の婚約者を名乗ることになりました。

あとがき

本書『転生令嬢は悪名高い子爵家当主』を手に取ってくださって、誠にありがとうございます。

ＷＥＢから出版社の目に留まり、書籍化という流れに至るには、運に左右されるなと思っています。

今でこそ、ＷＥＢからの書籍化が珍しくはない風潮ではありますが、このＷＥＢから書籍化の黎《れい》明《めい》期《き》というべき期間、私はことごとく投稿公開のタイミングを逸しており、個人サイトや投稿サイトからの空前の書籍化ブームを横目で眺め、羨《せん》望《ぼう》の思いを抱きつつ、こつこつ隙間時間でＷＥＢ上での執筆をしておりました。

そんなある日。本当に運よく書籍化のお声をかけられて、今に至ります。

三作目の書籍化となりました本書『転生令嬢は悪名高い子爵家当主』を考えていたのは、今から三年前。書き始めたのは二年前でした。

当時（今現在も？）ＷＥＢ投稿サイトの女性ジャンルは、悪役令嬢が大ブーム。

よし、いっちょメジャーな流行ジャンルを書いてみるか～なんか恋愛モノが書きたいぞ～。

いくら書籍化ブームでもほいほいと書籍化なんかできないってことは身をもって知っている私です。二作品を書籍化しているとはいえ、三作目の書籍化とか、そんな調子よくお声をかけてもらえるはずがない。

ただ個人的にWEBではそれなりに長く活動していたし、連続投稿してWEBでおっかけてくれる読者の方に楽しんでもらおう。よーし文庫本一冊分ぐらいの感じで纏《まと》めちゃえ～。

一か月、おもしれー話とWEB読者に思ってもらえればいっかー。だったのですが……。

この作品も、運よくお声をかけて頂いて本になりました。


これはWEBで読んでくださった方の応援がまず一番の要因です。

本当にありがとうございます。

そして書籍となって、書店に並んだ時に「素敵だな」と手にしたいと思わせる、表紙カバー（完成イラストデータをもらって私は即スマホの待ち受けにしてしまいました）、カラーもモノクロも、各キャラクターを美麗な画力で彩ってくださった紫藤《しどう》むらさき先生と、WEB版の内容にぐっと厚みを加えて読み応え抜群の作品に押し上げてくださった本書担当編集者様をはじめとする、カドカワBOOKS様に感謝を申し上げます。


また、今お手に取ってくださった読者の皆様の応援があれば、ヒロインのグレースやヴィンセント、グレースの姉妹達やその他のキャラクター達を再び書籍でお届けできるのではないでしょうか。

是非、今後も本作を見守って頂けると幸いです。

二〇二四年二月　翠川稜《みどりかわりょう》

カドカワBOOKS

転生《てんせい》令嬢《れいじよう》は悪名高《あくみようだか》い子爵家当主《ししやくけとうしゆ》
～領地運営《りようちうんえい》のための契約結婚《けいやくけつこん》、承《うけたまわ》りました～

2024年2月10日　初版発行

著者／翠川《みどりかわ》　稜《りよう》

発行者／山下直久

発行／株式会社KADOKAWA

〒102-8177
東京都千代田区富士見2-13-3
電話／0570-002-301（ナビダイヤル）

編集／カドカワBOOKS編集部

印刷所／暁印刷

製本所／本間製本

●お問い合わせ
https://www.kadokawa.co.jp/（「お問い合わせ」へお進みください）
※内容によっては、お答えできない場合があります。
※サポートは日本国内のみとさせていただきます。
※Japanese text only

Printed in Japan
ISBN 978-4-04-075252-5 C0093

新文芸宣言

かつて「知」と「美」は特権階級の所有物でした。

15世紀、グーテンベルクが発明した活版印刷技術は、特権階級から「知」と「美」を解放し、ルネサンスや宗教改革を導きました。市民革命や産業革命も、大衆に「知」と「美」が広まらなければ起こりえませんでした。人間は、本を読むことにより、自由と平等を獲得していったのです。

21世紀、インターネット技術により、第二の「知」と「美」の解放が起こりました。一部の選ばれた才能を持つ者だけが文章や絵、映像を発表できる時代は終わり、誰もがネット上で自己表現を出来る時代がやってきました。

UGC（ユーザージェネレイテッドコンテンツ）の波は、今世界を席巻しています。UGCから生まれた小説は、一般大衆からの批評を取り込みながら内容を充実させて行きます。受け手と送り手の情報の交換によって、UGCは量的な評価を獲得し、爆発的にその数を増やしているのです。

こうしたUGCから生まれた小説群を、私たちは「新文芸」と名付けました。

新文芸は、インターネットによる新しい「知」と「美」の形です。

2015年10月10日

井上伸一郎